SARA BILOTTI

DIE BEGEHRTE

Eleonoras geheime Nächte

SARA BILOTTI

Die Begehrte

Eleonoras geheime Nächte

Roman

Deutsch von Bettina Müller Renzoni

blanvalet

Die Originalausgabe erschien 2015 unter dem Titel
L'oltraggio bei Giulio Einaudi Editore s.p.a., Turin

FSC
www.fsc.org
MIX
Papier aus verantwortungsvollen Quellen
FSC® C083411

Verlagsgruppe Random House FSC® N001967

1. Auflage

Redaktion: Angela Troni
Umschlaggestaltung: © www.buerosued.de
Umschlagmotiv: © Getty Images/Westend 61
KW · Herstellung: kw
Satz: Buch-Werkstatt GmbH, Bad Aibling
Druck und Bindung: CPI books GmbH, Leck
Printed in Germany
ISBN 978-3-7645-0580-6

www.blanvalet.de

An meinen Kapitän

1

Der Koffer wog schier das Doppelte, als Eleonora die lange weiße Landstraße entlangging, die zur Villa führte. Das lag nicht etwa an den Kleidungsstücken, die kaum Platz beanspruchten, sondern an der enormen Last der Niederlage, die sie ebenfalls im Gepäck hatte. Jetzt, da Eleonora jeden Moment Corinnes Lächeln, der heiteren Gelassenheit ihres Lebens und den festen Mauern ihres Zuhauses gegenübertreten würde, war die Last besonders schwer.

Sie wunderte sich nicht über ihre unterschiedlichen Lebensläufe. Seit Corinne zu ihrer Familie gestoßen war, hatte sie immer den besten Platz eingenommen. Sie verhielt sich wie eine Tochter, die sie aber nicht war, und musste daher mit besonderer Umsicht behandelt werden. Vielleicht war es die Melancholie in ihrem Blick oder die freundliche Zuneigung in ihren Augen, jedenfalls löste Corinne bei jedermann eine tiefe, entwaffnende Zärtlichkeit aus, die augenblicklich den Beschützerinstinkt wachrief.

Eleonora blieb auf der gepflasterten Allee stehen, um neben dem weißen Tor, dessen feine Verzierungen an einen barocken Vorhang erinnerten, an der Gegensprechanlage zu läuten. Sie steckte den Kopf zwischen zwei Eisenstangen hindurch und spähte über den frisch gemähten Rasen, den runden Swimmingpool und die Terrakottafliesen unter den Duschen. Dann ließ sie den Blick bis zur Haustür schweifen, die sich über drei weißen Marmorstufen erhob. Nichts regte sich, kein Vogelgesang, kein Hundegebell war zu hören. Sogar die Olivenhaine, die die Villa umgaben, wirkten wie gemalt, wie am Hügel befestigte Schablonen aus Karton.

Sie seufzte, stellte den Koffer ab und drückte auf die Klingel. Für einen Augenblick erwog sie umzukehren. Kein normaler Mensch konnte diese Vollkommenheit ertragen. Sie schon gar nicht, nachdem sie unzählige Male gescheitert war, den x-ten Job verloren hatte und nun hier stand und um einen Schlafplatz bettelte.

Weder Corinne noch dieser Ort, der ihr einfaches Leben wie ein Nest umschloss, würde die Unvollkommenheit von Eleonoras Leben, dessen kantige Ecken und die holprigen Pfade lange erdulden können.

Doch sie hatte keine Wahl. Ihr Vermieter hatte ihr freundlicherweise sechs Monate gewährt, um die Wohnung zu räumen, und davon waren zwei verstrichen, ohne dass sie die Miete bezahlt hatte. Sie konnte weder auf Eltern noch auf reiche Verwandte zurückgreifen, ihr blieb nur Corinne, ihre älteste Freundin, die so etwas wie ihre Adoptivschwester war.

»Ja?«

Was so barsch und kurz angebunden aus der Sprechanlage kam, konnte unmöglich Corinnes Stimme sein. Kein Vorwurf, nichts Unwilliges war in ihrer sanften Stimme gewesen, als sie wenige Tage zuvor beteuert hatte, sie wolle Eleonora gern bei sich aufnehmen und ihr helfen, in Florenz einen Job zu finden. Dieses wie ein Geschoss aus dem glänzenden Mund der Sprechanlage gefeuerte »Ja?« nahm ihr hingegen das letzte bisschen Würde. Der Ton war so schroff, dass er unmöglich beabsichtigt sein konnte, und bewirkte, dass Eleonora mit ebenso knapper Härte antwortete.

»Ich bin's, Eleonora.«

Kein »Hallo!«, kein Durchatmen, kein fröhlicher Unterton in der Stimme. Das Tor öffnete sich, sie musste ihren Koffer wieder aufnehmen und die lange Auffahrt bis zur Villa hinter sich bringen. Eine weiße Zunge, die das Grün teilte, den Swimmingpool von der Gartenlaube trennte, die Azaleen von den Rosen, die orangefarbene Wasserpumpe vom Brunnen und dazwischen sie, unpassend und verschwitzt.

Eleonora hatte etwa den halben Weg zurückgelegt, als ein Mann aus der Vorhalle trat, dem eine über die drei Eingangsstufen purzelnde Pfirsichlawine vorausging. Dieser ungewollte Empfangsteppich bildete den Rahmen für ihren Auftritt, ein Pfirsich rollte sogar bis vor die Spitze ihrer blauen Sandalen und berührte sie ganz leicht.

»Die Pfirsiche von Bruges heißen dich willkommen«, sagte das lächelnde Gesicht mit strahlend weißen Zähnen und regelmäßigen Zügen, darüber schwarze Augen ohne erkennbare Pupillen, umspielt von ungezähmten, etwas zu langen Haarsträhnen. Wie viele Dinge um dieses Lächeln über dem kraftvollen und zugleich eleganten Körper herumtanzten.

Eleonora hob eine Augenbraue und ergriff die ausgestreckte Hand.

»Bruges?«

»Die Villa heißt so. Es ist der Name der Stadt, in der meine Mutter geboren ist, in Frankreich. Hallo, ich bin Alessandro.«

Eleonora hatte immer schon gedacht, dass Corinnes Freund ein Prachtexemplar von einem Mann sein musste, aber die Wirklichkeit übertraf ihre Vorstellungen bei Weitem. Eine derart unverschämte Attraktivität war ein Schlag ins Gesicht für all ihre Versuche, innere Sicherheit zu gewinnen, seit ihre Wege sich getrennt hatten.

Sie hätte hinter dieser wunderschönen Fassade gern ein verwöhntes Muttersöhnchen entdeckt, damit die Vollkommenheit, mit der Corinne sich umgab, einen Riss bekäme, doch das Leben hatte sie gelehrt, sich nicht allzu viele Illusionen zu machen. Also verscheuchte sie den Gedanken wieder und ließ sich in die Höhle der Löwin führen.

Aus der gegenüberliegenden Ecke der Eingangshalle trat Corinne mit ausgebreiteten Armen aus einer Tür, durch die Chromstahlmobiliar zu sehen war. Eleonora konnte sich nicht erklären, was Corinne in einer Küche tat, da sie noch nie auch nur ein Ei aufgeschlagen hatte. Aufgaben wie Brathähnchen zu füllen oder Fische auszunehmen waren immer ihr zugefallen, wenn ihre Freundin zum Essen kam, da Corinne »viel zu sensibel« war, wie es immer hieß.

»Julia, mein Schatz!«

Für Corinne war sie noch immer »Julia«, jene Julia, mit der sie im Garten gespielt hatte, als sie elf waren. Corinne hatte Eleonoras Zuhause in der sechsten Klasse betreten und es seither nicht mehr verlassen, außer wenn sie bei Anbruch der Dunkelheit davonrannte, weil ihr Stiefvater, wenn er nüchtern war, nicht erlaubte, dass sie außer Haus übernachtete.

Bei ihren Mädchenspielen damals ließ Eleonora sich Julia nennen. Julia wie in *Romeo und Julia,* wie der Alfa Romeo des Gärtners, der schön wie ein Märchenprinz war, so wunderschön, dass sie sich ausmalte, Sitz und Lenkrad, Dach und Schaltknüppel für ihn zu sein.

Eleonora-Julia ließ sich umarmen und spähte dabei über Corinne hinweg, neugierig, aus welchem Blickwinkel Alessandro sie wohl betrachtete. Doch niemand beachtete sie. Alessandro war längst hinausgegangen, vermutlich um die Pfirsiche an einen sicheren Ort zu bringen, wo sie nicht herunterpurzeln konnten.

Corinne packte sie mit ihren schmalen, aber unglaublich kräftigen Händen bei den Schultern und richtete den Blick auf Eleonoras Gesicht. Ihre Augen waren glänzend, von einem leuchtenden und satten Grün, wie ein ruhiger See. Dahinter waren immer stille Wasser gewesen, trotz allem.

»Komm, ich zeige dir dein Zimmer«, sagte Corinne mit einem kindlichen Ton, der schon leichter zu ertragen war.

Die Architektur toskanischer Villen folgt fast immer demselben Schema, und so stiegen sie eine großspurige Treppe hoch, die vom Eingang auf eine barocke Galerie führte, sozusagen als Auftakt zum Ruhebereich. Der dunkle Flur lud nicht zum Verweilen ein, und sie erreichten raschen Schrittes das letzte Zimmer auf der linken Seite. Es war das einzige mit einer schlichten Tür, die Kammer des Zimmermädchens.

»Hier wirst du dich sicher wohlfühlen, du wirst gar nicht mehr ausziehen wollen, wenn du dann eine Wohnung gefunden hast«, plapperte Corinne drauflos. Es klang, als wollte sie vorsorglich daran erinnern, dass sie Eleonora früher oder später hinauswerfen würde, auch wenn sie den genauen Zeitpunkt noch nicht kannte.

Das schlichte Zimmer war ein ganz eigener Ort. Draußen war alles rot, dunkel und kompliziert, hier drinnen dagegen herrschten gerade Linien und helle Möbel vor. Eleonora wunderte sich nicht über die Schlafkammer, die man ihr zugewiesen hatte. Wenn sie zusammen waren, schmälerte sich ihr eigener Raum zunehmend, während Corinne sich immer mehr ausbreitete.

»Wo schläft das Zimmermädchen?«, fragte sie in einem Ton, der klarmachte, dass sie die Situation durchschaute.

Corinne drehte sich um und sah ihr in die Augen. Dann fiel ihr Blick auf Eleonoras Tattoo auf dem Handgelenk, eine Rosenknospe an einem Stiel, der sich fast bis zur Handfläche zog. Ihr Handgelenk zitterte kaum merklich. Corinnes Miene verdüsterte sich.

»Das Zimmermädchen?«

»Ja. Wohnt es denn nicht hier?«

»Nein. Die Frau, die sich um unseren Haushalt kümmert, kommt am Morgen und geht nach dem Abendessen wieder nach Hause. Alessandro mag nicht, dass sie hierbleibt.«

»Ach so, er mag es nicht.« Eleonora nickte verständnisheischend. Dann stellte sie den Koffer auf einen antiken Stuhl, das einzige dunkle Möbelstück im Raum. »Er ist bildschön. Du hattest schon immer eine Schwäche für attraktive Männer. Erinnerst du dich noch an Mattia im Abiturjahrgang? Er war ein Idiot, aber du warst ihm sklavisch ergeben. Nur weil er so ein Beau war.«

»Ich war niemandem sklavisch ergeben. Und ich verstehe nicht, was für dich daran so toll ist, solche Dinge zu behaupten.«

Es war amüsant, Corinne zu ärgern, aber allzu einfach. Letztlich bescherte es ihr nur einen flüchtigen Genuss.

»Ach, komm schon. Ich bin bloß müde von der Reise. Kann ich duschen?« Sie steckte den Kopf durch eine winzige Tür und musterte das spartanische Bad. In einer Ecke war ein kalkverkrustetes Duschbecken.

»Ja, klar. Wir sehen uns dann später unten.«

Corinne machte einen Schritt zur Tür, dann drehte sie sich noch mal um. Eleonora war sich sicher, dass sie etwas über Alessandro sagen wollte. So war es auch.

»Er ist nicht nur attraktiv, weißt du?«, sagte sie in einem beruhigenden, singenden Tonfall. »Er hat einen Studienabschluss in Wirtschaftswissenschaften, mit Bestnote. Er verwaltet ein immenses Vermögen, das er von seinem Vater geerbt und in nur fünf Jahren verdoppelt hat. Außerdem leitet er ein Laienensemble, das sehr erfolgreich ist.«

»Was macht dieses Ensemble? Theater spielen?«

»Ja.«

»Was führen sie auf?«

»Vor allem Klassiker. *Ein Sommernachtstraum, Hamlet,* solche Dinge.«

»Fantastisch.«

»Ja. Fantastisch.«

»Wenn du erlaubst, gehe ich jetzt duschen.«

Corinne nickte, obwohl sie nicht ganz sicher war, ob sie einen Pluspunkt zugunsten ihrer Partnerwahl erzielt hatte. Sie ließ Eleonora allein, für den Moment hatte sie nichts mehr zu sagen.

Als Eleonora nach unten kam, war der Tisch bereits gedeckt, obwohl es erst sechs Uhr abends war. Im Salon breitete sich Bratduft aus, der nicht recht zu dem strengen Wohndesign passte, doch Alessandro machte diesen Stilbruch wett, indem er jede Menge Zauberstaub um sich herum verstreute. Er lehnte an einer Anrichte aus dem neunzehnten Jahrhundert, das Gesäß auf die Kante aus schwarzem Mahagoniholz gestützt, die die Schranktüren von der Glasvitrine darüber trennte. Darin wurden bemalte Teller und silberne Krüge aufbewahrt. Er hatte eine Hand aufs Herz gelegt, als wollte er damit die Aufrichtigkeit seines Lächelns bezeugen, mit der anderen drückte er einen schwarzen Hörer ans Ohr, als könnte er unter der hohlen Handfläche besser hören.

»Klar spielt Denise die Julia«, sagte er in einem wohlwollenden Tonfall, wie man ihn Kindern gegenüber anschlägt. »Nein, das musst du falsch verstanden haben. Jetzt mal im Ernst! Eine Frau wie die soll sich auf den Balkon stellen und Romeo anflehen? Nein, ich sage dir, sie täuscht sich. Du kannst sie beruhigen, okay? Kommst du denn nicht zum

Abendessen? Ach so, gut. Das hätten wir auch hier besprechen können. Ja, gut. Ciao.«

Er legte das Headset behutsam auf die Anrichte, und sein breites Lächeln umfing Eleonora mit einem Optimismus, den sie nicht verdiente.

»Eva gegen Eva«, sagte er, und dann: »Julia.«

Ob er das sagte, weil es ihm gefiel, Zusammenhänge zwischen den Dingen aufzudecken, weil er sich über sie lustig machte oder weil er Julia als Namen viel interessanter fand als Eleonora, es verstimmte sie jedenfalls maßlos. Sie hatte die Chance verpasst, die klangvollen Silben ihres wahren Namens aus dem Munde dieses so außergewöhnlichen Mannes zu hören, und womöglich würde sich die Gelegenheit nie mehr ergeben.

Alessandro löste sich von der Anrichte, ging zum Sofa neben dem langen Esstisch und begann in einem Skript zu blättern. Manche Männer bewegten sich mit Anmut im Raum, in jedem Raum, selbst wenn sie von zwei forschenden, hungrigen Augen verfolgt wurden. Doch Eleonora hatte noch nie einen solchen Mann aus der Nähe gesehen, und es machte sie verlegen.

»Nenn mich nicht so«, sagte sie, zehn Minuten oder vielleicht auch nur eine Minute später.

Er hob den Kopf von dem Skript und schaute sie an, mit einem verblüfften Ausdruck, der sich jedoch sogleich in einen offenen Blick verwandelte, der alles verstand – die Sache mit dem Namen, aber auch die ganze Welt.

»Ich dachte, es sei dein Spitzname.«

»Nein. Nur Corinne nennt mich so. Und meine Mutter manchmal.«

»Eine seltsame Angewohnheit.«

»Als ich klein war, hatte ich eine romantische Seele.«

»Und heute?«

»Nicht mehr.«

Alessandro machte eine leichte Bewegung mit dem Kopf, als würde er nicht nur verstehen, sondern auch zustimmen.

»Ihr führt *Romeo und Julia* auf?«, fragte Eleonora dann und dachte, dass dies vielleicht der geeignete Moment war, um seine Sympathie zu gewinnen. Sie hatte in den vergangenen Jahren mindestens ein Dutzend Beziehungen mit mehr oder weniger interessanten Männern geführt, die alle eines gemeinsam hatten: Sie redeten am liebsten über sich selbst.

Die Antwort kam allerdings von Corinne, die den Raum in einem langen weißen Kleid betrat wie eine Braut.

»Ja. Bevor du entschieden hattest, mit Anglistik aufzuhören, hast du Shakespeare studiert, weißt du noch? Du hast *Romeo und Julia* in der Hand gehalten und gesagt: ›Warum soll ich mich an diesem Zeug abrackern? Ich wechsele die Fakultät, sattele um auf Italianistik, auf Dantes *Hölle.* In der Hölle geht's mir besser.‹«

Eleonora schaute sie ein paar Sekunden lang sprachlos an, wie betäubt von dieser erstaunlichen Gedächtnisleistung. »Das habe ich gesagt?«

»Ja.«

»Das hast du gerade erfunden.«

»Nein, ich schwöre es.«

»Ich liebe Shakespeare.«

Alessandro erhob sich, um die Tür zu öffnen. Eleonora hatte das Klopfen gar nicht gehört, sie war so vereinnahmt gewesen von dem Ping-Pong-Dialog, bei dem der Ball verrückt zu spielen schien.

»Dieser Gestank nach ranzigem Öl ist widerlich«, sagte eine tiefe Stimme, die jede Silbe einzeln betonte, abfällig. Die Stimme einer Schauspielerin. »Es ist absurd, dass dieses Haus am einzigen Abend in der Woche, an dem die Köchin frei hat, also jeden verdammten Samstagabend, nach ranzigem Öl stinken muss. Was kostet es euch, eine Pizza in den Ofen zu schieben?«

»Du kannst gerne kochen, Denise«, erwiderte Corinne, wirkte jedoch nicht verärgert. In ihrem gelassenen Tonfall konnte sie sagen, was sie wollte, ohne dass es zu Unstimmigkeiten kam.

Hinter Denise, einer mageren jungen Frau mit feinen Gesichtszügen, die im Widerspruch standen zu ihrer Art zu sprechen und sich zu bewegen, erschien ein blonder Mann mit einem freundlichen Lächeln. Er sah Alessandro ähnlich, hatte aber nicht dessen Charisma. Allerdings umgab ihn jener Hauch von Unwirklichkeit, der gewissen Frauen, die gern verführen, ungemein gefällt.

»Eleonora, ich möchte dir meinen kleinen Bruder Maurizio vorstellen«, sagte Alessandro, während Denise in den Feinkosttüten kramte und dabei die Nase rümpfte. »Und das hier ist Denise, unsere Hauptdarstellerin und seine Frau. Sie spielt gern die Diva, aber keine Sorge, das ist alles nur Schall und Rauch.«

»Apropos Rauch«, erwiderte Denise und wühlte in ihren Taschen. »Wo zum Teufel habe ich das Hasch hingetan?«

Eleonora blickte ihr nach, als sie aus dem Haus rannte, vermutlich zum Auto, um nachzusehen, wo ihr das wertvolle Tütchen heruntergefallen sein könnte. Sie hatte Eleonora weder begrüßt noch beachtet. Denise war zweifellos eine Diva. Und unhöflich.

»Mach dir nichts draus, sie ist nervös«, sagte Maurizio mit sanfter Stimme.

Eleonora nickte, sie fühlte sich unbehaglich.

»Wir haben eine neue Schauspielerin im Ensemble. Denise fürchtet, sie könnte ihr die Hauptrolle streitig machen.«

»Als würden wir im Teatro Verdi auftreten«, mischte Alessandro sich ein und griff nach einer Fritte.

Seine Art zu essen war bezaubernd, er schien sich überhaupt nicht schmutzig zu machen. Eleonora zwang sich, ihn nicht anzustarren. Was gibt es Erregenderes als einen Mann, der sich nicht schmutzig macht? Keine Speichelspuren, eine Anmut und Schönheit sondergleichen, keine markante Geste, kein Geruch. Nichts ist faszinierender als die Geschlechtlichkeit eines Engels.

Denise kam wieder herein, ignorierte Eleonora jedoch weiterhin, sogar als sie am Tisch saßen. Es war ein tristes Abendessen unter Menschen, die sich nichts zu sagen hatten. Oder aber sie hatten zu viele Dinge zu bereden, über die sie jedoch nicht vor Eleonora sprechen wollten. Das war nichts Neues: Ihre Mutter und ihre beste Freundin hatten ständig Geheimnisse gehabt, während sie, die leibliche Tochter, von den meisten Gesprächen ausgeschlossen war. Die ablehnende Atmosphäre kränkte sie.

»Ich bin müde«, sagte Alessandro irgendwann und brach das Schweigen.

Corinne stand abrupt auf und folgte ihm die Treppe hinauf. Plötzlich wirkten alle wütend.

»Das Abräumen bleibt wieder mal an mir hängen«, maulte Denise und steckte sich eine Zigarette in den Mund, die nach feuchtem Gras roch.

»Ich helfe dir.«

Denise schaute sie geradezu mitleidig an. »Mach dir keinen Kopf, Eleonora. Bei uns herrscht im Moment keine berauschende Stimmung. Aber das geht vorbei.«

Sie brach in Lachen aus, ein Gelächter, das nichts bedeutete, und fing an, die Plastikteller zu stapeln. Eleonora kümmerte sich um den Rest. Alles auf diesem Tisch war künstlich, das Plastikbesteck verbog sich bei der geringsten

Berührung, und in den Bechern bildeten sich scharfe Ritzen, wenn man sie zusammendrückte, damit sie weniger Platz beanspruchten.

Nachdem sie fertig abgeräumt hatten, ließen Maurizio und Denise sich auf das Sofa fallen, erschöpft von Gott weiß was, und Eleonora blieb nichts anderes übrig, als ganz allein auf dem halbrunden Zimmermädchenbalkon in der abgelegensten Kammer der Villa eine Zigarette zu rauchen.

2

Eleonoras Träume waren verworren und nur schwer in Erinnerung zu rufen.

Zu viele Einzelheiten, zu viele Gesichter.

Sie hatte häufig wiederkehrende Träume: grauenvolle, klaustrophobische, beängstigende, aber auch fleischliche, sinnliche, erregende.

Nur manchmal träumte sie von ihrer Mutter, wie in dieser Nacht. Die langen mütterlichen Arme streckten sich ihr entgegen, und sie verharrte in Erwartung der Berührung, während die offenen Hände die Luft durchschnitten, die mit Corinnes Abwesenheit erfüllt war.

Eleonora war unruhig. Ihre Ankunft in der Villa Bruges glich einem Traum. Es kam ihr vor, als wäre sie schon immer hier gewesen und gleichzeitig nie angekommen.

Als Corinne ihr Zuhause zum ersten Mal betreten hatte, war sie wie eine Königin empfangen worden. Dies hatte Eleonora zunächst mit Stolz erfüllt. Ihre Mutter fand Corinne entzückend, und es war Eleonora vorgekommen, als schenkte sie ihr einen ganz neuen, anerkennenden Blick.

Es gab keinen Grund, warum jetzt umgekehrt dasselbe geschehen sollte. Dennoch hatte sie es tief in ihrem Innern gehofft, und ihr Gerechtigkeitssinn rebellierte.

Die Bewohner der Villa Bruges hatten sich in den ersten zehn Minuten gastfreundlich gezeigt, danach waren sie zur

Tagesordnung übergegangen, als wäre Eleonora gar nicht da. Ihr Schweigen war der beste Beweis. Wenn in Beziehungen Vertrautheit herrscht, macht einem eine bestimmte Art von Leere keine Angst, sie muss nicht zwingend mit unnützem Smalltalk gefüllt werden.

Jemand klopfte am nächsten Morgen an die Zimmertür, als Eleonora noch mit geschlossenen Augen im Bett lag und dachte, wie sehr sie sich von den Leuten hier unterschied. Sie hätte nie eine Runde verlassen, solange noch Gäste am Tisch saßen. Nie.

»Herein«, sagte sie, in der Überzeugung, dass es Corinne war.

Aber Alessandro trat ein, mit einem randvoll gefüllten Tablett.

»Guten Morgen. Na, gut geschlafen?«

Eleonora schlug die Hände vors Gesicht. Ungeschminkt, mit Augenringen und Kopfkissenfalten – so durfte er sie nicht sehen. Einen bestimmten Grund gab es nicht, sie wollte sich ihm einfach nicht in diesem Zustand präsentieren.

»Was ist, hast du Kopfschmerzen?«

»Ja. Ganz fürchterliche.«

»Warte, ich hole dir ein Schmerzmittel.«

»Nein, nein.«

Alessandro öffnete die Fensterläden, und ein weiches, schweres Licht fiel herein. Es war bereits brütend heiß draußen.

»Wie spät ist es?«

»Halb zehn.«

»Machst du Witze?«

Er gab keine Antwort, sondern ließ sich einfach nur von der Sonne das Gesicht streicheln. Er war wunderschön, sogar in dem unbarmherzigen Licht.

»Komm, iss was und zieh dich an. Ich möchte dir Borgo San Lorenzo zeigen und dich meinem Bruder vorstellen.«

»Noch einer?« Sie stand auf und ging zu dem Tablett, auf dem sorgfältig angeordnet eine Tasse Milch und Kaffee standen, dazu ein Stück Obstkuchen, ein Glas Orangensaft und Zuckertütchen, wie in einer Bar. »Um Gottes willen, das ist viel zu viel.«

»Ich möchte wiedergutmachen, dass ich gestern nicht sehr freundlich zu dir war. Weißt du, in letzter Zeit streiten wir dauernd, und ich wollte nicht, dass es vor dir passiert.«

Er drehte sich um und verließ das Zimmer. Die Bewegung hätte bei jedem anderen brüsk gewirkt, aber an diesem Magier war nichts Unhöfliches, und ihn in seiner grauen Jeans von hinten zu betrachten, war fast genauso angenehm, wie ihm auf den Mund zu starren.

»Ich erwarte dich unten, in«, er schaute auf die Uhr, »einer halben Stunde?«

Sie würde es nie schaffen, in einer halben Stunde zu frühstücken, zu duschen und sich zu schminken, dennoch antwortete sie ohne zu zögern: »Ja.«

Corinne war zum Glück in der Arbeit, daher würde sie sich hübsch herrichten können, ohne den kritischen Blick ihrer Freundin auf sich zu spüren. Nur zu gern hätte sie es in Rom zurückgelassen, dieses Gefühl, ständig taxiert zu werden, das ihre Beziehung mit Roberto geprägt hatte. Eleonora hatte sich in einen müden, versnobten Professor verliebt und ihm erlaubt, ihr bei jeder Gelegenheit zu beweisen, dass sie unzulänglich war. Sie hatte ihm die dankbare Rolle ihres Lehrers und Mentors zugewiesen, die er jedoch missbraucht und sie wiederholt der Lächerlichkeit preisgegeben hatte.

An dem Tag, als sie ihn verlassen hatte, waren sie mit Freunden in einem Restaurant am Strand von Ostia essen gegangen. Alle waren in Jeans oder kurzen Hosen gekommen, nur sie trug ein schwarzes Etuikleid und hochhackige Schuhe. Während ihr das Make-up in der Hitze übers Gesicht lief, unterstrich das angedeutete Lächeln der ungeschminkten Partnerinnen von Robertos Freunden die tiefe Kluft zwischen Intellektuellen, die niemandem etwas beweisen müssen, und einer Aushilfslehrerin, die sich herausputzen muss, um Anerkennung zu finden.

Einzig Robertos beste Freundin Sonia hatte immer eine tröstende Geste für sie übrig gehabt. Eleonora hatte sich an sie geklammert wie an ein Floß auf stürmischer See, bei ihr hatte sie Trost gefunden und sich überzeugen lassen, dass sie trotz allem ein Mindestmaß an Würde besaß.

»Sie geht nachher noch auf einen Ball«, hatte Roberto, genervt von den Blicken der anderen Frauen, bei dem Essen unvermittelt gesagt. »Achtet nicht auf sie.«

Daraufhin war Eleonora von dem trendigen rustikalen Tisch aufgestanden und gegangen. Der Professor hatte sie eingeholt, als sie gerade ins Taxi einsteigen wollte, aber nur um ihr eine weitere Bosheit hinzuwerfen, in der Überzeugung, dass sie ohnehin jedes Wort vergessen würde.

»Du bist wie ein Ölfleck auf einer Jacke«, hatte er gezischt und dem Taxifahrer einen Geldschein hingestreckt.

Eleonora hatte ihm hart auf den Handrücken geschlagen, und der Fünfziger war zu Boden gefallen. Dann war sie ins Taxi gestiegen und davongefahren.

Ihre Freundinnen konnten ihr in solchen Fällen nicht helfen. Sie sprachen von Neid, aber das überzeugte Eleonora nie wirklich. Der springende Punkt war ihrer Meinung nach ein anderer: Wenn du attraktiv bist, musst du so tun, als wärst du dir dessen nicht bewusst.

Entgegen jeder Vorhersage stand Eleonora nach fünfunddreißig Minuten unten in der Eingangshalle. Sie hatte die schwarzen Haare zu einem Pferdeschwanz zusammengebunden und trug ein einfaches knielanges Kleid. Es war sehr warm, aber der leichte Stoff umspielte ihre Beine, ohne daran zu kleben. Ein einziges Mal hatte sie vielleicht die richtige Wahl getroffen.

Alessandro telefonierte und redete über Themen, die schlecht zu ihm passten: Aktien, Wertpapiere, Wechselkurse. Er war dabei allerdings nicht weniger attraktiv, und er stand nie still, sondern marschierte beim Sprechen vom Fenster zur Eingangstür, dann zur Küche und wieder zum Fenster.

Als er sie bemerkte, bedeutete er ihr mit einem Handzeichen, aus dem Haus zu gehen, und zusammen stiegen sie kurz darauf in einen schwarzen SUV. Im Wageninneren prallte seine Stimme gegen die Autofenster, drang ohne Streuverluste an ihre Ohren, und es war schwierig, dem verführerischen Klang zu widerstehen.

Die Frau, die Eleonora in ihren Träumen war, hätte ihm einfach eine Hand aufs Bein gelegt, während er die schwere Geländelimousine anließ. Sie hätte ihm zu verstehen gegeben: Hier bin ich. Doch Eleonora war nie, was sie sein wollte. Abgesehen davon war Alessandro, selbst wenn er Interesse an ihr gezeigt hätte, immer noch Corinnes Freund.

»Wie du siehst, ist die Villa Bruges von Weinbergen und Olivenhainen umgeben«, sagte er, nachdem er das Telefongespräch beendet hatte.

Sie fuhren auf einem Feldweg, die Sonne prallte von den weißen Steinen zurück und zwang sie, die Sonnenbrillen aufzusetzen. Die dunklen Schatten unter den dichten Weinbergen wichen unvermittelt dem Sonnenlicht auf den Straßen, in einer unwirklichen Folge von Dunkelheit und Helligkeit, Nacht und Tag, Frische und Schwüle.

»Zehn Minuten von hier entfernt liegt der Hof meines Bruders Emanuele, und unweit davon ist Borgo San Lorenzo.

Dort findet jedes Jahr ab dem zwanzigsten Juli ein Theaterfestival statt, bei dem wir zusammen mit anderen Straßenkünstlern auftreten werden. In einer mittelalterlichen Altstadt Shakespeare aufzuführen ist unglaublich stimmungsvoll. Es gibt mir das Gefühl, etwas Wahres zu tun. Ich glaube an die Literatur und daran, dass sie eine universelle Sprache schafft, unabhängig von Raum und Zeit. Eine Literatur, die auf die Realität einwirkt, Schönheit, die uns verändern kann.«

Alessandro schaute Eleonora einen Moment lang an. Er wartete auf eine Antwort. Er konnte nicht wissen, dass sie nach einem passenden Satz suchte, einem Satz, bei dem er die Augen aufreißen, der ihn betroffen machen würde wie eine Offenbarung.

»Entschuldige. Manchmal geht die Begeisterung mit mir durch.«

»Aber nein, es ist schön dir zuzuhören.«

Er achtete nicht weiter auf ihren Versuch, Bewunderung zu zeigen, die nur wenig glaubhaft wirkte, gerade weil sie ehrlich gemeint war.

Neben einer Koppel hielt er an und öffnete die Wagentür, woraufhin der kühle Fahrgastraum mit drückend heißer Luft erfüllt wurde. Eleonora rang nach Atem. Sie war ohnehin schon nervös, und die Hitze machte es nur noch schlimmer. Trotz Alessandros Freundlichkeit fühlte sie sich wie ein unerwünschter Gast, und was immer sie sagte, konnte nicht annähernd wettmachen, was dieser Mann ihr bot. Ein Dach über dem Kopf, etwas zu essen, eine intelligente Unterhaltung.

»Komm da runter, bevor du dir den Hals brichst!«, brüllte Alessandro, und sein Geschrei überraschte Eleonora. Sie hätte sich nie vorgestellt, dass aus seinem Mund ein so scharfer Befehl kommen könnte.

Seine Worte galten einem Mann auf einem Pferd, das jäh gestiegen war. Der Mann gehorchte, obwohl er nicht den Eindruck machte, sonderlich fügsam zu sein. Er war hochgewachsen und schmutzig, und seine Augen glichen zwei dunklen Höhlen.

»Spiel nicht den großen Bruder«, entgegnete er, öffnete das Holztor der Koppel und schloss es hinter sich wieder. »Und achte auf deinen Ton.«

Ob er wohl scherzte? Er wischte sich die Finger ab und streckte Eleonora eine Hand entgegen. Sie war verblüfft über die Ähnlichkeit der beiden Brüder. Beide waren überaus attraktiv. Emanuele war weniger elegant, aber körperlicher. Seine Gesichtszüge waren markanter, die Hände größer, die Schultern breiter, der Mund war voller. Seine Augen standen nicht wie bei Alessandro leicht schräg, sondern zogen sich länglich zu den Schläfen hin, sie wirkten orientalisch.

»Freut mich. Emanuele.«

»Eleonora. Ein schönes Pferd.«

»Eine Schlampe.«

Eleonora fuhr zusammen, und er lachte überrascht auf.

»Benutzt du keine unanständigen Wörter?«

»Doch, natürlich.«

»Ich wollte sagen, die Stute macht, was sie will. Gehen wir rein.«

Auf der Schwelle des einfachen Bauernhauses erschien eine Frau, die Stirn gerunzelt. Sie trug Jeans-Shorts und ein militärgrünes Achselshirt, auf das nackte Brustwarzen aufgedruckt waren.

Sie musterte Eleonora von Kopf bis Fuß und stellte sich dann mit einem breiten amerikanischen Akzent vor. »Hi, ich bin June. Du musst Julia sein.«

»Nein, Eleonora«, antwortete Alessandro und ging ihnen voraus in die Küche.

»Corinne hat aber Julia gesagt«, widersprach June und fuchtelte mit den Fäusten in der Luft, als wollte sie mit schroffen Gesten auf ihrer Position beharren.

»Hol Wasser«, befahl Emanuele und setzte sich an den rechteckigen Tisch in der Mitte der Küche. Der Tisch war zu groß für den Raum, was auf eine Gastfreundlichkeit hindeutete, die Eleonora erstaunte. Wer unter Tieren lebt, schätzt Menschen normalerweise nicht allzu sehr. »Entschuldige, Eleonora, ich trinke nur einen Schluck frisches Wasser, dann gehe ich duschen. Du kannst dir sicher vorstellen, wieso.«

Sie nickte gelassen. Hier fühlte sie sich wohler als in der Villa. Nicht weil ihr der Luxus unbehaglich gewesen wäre, sondern weil Emanuele etwas an sich hatte, durch das sie sich nicht fehl am Platz vorkam. Vielleicht eine gewisse Leichtigkeit, freundschaftliche Beziehungen zu knüpfen, oder einfach eine Neigung zur Gastfreundschaft. Tatsache war, dass Eleonora sich entspannte, zum ersten Mal, seit sie in der Villa Bruges angekommen war.

»Hier gefällt es mir«, sagte sie.

Sie ließ den Blick durch den Raum schweifen, dann merkte sie, dass Emanuele sie musterte. Aber selbst das bereitete ihr kein Unbehagen. Sie spürte nur ein Brennen im Hals, einen Kitzel unmittelbar unter der Hautoberfläche.

»Mir nicht«, sagte June und stemmte die Hände in die Hüften. »Ich bin aus Texas nach Italien gekommen, in der Hoffnung, keine Farm und keine Pferde mehr sehen zu müssen.«

»Offenbar ist es dein Schicksal«, warf Alessandro ein, in der vergeblichen Hoffnung, sie zum Lachen zu bringen.

»Warum stehst du, June? Setz dich doch«, sagte Eleonora, als wäre sie die Hausherrin.

Doch June setzte sich nicht an den Tisch. Sie verschränkte nur die Arme und hob den rechten Mundwinkel zu einem schiefen Grinsen, das wohl ein Lächeln sein sollte.

»Okay, ich gehe jetzt duschen«, sagte Emanuele, stützte sich mit seinen großen Handflächen auf den Holztisch und erhob sich. »Was ist mit euch, bleibt ihr solange, oder geht ihr gleich wieder?«

»Ich muss noch zum Probenraum. Dort wartet der Dirigent der Musikkappelle, der sich für Riccardo Muti hält. Ich muss ihm ein paar Dinge erklären.«

Emanuele verließ die Küche, gefolgt von Alessandro. Eleonora trippelte hinter ihrem Begleiter her, neugierig und misstrauisch zugleich. Es herrschte eine seltsame Atmosphäre, und die beiden Brüder und ihre Partnerinnen verhielten sich ihr gegenüber eher unklar. Es war, als ob sie einem Drehbuch folgten, wobei hin und wieder die Realität in die Dialoge einfiel, sich in das Gelächter oder einen messerscharfen Blick einschlich.

Dennoch sah Eleonora keine Notwendigkeit, sich eine andere Unterkunft zu suchen. Sie war erst seit einem Tag hier, doch sie hatte bereits einen kleinen Raum für sich erobert, gegen alle Vorhersagen und jedem seltsamen Verhalten zum Trotz.

Der Dirigent der örtlichen Musikkappelle hatte eine lustige Art zu reden. Jedes Mal, wenn er einen Doppelkonsonanten aussprach, hob er den rechten Arm und nickte, das Kinn fast auf die Brust gedrückt, um seine Aussage zu unterstreichen. Und er benutzte viele Doppelkonsonanten, sehr viele sogar.

Eleonora hatte schon immer eine ausgeprägte Begabung, Anomalien zu erfassen. In einer Menschenmenge erkannte sie stets denjenigen, der anders war oder in die entgegengesetzte Richtung ging, und selbst wenn es der Kleinste von allen war, sie entdeckte ihn stets. Sie erinnerte sich an jede Einzelheit eines Gesichts, merkte sich Ticks, die Intonation der Stimme, falsche Gesten, verborgene Lügen.

Während der Dirigent gestikulierte, stand Alessandro an

eine kahle Mauer gelehnt da, den Kopf geneigt und den Blick zu Boden gerichtet, als ergebe er sich bedingungslos. Er war total ruhig, während sein Gegenüber im Feuer seiner unverstandenen Kunst zu verbrennen schien.

Alessandro ließ ihn ausreden, dann hob er den Blick und schaute ihn an. »Maestro, es handelt sich um Theater«, sagte er mit leiser Stimme, wobei er jede Silbe betonte. »Es ist kein Konzert, verstehen Sie?«

»Wir sind hier aber nicht im Theater. Die Vorführung findet auf der Straße statt.«

»Umso mehr darf die Musik die Stimmen nicht übertönen. Die Akustik wird schrecklich sein, selbst mit ein paar Mikrofonen an strategisch wichtigen Stellen. Julia auf ihrem Balkon wird überhaupt kein Mikrofon haben. Außerdem ist eine Musikkapelle, und das ist ein nicht ganz unbedeutender Aspekt, nicht gerade die ideale Formation, um Prokofjew zu spielen. Es fehlt das Klavier. Verstehen Sie, Maestro? Die musikalische Begleitung muss im Hintergrund bleiben. Sie soll genau das sein: eine Begleitung.«

Der Dirigent schwieg, die Hand auf halber Höhe, zwischen den Zähnen ein stecken gebliebener Doppelkonsonant. Er drehte sich zu den Mitgliedern seiner Kapelle um und nickte, dann schüttelte er den Kopf, als wolle er seine absolute, wenngleich wortlose Missbilligung unterstreichen.

»Ich danke Ihnen allen.«

Alessandro verabschiedete sich und Eleonora mit ihm. Sie kehrten zum Wagen zurück, während ein belebender Wind aufkam und ihr leichtes Kleid bis zu den Oberschenkeln aufbauschte. Sie hätte die Szene gern mit einem Filmkuss besiegelt, doch sie wusste, dass das mehr als nur lächerlich war, schließlich kannte sie Alessandro erst seit knapp einem Tag. Dennoch wäre es in einer idealen Welt vollkommen natürlich gewesen, ins Auto zu steigen, die

Tür zuzuschlagen, ihn am Hemdkragen zu packen und ihm über den Mund zu lecken. Jenen Mund, aus dem sonst leichte Worte in gelassenem Ton perlten, außer wenn er mit seinem großen Bruder schimpfte.

»O Romeo, Romeo«, sagte sie jedoch nur und legte den Sicherheitsgurt an.

Er lächelte, und auf seinen Wangen bildeten sich zwei Grübchen. »Willst du dich ebenfalls um die Rolle der Julia bewerben? Tut mir leid, aber die ist bereits an Denise vergeben. Nicht weil sie die beste Kandidatin wäre, sondern weil wir wenig Zeit haben und sie den Text schon auswendig kann.«

Eleonora hob amüsiert eine Augenbraue. »Andernfalls hättest du meine Kandidatur in Betracht gezogen?«

»Na sicher. Du wärst die perfekte Julia. Dein Spitzname macht dir alle Ehre. Außerdem hast du weiße Haut und schwarze Haare.«

»War das nicht Schneewittchen?«

Alessandro brach in Lachen aus, was ihn mit einem kindlichen Enthusiasmus erfüllte.

»Stimmt, das war Schneewittchen. Für die Julia geht zur Not auch blond, wie Denise.«

Zufrieden suchte Eleonora in ihrer Handtasche nach den Zigaretten und hoffte, den dümmlichen Ausdruck unter Kontrolle zu bringen, der sich auf ihrem Gesicht breitgemacht hatte.

»Darf ich rauchen?«

»Ja, klar. Ach, zünd mir doch auch eine an, bitte.«

Sie reichte ihm die Zigarette, er bedankte sich, ohne den Blick von der Straße abzuwenden. Es war fast Mittagszeit. Nach dem, was Denise am Abend zuvor gesagt hatte, würde es heute in der Villa Bruges nicht nach ranzigem Fett riechen.

»Corinne arbeitet extrem viel, sogar am Sonntag«, sagte sie und blies den Zigarettenrauch aus dem Fenster.

»Nein, nur in diesen Tagen. Wegen des Festivals sind viele Touristen da. Engländer vor allem. Sie arbeitet für das Fremdenverkehrsbüro, kümmert sich aber auch um die Unterbringung von Privatleuten in Herbergen und Ferienhäusern.«

»Verdient sie denn gut?«

Alessandro zuckte mit den Schultern, vermutlich langweilte ihn das Gespräch. »Keine Ahnung. Was hältst du von Emanuele?«

Tja, was halte ich von Emanuele?

»Warum fragst du?«

»Nun ja, normalerweise macht er mächtig Eindruck auf die Frauen.«

»Weil er eine Neonlampe an der Stirn trägt, auf der das Wort SEX blinkt?«

Wieder ein Lachen. Sie machte ihre Sache offenbar gut.

»Ja, so ungefähr. Du bist sympathisch, weißt du das?«

Sympathisch war nicht gerade ein großes Kompliment. Aber sie wollte sich vorerst damit begnügen.

Als sie zur Villa Bruges zurückkamen, wartete Corinne bereits draußen. Sie schien zu schweben, stand auf dem äußersten Rand der obersten Treppenstufe, die blonden Haare fielen ihr ins Gesicht.

Eleonora schritt lächelnd an ihr vorbei.

»Ich gehe duschen«, sagte sie. Ihre Freundin wollte mit Alessandro allein sprechen, das war offensichtlich.

Corinne machte dasselbe Gesicht wie bei den seltenen Anlässen, wenn Eleonora und ihre Mutter beim Nachhausekommen über eine dumme Bemerkung gelacht hatten und Corinne plötzlich vor ihnen stand. Die Augenbrauen zusammengezogen, enttäuschte Gesichtszüge, als wartete sie seit Stunden auf ihre Rückkehr, als wäre sie Ritas Tochter, das Nesthäkchen überdies, dem nicht zugemutet werden durfte, sich zu gedulden.

3

Am zweiten Tag in der Villa Bruges war es Eleonora bereits zur Gewohnheit geworden, sich auf dem kleinen Balkon der Zimmermädchenkammer aufzuhalten. Vor dem Abendessen rauchte sie eine Zigarette und schaute hinunter auf den Garten vor der Villa. Dort stand Maurizio und wartete auf Denise, die sich mit Emanuele unterhielt. Unruhig tänzelte sie um ihn herum, schien leise zu sprechen, weil June ihnen vermutlich zuhörte. Maurizio und June waren letztlich zwei Bauernfiguren, die wie angewurzelt dastanden und auf einen Spielzug der Läufer warteten. Emanuele sah zur Villa hinüber, Denises Augen dagegen waren auf ihr Gegenüber gerichtet.

Eleonora war überrascht, als er unvermittelt den Blick hob und den ihren kreuzte. Denise redete ununterbrochen weiter, während Emanuele Eleonora anschaute.

Sie gab sich einen Ruck, drückte die Zigarette in einer Topfpflanze aus und zog sich ins Zimmer zurück, unentschlossen, welches Kleid sie anziehen sollte. Schließlich entschied sie sich für ein blaues Etuikleid und hochhackige Schuhe, als stünde ein Restaurantbesuch auf dem Programm. Im Grunde machte sie hier so etwas wie Urlaub, und im Urlaub gab sie stets ihr Bestes. Dass Alessandro ebenso wie Emanuele ihre unbeholfenen Versuche, sich zu integrieren, mit großer Ungezwungenheit aufnahm, machte es ihr darüber hinaus möglich, so zu tun, als hätte sie kein anderes Ziel als die Villa Bruges.

Die Fiktion schien im Leben dieser Gruppe eine Konstante zu sein. Es war, als ob alle eine Rolle spielten und dabei an etwas anderes dachten. Ab und zu kam Leben in einen von ihnen, und er wurde authentisch, um gleich darauf wieder in seine Rolle zu verfallen, in einen Mantel scheinbarer Ruhe gehüllt.

Eleonora stieg die Treppe hinunter wie in Trance, eine neue, nie empfundene Sehnsucht begleitete sie. Dieser Mikrokosmos hatte eine hypnotische Wirkung auf sie, und die Stimmen, die aus dem Salon zu ihr drangen, waren ein einschläferndes Wiegenlied.

Zwischen den bereits bekannten Tönen hörte sie sofort die Anomalie heraus, eine schrille, unangenehme Stimme. Eleonora blieb in der Tür zum Salon stehen, um sich einen Augenblick lang als Zuschauerin im dunklen Parkett zu fühlen.

Alle standen im Kreis um den Tisch herum, wie die Mitglieder einer Sekte vor einem Opferritual. Denise hüpfte von einem Fuß auf den anderen, wobei ein Lächeln ihr Gesicht in zwei Hälften teilte. Alessandro starrte mit halboffenem Mund und entgeisterter Miene die Urheberin der grauenvollen Töne an.

»Daraufhin habe ich mit dem Verantwortlichen für den Spielplan gesprochen«, sagte eine hochgewachsene Frau, deren Kopfbewegungen ein scharfes Profil und leuchtend grüne, kohlenschwarz umrandete Augen erkennen ließen.

June und Maurizio waren nicht dabei, und Corinne stand hinter Emanuele in seinem Schatten. Sie schien sich fast an seinen Rücken zu lehnen.

»Wir könnten *Romeo und Julia* auf Dezember verschieben. Ihr spielt beim Festival nur einen Auszug, richtig?«

»Ja, nicht mehr als fünfundzwanzig Minuten«, antwortete Alessandro, immer verblüffter. »Auf den Dezember, sagst du?«

»Ja. Tut mir leid, vorher geht nicht. Der Spielplan ist dieses Jahr voller Events.«

»Aber nein!«

Alessandros Ausruf fiel auf den Opfertisch und veranlasste Eleonora, aus dem dunklen Parkett ins Licht zu treten.

»Ich will damit nicht sagen, dass es nicht okay ist, Michela. Ich bin nur … fassungslos.«

»Ich hoffe, du freust dich.«

»Das ist eine fabelhafte Neuigkeit«, fiel Denise ein.

Michela beachtete sie nicht weiter, sondern drehte sich zu Eleonora um, als hätte diese ihr auf die Schulter getippt.

»Guten Abend«, sagte sie in etwas milderem Ton. »Ich bin Michela Ferrari, ich leite zusammen mit meinem Vater das Teatro Verdi.«

Wer hatte sie um ihren Lebenslauf gebeten? Eleonora bestimmt nicht.

»Michela, darf ich dir meine liebe Freundin Eleonora vorstellen?«, sagte Corinne und trat aus dem Schattenkegel von Emanueles Schultern. »Wir sind zusammen aufgewachsen.«

Eleonora streckte ihr die Hand hin, die Michela fest drückte. »Freut mich.«

»Hallo, Eleonora. Machst du Urlaub in der Villa?«

»Ehrlich gesagt bin ich auf Arbeitssuche.«

»Aha. Die üblichen Probleme Süditaliens. Entschuldige, aber ich habe deinen Akzent erkannt.«

»Um genau zu sein, lebe ich in Rom.«

»Egal.« Michela setzte sich, tippte auf den Stuhl zu ihrer Linken und schaute dabei Emanuele an. Alessandro warf ihm einen flehenden Blick zu, und sein Bruder gehorchte widerstrebend.

Eleonora blieb reglos stehen. Sie versuchte zu verstehen, warum alle so angespannt waren. Die Nachricht war wunderbar. Die Laienschauspieltruppe von Alessandro sollte in einem großen Theater auftreten. Damit würden sie, dank der Intuition eines namhaften Talentscouts, zu einem Profiensemble werden. Trotzdem waren an diesem Abend alle übellaunig.

Zum Glück blieb Michela nicht zum Essen, sondern trank nur einen Aperitif und verschwand wieder. Das Haus atmete auf, und seine Gäste ebenfalls. Kaum war das Geräusch des davonfahrenden Autos durch das Fenster zu hören, sprang Emanuele jäh von seinem Stuhl auf, wobei zwei Gabeln zu Boden fielen.

»Scheiße, Herrgott noch mal.«

Alessandro packte ihn am Arm und schaute ihn an. »Bitte, Emanuele. Das ist eine einmalige Chance für uns.«

»Wieso? Willst du etwa Schauspieler werden? Dann hättest du in Los Angeles bleiben sollen, statt wie ein Showgirl zu flennen, den Schwanz einzuziehen und nach Italien zurückzukommen.«

»Sei kein Arsch, Emanuele.«

Eleonora musste sich zurückhalten. In einem Moment wie diesem in Lachen auszubrechen schien ihr unpassend. Doch das Schimpfwort aus dem sanften Mund von Alessandro ging ihr nicht mehr aus dem Kopf, es passte nicht zu ihm.

»Ich hasse sie. Und nun soll ich gute Miene machen, damit du keine Probleme bekommst. Vergiss es. Lade mich bitte nicht mehr zum Abendessen ein, wenn die Schnepfe das nächste Mal kommt.«

»Apropos Abendessen, was hat Mina gekocht?«, fragte Denise, aufgekratzt wie nie zuvor. »Als sie ging, wollte sie es mir nicht sagen.«

Die Frage war unangebracht, aber sie löste die Spannung.

»Sie hat dir nichts gesagt, weil sie dich überraschen wollte. Es gibt ein Gericht, das du sehr magst«, sagte Alessandro lächelnd.

Er war so liebenswürdig! Außer im Umgang mit seinem Bruder.

»Ich liebe diese Frau!«

Corinne trug das nach Wein duftende, von knusprigem, öltriefendem Speck umhüllte Fleisch auf. Alle bekamen Appetit, außer Eleonora. Emanuele hatte neben ihr Platz genommen, Alessandro saß ihr gegenüber und aß mit der gewohnten Anmut, als hätte er es nicht nötig, sich zu ernähren.

»Wo ist June?«, fragte Eleonora leise an Emanuele gerichtet, während die anderen über ihr neues Theaterabenteuer redeten. Sie sah ihn dabei nicht an, die Augen fest auf die Flasche Barolo geheftet, die zwischen dem Brot und der Form mit dem Gratin stand, auf das sich alle gestürzt hatten.

Emanuele blickte sie unbefangen an. »Nach Hause gegangen. Maurizio hat sie begleitet.«

»Warum?«

»Weil ich es so entschieden habe.«

Was zum Teufel sollte das bedeuten? Das nachfolgende Schweigen wog noch schwerer und zwang sie, ihn anzuschauen.

»Wie meinst du das?«

»Geht ihr morgen zu Manzoni?«

Dass er ihre Frage einfach überging, machte Eleonora nervös, aber sie versuchte, es sich nicht anmerken zu lassen.

»Manzoni?«

»Ja, im Gymnasium, der Privatschule einer Freundin von Alessandro. Er hat dir offenbar nichts gesagt. Dann wird er es sicher nachher tun.«

Es fiel ihr schwer, sich auf die Worte zu konzentrieren, die aus Emanueles dunklem Mund strömten. Es schien, als würden sie zwischen seinen schnurgerade aufgereihten Zähnen hervorquellen, und Eleonora erfasste nur ab und zu etwas von seinen Ausführungen.

Sie wandte sich wieder dem Wein zu, dann dem Essen, das sie bisher nicht angerührt hatte, und richtete schließlich die Augen auf das Paar ihr gegenüber. Alessandro war äußerst zuvorkommend, schenkte Corinne Wein ein, hob ihre Serviette vom Boden auf, füllte ihren Teller randvoll. Aber er berührte sie nie.

»Ich gehe eine rauchen«, sagte Eleonora an niemanden gerichtet und verschwand in den Innenhof, wo nichts als Pfirsichduft herrschte.

Die Reglosigkeit des Orts machte sie unruhig, löste ein wahres Erdbeben in ihrem Kopf aus. Kein Blatt zitterte in dem Gehölz, das den Garten wie eine nächtliche Umarmung umschloss. Der Schaukelstuhl zu ihrer Rechten wirkte wie auf den weiß gestrichenen Dielen festgenagelt, so perfekt stand er im Gleichgewicht. Kein Geräusch, kein Lebenszeichen.

Das Aufflackern eines Feuerzeugs durchbrach die unnatürliche Stille, in der alles wie verstärkt wirkte. Sie sah Emanuele, an die Brüstung gelehnt, einen langen Zug an der Zigarette nehmen und dachte an die Schulausflüge im Gymnasium zurück, an den Knoten zwischen Magen und Lunge, wenn der Junge, den sie mehr zu lieben glaubte als sich selbst, im Bus neben ihr Platz nahm.

Sie liebkoste ihn mit den Augen, zuerst sein vollkommenes Profil, dann die Schultern, über denen sich das blaue Baumwollhemd spannte, schließlich die Halskette aus Kautschuk mit dem Anhänger in Form einer Kralle aus Edelstahl, die enge Jeans um die kraftvollen Beine. Er hatte eine unglaubliche körperliche Anziehungskraft, vor allem im Vergleich zu seinem Bruder, der dagegen zart, fast schon vergeistigt wirkte.

»Warum magst du Michela nicht?«, fragte sie ihn.

»Du stellst einen Haufen Fragen.«

Es war ein Vorwurf, doch er griff unvermittelt nach ihrem Handgelenk und zog sie an sich. Die grobe Geste raubte ihr den Atem. Emanuele betrachtete den schmalen Arm, der in seiner Faust verschwand. Dann ließ er sie los, und auf ihrer weißen Haut erblühten fünf rote Druckstellen wie Rosenblätter. Er war fasziniert.

»Du bist zerbrechlich.«

»Nein, ich …«

»Gefällt mir.«

»Gefällt dir Michela deshalb nicht?«

»Herrgott, immer diese Fragen.«

Eleonora lächelte. »Du beherrschst andere gern.«

»Komm morgen Abend zu mir nach Hause.«

»Wozu?«

Emanuele war amüsiert. »Ich fasse es nicht.«

»Was?«

»Kannst du eigentlich auch Sätze ohne Fragezeichen bilden?«

Eleonora verstummte. Ihr wurde klar, dass sie gerade einen Befehl erhalten hatte.

»Ich werde nicht kommen.«

»Gut.«

Emanuele warf die Zigarette über die Brüstung und ging wieder ins Haus. An seine Stelle trat eine umso schwerere Stille.

Es war schon spät, als Corinne an ihre Tür klopfte. Es hatte ihr noch nie etwas ausgemacht, Eleonora zu wecken, wenn sie ihr etwas Wichtiges zu erzählen hatte. Am Tag vor dem Abitur hatte Corinne sie um zwei Uhr nachts angerufen, um ihr zu sagen, dass ihr Freund ihr einen Ring geschenkt hatte. Eleonora machte ihr keinen Vorwurf. Sie hatte das Telefon am Abend ausgeschaltet, weil sie wusste, dass etwas geschehen war und Corinne es ihr zum falschen Zeitpunkt sagen würde. Doch dann, kurz vor dem Einschlafen, hatte sie es wieder eingeschaltet.

»Julia, schläfst du?«, fragte Corinne im Dunkeln.

Eleonora war versucht zu schweigen, doch dann kapitulierte sie. »Nein.«

Corinne kam zu ihrem Bett geeilt. Sie musste das Zimmer gut kennen, denn sie stieß weder gegen den Stuhl, auf dem sich Kleider stapelten, noch gegen das sperrige Nachttischchen, das rein zufällig und grundlos herumstand und für gewichtigere Objekte als die schmucklose Nachttischleuchte geschaffen war.

Als Corinne unter die Decke schlüpfte und sich ganz klein machte, schloss Eleonora schweren Herzens die Augen und roch den Blumenduft in Corinnes Haaren.

Zwischen ihnen hatte nie große Vertrautheit geherrscht, einige Umarmungen, ein paar auf dem T-Shirt der anderen vergossene Tränen, mehr nicht. Es war nicht leicht, so zu tun, als würde sie sich dabei wohlfühlen, die Anspannung in den Armen unter Kontrolle zu halten, den beschleunigten Atem.

»Was ist los, Corinne?«

»Nichts, wir haben uns nur noch gar nicht umarmt, seit du hier bist.«

»Doch, gestern, als ich angekommen bin.«

»Außerdem bin ich traurig.«

Sie drückte die Nase in Eleonoras Achselhöhle, wie ein Welpe auf der Suche nach Geborgenheit. Es war peinlich, wie sie sich ergab.

»Ich glaube, Alessandro will mich wegschicken.«

Die Bemerkung hätte Eleonora überraschen sollen, tat es aber nicht. Welchen Eindruck als Paar hatten die beiden in den vergangenen zwei Tagen gemacht? Kein noch so flüchtiger Kuss auf der Schwelle, weder der Nachklang eines komplizenhaften Lachens noch eine spontan gedrückte Hand oder ein verärgertes Schimpfwort, rein gar nichts. Wie zwei Fremde.

»Was macht dich da so sicher?«

»Viele Dinge.«

»Zum Beispiel?«

»Das ist schwierig zu erklären. Alles ist schwierig mit Alessandro. An manchen Tagen redet er kein Wort. Wenn ich nicht den Kontakt suche … würde er mich glatt vergessen.«

Eleonora schaute an die Zimmerdecke. Im Dunkeln konnte sie die Umrisse der Gegenstände erkennen, die ihr bereits vertraut geworden waren. Sie glaubte sogar zu verstehen, was Corinne ihr sagen wollte. Alessandro war ein ganz besonderer Mensch, und mit ihm zusammen zu sein war bestimmt alles andere als einfach.

»Ich glaube, er hat etwas mit dieser Michela.«

Die Eröffnung zeigte Wirkung, denn damit hatte Eleonora nicht gerechnet. Sie stellte keine Fragen mehr, und der Dialog wurde zum Monolog. Doch Corinne störte sich nicht an ihrer Passivität, sondern holte im Gegenteil zu einer langen und eingehenden Beschreibung ihrer Beziehung aus.

»Ich verstehe ihn ja, weißt du. Sie ist eine attraktive Frau, und sie haben gemeinsame Interessen. Außerdem bietet sie ihm die Gelegenheit, Profischauspieler zu werden, nachdem er jahrelang sein Talent zurückgestellt hat, um sich mit Zahlen und Grafiken zu befassen. Nur eines verstehe ich nicht: warum er es so hartnäckig leugnet. Er war immer ein aufrichtiger Mann, fast schon an der Grenze zur Grobheit. Die Frauen umschwirren ihn wie die Motten das Licht, und wenn früher mal eine seine Aufmerksamkeit auf sich zu ziehen vermochte, hat er mir das immer sofort gebeichtet. Alessandro ist nicht wie Emanuele. Er ist ein liebenswürdiger Mann, er betrügt seine Frau nicht.«

»Vielleicht leugnet er es deshalb, weil er wirklich nichts mit ihr hat«, warf Eleonora ein, die sich Alessandro schlicht nicht von Leidenschaft entflammt vorstellen konnte, weder für ihre Freundin noch für Michela.

»Wir haben seit Monaten keinen Sex.«

»Habt ihr denn nie darüber gesprochen?«

»Du verstehst nicht … Es ist alles andere als einfach, mit Alessandro zu sprechen.«

Was war denn das für eine Beziehung, in der man sich scheute, offen zu sprechen?

»Außerdem sehe ich ihn, wenn er mit ihr zusammen ist … Seine Augen leuchten. Das haben sie bei mir auch getan, jedenfalls zu Beginn. Er sagte, ich sei ein zartes Geschöpf, und dass er mich ohne großen Kraftaufwand zerbrechen könnte, habe sein Interesse geweckt. Vielleicht dachte er, in mir eine Tiefgründigkeit zu entdecken, die er dann doch nicht gefunden hat. Er ist eben schon bald auf Grund gestoßen, verstehst du?«

Eleonora verstand nur allzu gut. Corinne war eine erhabene Täuschung. Ihr Blick, ihre Bewegungen, die langen Arme und die zarten Knochen machten andere glauben, dass sich dahinter Dramen verbargen, von denen lediglich ein Schatten erkennbar war. Sie erklärte nicht, sondern weckte Vorstellungen. Eleonora nickte ohne innere Teilnahme. Letztlich war es schon immer so gewesen. Jedes Mal wenn sie in der Schule einen Aufsatz über ihre beste Freundin schreiben musste, wusste sie nicht, wo sie anfangen sollte. Nur zu gerne hätte sie Corinnes innere Werte geschildert, beschrieb aber schlussendlich immer nur ihre blonden Haare, die schlanken Finger und den langen Hals.

»Es ist bestimmt eine vorübergehende Krise, du wirst sehen«, warf sie ein, wenig interessiert an den Gründen einer eventuellen Trennung. Sie war zu sehr moralischen Prinzipien verpflichtet, als dass sie sich freuen würde über die Mitteilung, dass Alessandro vielleicht bald wieder frei wäre. Gleichzeitig war es ihr unmöglich, Mitgefühl für Corinne zu empfinden. Zu viele Jahre lang hatte sie versucht, wenigstens einen Teil der Liebe zurückzubekommen, die ihre beste Freundin ihr weggenommen hatte. Selbst jetzt, da sie ihr, warum auch immer, eine Hand gereicht hatte, fühlte sie nichts anderes als eine vage Dankbarkeit, die man Fremden gegenüber empfindet, wenn diese einem einen Gefallen tun. Sie hatte Schuldgefühle deswegen, wie immer, aber sie konnte nicht bestreiten, dass es so war.

»Seit Monaten rührt er mich nicht an. Und es wird immer schwieriger, den Versuchungen zu widerstehen.«

Eleonora hustete, um ein Lachen zu unterdrücken. Wer um alles in der Welt könnte eine Versuchung darstellen für die Frau an der Seite eines Alessandro Vannini?

Doch dann stieg vor ihren Augen das Bild von Emanuele auf, wie er ihr Handgelenk festhielt, lässig an die Brüstung gelehnt, und die Lust zu lachen verging ihr.

»Ich gehe zurück in mein Bett.«

So überraschend, wie sie gekommen war, ging Corinne wieder, und ihr eckiger Körper durchschnitt die Dunkelheit. Eleonora wollte noch etwas sagen, irgendetwas, und die Sprachlosigkeit zog ihr den Magen zusammen. Sie wurde sich bewusst, dass unter all ihrem Groll vielleicht doch noch Liebe war, wenn auch eine starrköpfige Liebe.

4

Wieder ein Frühstück auf dem sperrigen Nachttischchen.

Eleonoras erste Empfindung war Scham. Alessandro hatte sie schlafend gesehen.

Die zweite war Verwirrung. Sie konnte nicht sicher sein, dass Alessandro ihr das Frühstück gebracht hatte, auch wenn genau das Gleiche auf dem Tablett stand wie am Tag zuvor. In Wahrheit war sie sich über gar nichts sicher an diesem Morgen, nicht einmal über ihre Gründe hierherzukommen.

Klar, sie hatte den Job verloren. Eine neue Stelle war nicht in Sicht, außer als Kellnerin bei McDonald's. Sie hatte einen egomanischen Mistkerl verlassen, und ihr Herz blutete noch immer. Aber rechtfertigte all das eine so radikale Lebensänderung?

Ja, sagte sie sich, war jedoch wenig überzeugt.

Die Gründe für die Veränderung waren vielleicht in den tieferen Schichten zu suchen, jenseits des fruchtbaren Terrains ihrer Rationalität.

Zwischen der Milch und dem Kaffee steckte ein Kärtchen.

»Ich habe gestern vergessen, dir etwas Wichtiges zu sagen. Ich warte unten auf dich, wir fahren nach Florenz. Ich habe einen Termin, aber vorher möchte ich dich einer Freundin vorstellen.

Alessandro«

Gütiger Himmel, ein Kärtchen. Wo hatte Corinne diesen Mann bloß aufgetrieben? Als sie Kinder waren, kaufte Eleonoras Mutter immer für beide Mädchen Weihnachtsgeschenke und auch ein Schokoladenei zu Ostern, denn die Eltern ihrer besten Freundin dachten nicht an solche Dinge. Corinne erhielt stets das Ei mit der schöneren Überraschung. Sie hatte sich offenbar das Talent erhalten, unverschämtes Glück zu haben und die richtigen Entscheidungen zu treffen.

Eleonora duschte und zog sich eilig an, um mehr Zeit zum Schminken zu haben. Diskreter Lidschatten, ein warmer Lidstrich mit dem Kajalstift, um die haselnussbraunen Augen zu betonen, dazu ein hellroter Lippenstift, damit die Lippen voller wirkten, und zum Schluss ein bisschen Terracotta-Puder auf die Wangenknochen. Sie steckte sich die Haare hoch, was ihrem Profil eine schöne Linie verlieh, und entschied, dass ein Pferdeschwanz ihren nackten Hals vorteilhaft zur Geltung brachte. So, jetzt war sie selbstbewusster.

Als sie den Salon betrat, spielte sich eine Szene wie aus längst vergangenen Zeiten ab. Alessandro erteilte der dicken, fröhlichen Köchin Anweisungen, während Maurizio und Denise an einem runden Mahagonitischchen Schach spielten. Eine Schachpartie an einem Montagvormittag um halb zehn? Unglaublich! Offenbar ging Corinne hier als Einzige einer ernsthaften Arbeit nach, und in der Tat fehlte von ihr jede Spur.

Als Eleonora sich räusperte, hob Alessandro den Kopf. Die Köchin war ziemlich klein.

»Ach, Eleonora. Darf ich vorstellen? Mina, die beste Köchin des Universums.«

Mina wirkte geschmeichelt und streckte ihr die Hand entgegen. »Freut mich.«

»Freut mich auch. Guten Morgen allerseits.«

Denise und Maurizio nickten gleichzeitig und wandten sich wieder dem Schachspiel zu. Das machte Eleonora nervös, obwohl sie sich nicht erklären konnte, warum.

Maurizios Anwesenheit fiel nicht weiter ins Gewicht, doch seine Frau beherrschte den Raum mit einem einzigen Blick. Das war sicher nicht einfach für ihn. Der Jüngste der Vannini-Brüder war am wenigsten attraktiv, am wenigsten interessant, am wenigsten kompliziert. Dennoch hatte Maurizio eine Frau geheiratet, die den Schatten, in dem er stand, noch dunkler machte.

»Habt ihr keinen Job?«, fragte sie und stellte das Frühstückstablett auf den Tisch.

Das Paar hob erneut die Köpfe. Die Frage hatte offenbar ihre Aufmerksamkeit geweckt.

»Doch«, sagte Denise. »Maurizio unterrichtet Französisch in einem Gymnasium in Florenz, und ich kellnere in einer Bar. Aber unsere beiden, ähm, Arbeitsstätten sind im August geschlossen. Zufrieden?«

Ein Lehrer und eine Kellnerin.

»Ja, danke.«

»Gut, dann mache ich mich jetzt an die Arbeit«, sagte Mina, die jeden unterschwelligen giftigen Ton zu erkennen vermochte. »Bis später.«

Sie verschwand in der Küche, während Alessandro zur Eingangstür ging und Eleonora bedeutete, ihm zu folgen. Der neue Tag in der Villa Bruges verhieß nichts Gutes.

»Wohin gehen wir?«, war die erste Frage, die sie stellte, als sie schon fast in Florenz waren.

Zehn Minuten im Auto, ohne ein Wort zu sagen, wie ein müdes Ehepaar, als hätten sie sich nicht gerade erst kennengelernt und tausend Dinge zu erzählen.

Alessandro bearbeitete mit den Zähnen eine kleine Wunde am Mittelfinger. Am liebsten hätte sie ihm den Finger aus dem Mund gezogen und dafür ihre Zunge hineingesteckt – ein Gedanke, den sie sofort wieder verscheuchte. Sie seufzte, die Hände im Schoß gefaltet, die Knie zusammengepresst wie ein Schulmädchen.

Nach ein paar Sekunden sagte er: »Eine alte Freundin von mir hat eine Privatschule in Florenz. Maurizio unterrichtet auch dort. Als Corinne erwähnte, dass du Arbeit suchst, habe ich sie gefragt, ob sie dich einstellen könnte, da du offenbar eine Lehrerausbildung hast. Sie hat mich gestern Morgen angerufen und gesagt, dass die Italienischlehrerin wegen gesundheitlicher Probleme vorzeitig in Mutterschutz geht. Natürlich ist es eine Privatschule, und du wirst nicht viel verdienen … aber wenigstens kannst du ein bisschen was verdienen, bis du einen geeigneten Job gefunden hast.«

Ihre Gedanken überschlugen sich, und sie hatte Mühe, kühl zu überlegen.

Einen geeigneten Job, vor allem. Was wäre überhaupt ein geeigneter Job für sie? Es fehlte ihr an Empathie gegenüber ihren Schülern, sie war nicht kommunikativ. Sie hatte sich immer für unfähig gehalten zu unterrichten. Eine Kollegin hatte ihr versichert, dass dieses Gefühl nach dem ersten Jahr verschwinden würde, aber es war geblieben, wie mit Wucht in den Magen gerammt.

Und dann war da noch ein anderer, bisher verborgener Gedanke: die Beflissenheit, mit der Alessandro sich um sie kümmerte. In der kurzen Zeit hatte keine Zuneigung entstehen können, es musste also in seiner Natur liegen, oder er wollte Corinne einen Gefallen tun. Nichtsdestotrotz wirkte er unbeteiligt, zeigte nicht die geringste Begeisterung. Normalerweise sind großzügige Gesten mit einer gewissen Wärme verbunden. Man sagt: »Hör mal, ich habe da eine Freundin, die dir einen Job verschaffen könnte. Mal sehen, ob etwas daraus wird.« Oder: »Sag, wollen wir morgen nach Florenz fahren? Es gibt da vielleicht eine Möglichkeit, eine Stelle als Lehrerin in einer Privatschule zu bekommen, was meinst du?«

Alessandros Art irritierte sie, trotz der guten Absichten. Gleichzeitig fand sie es auch entspannend. Vielleicht war gerade diese erzwungene Fürsorge jener Zauber, dem Corinne erlegen war und der auch sie stark anzog.

»Niemand sollte für einen anderen Entscheidungen treffen, schon gar nicht so, wie ich es tue«, sagte er, als hätte er ihre Gedanken gelesen. »Aber ich glaube, es ist für den Moment die beste Lösung. Du bist für den Job ausgebildet, hast Erfahrung im Unterrichten. Die Schule ist weniger als eine Stunde von zu Hause entfernt. Und du hast die Möglichkeit, dir für den Nachmittag noch etwas anderes zu suchen.«

»Ja, klar. Sicher.«

Kurz bevor sie die Stadt erreichten, hielt Alessandro am Straßenrand an. Er stellte den Motor ab, senkte den Kopf und schloss die Augen. Er war müde, und zwischen seinen Augenbrauen bildeten sich zwei kleine Falten, ein Hinweis auf anstrengende Gedanken. Eleonora löste den Sicherheitsgurt und wandte sich ihm zu, auch in Gedanken.

»Ist alles okay mit dir, Alessandro?«

Er öffnete die Augen, schaute aber geradeaus.

»Ja. Entschuldige, ich habe Kopfschmerzen. Corinne hat mich die ganze Nacht wach gehalten. Aber nicht, um Liebe zu machen«, sagte er und lächelte, wenn auch nicht mit den Augen. »Ich liebe sie nicht mehr. Sie kann sich einfach nicht damit abfinden und versucht mit allen Mitteln, mich umzustimmen.«

Eleonora musterte ihn so lange, dass er gezwungen war, ihren Blick zu erwidern. Seine Augen auf sich zu spüren, erleichterte das Gespräch nicht gerade, doch sie war eine hartnäckige Person.

»Wie meinst du das?«

»Sie will, dass wir wieder ein Paar werden.«

»Heißt das, ihr seid gar nicht mehr zusammen?«

»Hat sie dir denn nichts gesagt?«

»Nein. Sie hat nur erwähnt, dass ihr gerade eine Krise durchmacht. Entschuldige, aber verstehe ich das richtig? Ihr seid kein Paar mehr und schlaft trotzdem noch im selben Bett?«

Er schwieg eine Weile, bevor er antwortete. »Ich sehe nicht, wo das Problem liegt.«

»Du siehst nicht …«

Eleonora schüttelte den Kopf. Alessandro war tatsächlich ein merkwürdiger Typ. Und Corinne stand ihm in nichts nach.

»Ich mag sie gern, wir leben seit Jahren zusammen. Corinne braucht Zeit, um damit klarzukommen, dass sie ausziehen muss.«

»Ja, sicher.«

»Mir ist, als hätte ich gerade eine leicht sarkastische Note herausgehört.«

»Na ja, ich meine«, mit einem Mal war sie befangen, »mir kommt das alles ziemlich lächerlich vor.«

»Wie gut kennst du Corinne? Als erwachsene Frau, meine ich. Wir leben jetzt seit vier Jahren zusammen, und ich sehe dich zum ersten Mal. Wieso?«

Was hätte sie darauf antworten sollen? Dass ein Leben an Corinnes Seite bedeutete, nie einen Sonnenstrahl abzubekommen? Dass jede Beziehung, sei es eine Liebesbeziehung oder eine Freundschaft, für sie von Anfang an zum

Scheitern verurteilt war, als sie noch zusammen wohnten? Dass es ihr vorkam, als hätte ihre Mutter Corinne geboren und nicht sie, seit die Freundin in ihr Leben getreten war?

»Wir haben uns zuletzt in Rom gesehen, sie hat mich vor vier Jahren dort besucht. Es gab keinen Grund für mich hierherzukommen.«

Bravo, damit hatte sie an dem Ast gesägt, auf dem sie saß. Sie war also bloß hergekommen, weil sie auf Jobsuche war, sonst hätte sie gern darauf verzichtet, den Partner ihrer Freundin kennenzulernen.

»Verstehe.«

»Hör zu, Alessandro, ich habe damit nicht gemeint …«

Er ließ den Motor wieder an, und just in dem Moment klingelte das Telefon. Er begann in perfektem British English über Statistiken zu reden.

In der Schule herrschte emsiges Treiben, obwohl erst in gut zwei Wochen Unterrichtsbeginn war. Bei Alessandros Ankunft stand das gesamte Personal stramm wie ein Trupp Soldaten, einschließlich der Rektorin. Es bestand kein Zweifel, Eleonora würde den Job bekommen und an diesem Privatgymnasium Italienisch und Latein unterrichten, sie würde zwei Klassenzüge mit rund vierzig Schülern übernehmen, die vermutlich zuvor an staatlichen Schulen in Schwierigkeiten geraten oder durchgefallen waren. Vatersöhnchen, zumindest zum Großteil. Bei der Vorstellung, das Klassenzimmer zu betreten, schauderte ihr jetzt schon.

Als sie wieder draußen waren, zündete Alessandro sich eine Zigarette an und kniff die Augen zusammen, weil die Sonne ihn blendete. Eine blonde Frau mit ziemlich üppigen Kurven ging an ihm vorbei, die beiden wechselten einen Blick, und die Frau entfernte sich mit einem leisen Lächeln auf den Lippen. Eleonora war fasziniert von Alessandros

Reaktion. Der Blickkontakt hatte nicht mehr als ein paar Sekunden gedauert, doch er prägte sich ihr ein, riss Türen auf, brach Mauern ein. Dieser stets so kühl erscheinende Mann musste eine geheime Welt hinter der Schlafzimmertür haben. Zweifellos.

»Ich habe gleich noch einen geschäftlichen Termin. Es tut mir leid, dich allein lassen zu müssen«, sagte er. »Willst du auf mich warten, damit wir zusammen zurückfahren, oder möchtest du lieber den Zug nehmen?«

»Ich nehme den Zug.«

Die Antwort war Eleonora ganz spontan über die Lippen gekommen, ohne zu überlegen. Sie wollte nicht den Eindruck erwecken, unselbstständig zu sein. Den Fehler hatte sie erst beim Professor gemacht, indem sie ihm den Eindruck vermittelt hatte, ihr Leben sei schwunglos und langweilig, was Roberto mit größter Grausamkeit ausgenutzt hatte.

Eleonora hatte keine Ahnung, warum in ihrer Beziehung zu Alessandro eine Strategie notwendig wurde. Vielleicht wollte sie es aber auch einfach nicht wissen.

»Ich bin nicht daran gewöhnt«, sagte er unvermittelt.

»Woran? Dass die Frauen allein den Weg nach Hause finden?«

»Ja.«

»Kein Problem. Ich treffe mich sowieso noch mit Emanuele.« *Wieso habe ich ihm das bloß gesagt?* »Er hat mich gebeten, heute Nachmittag bei ihm vorbeizukommen.«

Alessandro warf die Zigarette weg, durch einen Windstoß verfingen sich seine Haare in den Wimpern. Es wäre wundervoll gewesen, ihm zu sagen, dass sie auf ihn warten würde und sie vielleicht noch zusammen essen könnten, nur sie beide, in einem Restaurant. Ihm zu gestehen, dass die Aufmerksamkeit, die er ihr schenkte, einen Mangel ausglich, der sie mehr als alles andere quälte.

»Hat er dich wirklich *gebeten?*«

»Nun ja, vielleicht wäre es korrekter zu sagen, er hat es befohlen«, erwiderte sie mit einem gezwungenen Lachen. Sie machte schon wieder alles falsch. »Du weißt ja, er hat diesen ganz speziellen Unterton …«

»Wem sagst du das.«

»Gut. Dann will ich mal gehen.«

»Wir sehen uns in der Villa. Hier ist meine Handynummer. Falls du Schwierigkeiten hast, den Nachhauseweg zu finden, ruf mich an.« Er reichte ihr eine Visitenkarte. »Du nimmst einfach den Zug am Hauptbahnhof, und in weniger als einer halben Stunde bist du in Borgo San Lorenzo. Dort steigst du aus, du kannst den Bahnhof nicht verpassen. Frag dich dann durch, wenn du die Straße nicht findest …«

Eleonora öffnete den Mund, um ihm zumindest mit zwei freundlichen Sätzen ihre Dankbarkeit zu bekunden, aber es wollte ihr nicht gelingen. Das komische Gesicht, das er machte, ließ sie innehalten.

»Ich bin betulich, nicht wahr?«, lachte er und küsste sie spontan auf die Wange. »Wir sehen uns später.«

Sie blieb stehen und sah ihm nach, wie er sich entfernte, anmutig, ohne einen Schlenker in den Bewegungen oder schwerfällige Gesten. Sie fragte sich, warum seine Schauspielkarriere in Los Angeles wohl im Sande verlaufen war. Er war der klassische Typ, dessen Gesten, Stimme, Gesicht auf einer Filmleinwand optimal zur Geltung kamen.

Am Bahnhof von Borgo San Lorenzo wartete Emanuele auf sie.

Die machen mich noch verrückt, die beiden, sagte sich Eleonora, als sie ihn dastehen sah, an den SUV gelehnt, eine nicht angezündete Zigarette zwischen den Lippen und mit dem typischen Bad-Boy-Ausdruck, auf den junge Mädchen stehen.

»Aha, Alice hat den Weg also gefunden.«

»Julia, Alice ... Wie viele Namen wollt ihr mir eigentlich noch geben?«

»So viele, wie du verdienst. Und hör endlich auf mit der Fragerei. Ich bin hier, weil der Boss meinte, du würdest dich bestimmt verlaufen. Steig ein.«

Er ging um den Wagen herum und setzte sich hinters Steuer. Dann griff er nach dem Feuerzeug auf dem Armaturenbrett und zündete die Zigarette an.

»Der Boss ist etwas übereifrig«, erwiderte Eleonora und stieg ebenfalls ein. »Trotzdem danke.«

»Wir wollten uns doch sowieso sehen heute.«

»Ach ja?«

Emanuele nickte amüsiert, ohne den Blick von der Straße abzuwenden.

»Soll ich dich zur Villa bringen?«

»Ja, bitte.«

»Zu Befehl, Signora.«

Eleonora versuchte sich den Weg einzuprägen und zu verbergen, dass ihr Magen sich zusammenkrampfte. Es kam ihr vor, als wäre sie wieder das kleine Mädchen in jener fernen Welt von damals. Vielleicht hatte Emanuele ja recht, wenn er sie Alice nannte.

»Morgen Abend bin ich bei einem Freund zum Essen eingeladen«, sagte Emanuele, kurz bevor er in der Auffahrt der Villa parkte. »Begleitest du mich?«

»Ist das eine Frage?«

»Ja, es ist eine.«

»Was ist mit June?«

»Herrgott noch mal, bist du dir eigentlich bewusst, dass du mir ständig Löcher in den Bauch fragst?«

Sie lachte schallend auf. »Im Ernst. Wird June nicht verärgert sein?«

»Nein, das wird sie nicht. Ich will dich einem Freund vorstellen. Oder hast du vor, deinen Aufenthalt in der Toskana als Eremitin zu verbringen? Willst du dich in die Einsiedelei der Villa Bruges zurückziehen und dich in Kontemplationen über Jesus Christus und die Heilige Muttergottes versenken?«

Sie wusste genau, auf wen er anspielte, behielt es aber für sich.

»Nein, keine Klausur. Ich will dich gern begleiten und deine Freunde kennenlernen.«

»Gut. Sonst noch Fragen, bevor wir aussteigen?«

»Nein, nein. Um wie viel Uhr holst du mich ab?«

»Also doch. Hab ich's nicht gewusst? Sagen wir, um sieben.«

»Gut. Und danke fürs Abholen.«

Eleonora stieg aus dem SUV, wobei sich ihr Herz seltsam leicht anfühlte. Sie war nicht daran gewöhnt.

Als Emanuele davonfuhr, verweilte sie lange in der Auffahrt, ehe sie ganz langsam zum Hauseingang ging. Sie verspürte das Bedürfnis, die vergangenen Stunden innerlich zu verarbeiten, war wie benommen von etwas, das sie nicht zu bestimmen vermochte.

Als sie bei der Treppe ankam, fühlte sie eine seltsame Last vor der Stirn und hob den Kopf. Denise stand hinter einem der Fenster im ersten Stock und bedachte sie mit einem strengen Blick. Ihre Augen schienen Eleonora bis hinter das Tor zurückzustoßen.

5

Halb elf Uhr vormittags.

Mindestens zwanzig Sekunden lang starrte Eleonora auf die Uhr, bevor sie realisierte, dass es tatsächlich schon so spät war. Das letzte Mal, als sie um die Uhrzeit aufgewacht war, hatte sie eine heiße Liebesnacht mit Roberto hinter sich gehabt. Sie war so glücklich gewesen, damals. Er hatte sie begehrt wie verrückt, und das hatte ihr gereicht. Die anderen hatten für sie nicht existiert, sie waren heimlich ein Paar gewesen. Das hatte sich geändert, als sie ihr Liebesnest verlassen hatten, um am gesellschaftlichen Leben teilzunehmen. In der Öffentlichkeit hatte Eleonora den Ansprüchen des verehrten Herrn Professors nicht mehr genügt.

Sie richtete sich in wenigen Minuten her, von einem unbestimmten Schamgefühl erfüllt, weil sie wie ein Kind ausgeschlafen hatte. Sie betete, dass niemand ihr spätes Aufstehen bemerken möge, aber ihr Wunsch blieb unerfüllt. Als sie nach unten kam, drang ein Flüstern aus der Küche, gefolgt von zwei Schluchzern, exakt zwei. Wer immer das war, er hielt die Tränen zurück.

Lautlos näherte sie sich und horchte. Eleonora hatte schon immer gern die Gespräche anderer belauscht, selbst die von wildfremden Menschen, sei es im Zug, an der Kasse im Supermarkt oder auf der Straße. Sie war fasziniert vom

Leben anderer Leute, weil sie gefühlt immer einen Schritt hinter den interessanten Dingen stand, sie geschehen ließ und dabei abseits blieb.

Wenn ich wenigstens ein Kind hätte, dachte sie, während sie den amerikanischen Akzent von June erkannte, die sich bitter beklagte.

»Ich bin es leid.«

»Das glaube ich dir gerne, Herzchen«, sagte Denise in gereiztem Tonfall. »Du kannst so nicht weitermachen. Das frisst dich auf.«

»Ich schaffe es einfach nicht zu gehen. Wohin auch? Zurück nach Texas? Eher bringe ich mich um. Ohne ihn kann ich nicht leben.«

»Falsch, meine Süße, *mit* ihm kannst du nicht leben. Hör auf mich: Geh fort. Pack deine Koffer und geh.«

Wie konnte Denise so etwas sagen? Die Überzeugung gewisser Menschen, anderen jederzeit Ratschläge erteilen zu können, die für deren Leben bestimmend waren, hatte sie schon immer fassungslos gemacht. Sie hatte es noch nie fertiggebracht, einer Freundin zu sagen: »Geh fort«, oder: »Bleib hier.« Das waren unsagbare Worte. Niemand kann wissen, was es für das Leben einer anderen Person wirklich bedeutet zu gehen oder zu bleiben.

Eleonora betrat die Küche, quasi aus Trotz über den kategorischen Ratschlag. Die beiden Frauen wirkten verblüfft, als ob ihre Anwesenheit in der Villa Bruges noch immer überraschend wäre.

»Oh, entschuldigt, habe ich euch unterbrochen?«

June schaute sie grimmig an. »Nein.«

»Wo sind die anderen?«

Sie nahm die Milch aus dem Kühlschrank und machte sie in der Mikrowelle heiß. Niemand antwortete, während sie die einfachen Handgriffe ausführte. Erst als sie die Kekse aus der Anrichte nahm, warf Denise ihr zu: »Du fühlst dich hier ganz wie zu Hause, nicht?«

Eleonora hielt mitten in der Bewegung inne, unsicher, was sie tun sollte. »Was meinst du damit?«

»Nichts. Dass du dich hier wie zu Hause fühlst, das ist alles.«

»Ja.«

»Schön. Das freut mich.«

Klar, und wie.

Das Geräusch von Schritten unterbrach ihren Austausch von Höflichkeiten.

Alessandro rief etwas Unverständliches im Innenhof, und Eleonora stürzte leicht besorgt hinaus. Dass Alessandro die Stimme erhoben hatte, bedeutete nichts Gutes. Er tat es offenbar nur, wenn er seinen Bruder zurechtwies.

Doch er saß lächelnd auf einem von Emanueles Pferden und hielt die Zügel eines zweiten in der Hand.

Eleonora trat an die Brüstung der Vorhalle, winkte ihm zu und kam sich dabei unsagbar dämlich vor.

»Julia, steig vom Balkon runter, wir machen einen Ausritt. Ich habe heute Morgen ein großes Geschäft abgeschlossen, ich muss dringend ausspannen.«

»Ich kann gar nicht reiten.«

Was für eine Enttäuschung sie für ihn sein musste, dachte Eleonora. Eine deprimierte Lehrerin ohne Biss, die nicht mal reiten konnte.

»Steig auf, ich habe ein besonders braves Pferd für dich ausgesucht. Es wird mir einfach hinterherlaufen.«

Sie gehorchte. Es war in der Tat nicht schwierig. Aus Gründen, die sich ihr nicht erschlossen, trottete ihr Pferd sanftmütig hinter dem von Alessandro her, das seinerseits nervös war und immer wieder ausschlug. Alessandro erlaubte ihm erst anzugaloppieren, als sie eine Lichtung erreichten. Die Blumenwiese sah aus wie ein gelber See inmitten von Hügeln, die wie eine Eruption kreisförmig angeordneter Erdknollen von einer Waldkrone umschlossen waren. Hier parierte er die Pferde durch.

»Was für ein wunderschöner Ort«, sagte Eleonora, nachdem sie abgestiegen waren und sich ins Gras setzten. »Fehlt nur ein Bach, und das Bild wäre vollkommen.«

Alessandro trank einen Schluck Wasser aus einer Flasche, die er wie aus dem Nichts in der Hand hielt. Wenige Sekunden später kam eine zweite Flasche für sie dazu, als wäre er ein perfekter Magier.

»Es gibt tatsächlich einen Bach, etwas weiter vorn. Wenn es windstill ist, kannst du das Wasser plätschern hören.«

Eleonora kam die Luft bereits sehr windstill vor, wenn auch nicht ganz so wie in der Villa Bruges. Die Villa musste sich unter einer Glocke befinden, die alle Geräusche dämpfte, damit sie die Ruhe nicht störten. Doch Ruhe war für Eleonora nicht gleichbedeutend mit Stille. Sie fand gewisse Geräusche tröstlich, etwa das Zwitschern der Vögel, ein im Wind knackender Ast, ein Tier, das in der Nacht einen seltsamen Ruf ausstößt. Sie gaben ihr die Illusion zu leben.

»Kommst du oft hierher?«

»Ja, vor allem im Sommer. Im Winter ist der Ort eher trist. Kaum wird es kalt, verwandelt sich der Blumenteppich in ein Brandmal, als ob ein Riese mit glühenden Schuhsohlen darauf herumgetrampelt wäre.«

»Das ist ein eigenartiges Bild«, sagte sie und musterte ihn von der Seite. Dass er den Blick praktisch nie auf die Personen richtete, machte es möglich, seine Gesichtszüge aufmerksam zu betrachten. »Schreibst du?«

»Du meinst Romane?«

»Ja.«

»Nein. Ich habe mal ein Theaterstück geschrieben, es dann aber halb fertig liegen lassen. Ich mache mich besser in der Rolle des Schauspielers.«

Er legte sich ins Gras, und wie selbstverständlich tat Eleonora es ihm gleich. Sie lagen nebeneinander, wenn auch nicht wirklich nah, bis Alessandro eine Hand unter ihren Nacken schob und sie zu sich heranzog.

Daraufhin herrschte ein paar Minuten lang Schweigen. Es war eine auffallende Geste, und sie dachte, dass dieser Mann ernsthafte Beziehungsprobleme haben musste. Man konnte nicht in seiner kühlen und unverbindlichen Art freundlich sein und dann unvermittelt eine völlig Unbekannte an sich pressen. Es ergab keinen Sinn.

Eleonora schloss die Augen, genoss Alessandros Duft, hielt ihn auf der Zunge fest und ließ ihn dann die Kehle hinabgleiten. Sie konzentrierte sich auf die Berührungspunkte, ihre Wange auf seiner Schulter, seine Hand auf ihrem Arm, ihre Hüften, die sich berührten, ihr Knie, das seinen Schenkel streifte.

»Ich mag diesen Ort«, sagte sie, um in der Geborgenheit seiner Achsel den kehligen Tonfall ihrer eigenen Stimme zu hören.

Alessandro stützte das Kinn auf ihren Kopf, und ihr schien, als lächelte er.

»Meinst du diesen Ort hier im Speziellen oder Bruges?«

»Bruges.«

»Du wirst deine Meinung ändern.«

Es war leicht hingeworfen, dennoch zuckte Eleonora zusammen. Etwas Beunruhigendes lag in seinem Ton, einem neutralen Ton, der etwas Grausames zum Ausdruck brachte.

»Warum sagst du das?«

»Weil das Zusammenleben hier keine Idylle ist. Du wirst

es schon noch merken. Außerdem sind gewisse Schatten der Vergangenheit noch immer da.«

»Gespenster?«, fragte Eleonora und drückte ihm einen leichten Kuss auf die Schulter.

Alessandro drehte sich zur Seite, zog den Arm weg und stützte den Kopf darauf. Er schaute sie an – der perfekte Moment, um ihm über die Lippen zu streicheln und ihn zu küssen.

»Genau. Gespenster.«

»Bösartige?«

»Sehr.«

Sie trug Jeans, und es wäre kaum sehr elegant gewesen, die Hose vor ihm abzustreifen, aber vielleicht konnte er sie ja nehmen, ohne dass sie sich ganz ausziehen musste. Eleonora errötete wie ein Schulmädchen.

»Alessandro, hör zu …« *Ich sterbe vor Lust zu entdecken, wie sich dein ruhiges Gesicht beim Sex verwandelt.* »Ich möchte gern hierbleiben. Aber natürlich ist mir klar, dass es nur eine vorübergehende Lösung ist, keine Sorge.«

Er runzelte die Stirn. »Ich will dich nicht wegschicken.«

»Ich weiß. Ich glaube, du wärst sogar unfähig, mich wegzuschicken, wenn ich bei Ikea eine neue Einrichtung für mein Zimmer kaufen würde.«

»Du hast frischen Wind in die Villa gebracht. Es war alles so statisch, zu lange schon. Abgesehen von der Neuigkeit mit dem Teatro Verdi natürlich.«

Sein Gesicht leuchtete auf. Das Theater musste wirklich eine große Leidenschaft für ihn sein, wesentlich größer als seine Liebe zu den Menschen.

»Ja, das war eine wundervolle Neuigkeit.«

Eleonora hätte ihn immer noch gern geküsst, in einer ganz selbstverständlichen und zugleich unbeabsichtigten Geste. Sie näherte sich Alessandros Gesicht, sah Corinne in seinen Pupillen und rückte wieder von ihm ab, ehe sie ihm einen Kuss auf die Wange gab. Obwohl es ein fast keuscher Körperkontakt gewesen war, brannte ihr Gesicht, als hätte sie Fieber. Sie musste sogar den Drang unterdrücken, sich zu entschuldigen.

Alessandro erhob sich, als sei nichts geschehen, wischte mit den Händen die Hose ab und griff nach den Zügeln der Pferde.

Dann sagte er: »Ich bin in Michela verliebt, weißt du?«, mit einem so unschuldigen Gesichtsausdruck, dass sie ihn hätte ohrfeigen können.

Stumm kehrten sie zur Villa zurück, ein Schweigen in der Stille, das Eleonora beinahe zum Weinen brachte. Sie dachte an die vielen Dinge in ihrem Leben, die sie falsch gemacht hatte, an die vielen verpassten Gelegenheiten, die vielen törichten Gesten, nicht zuletzt den verräterischen Kuss, den sie jenem Mann gegeben hatte, den Corinne liebte. Sie kam sich vor wie eine verirrte Biene, die ihren Stock nicht mehr fand und an alle Pforten klopfte, in jedes Loch und jede Spalte zu schlüpfen versuchte und dabei hoffte, sich das Leben der anderen anzueignen.

Eleonora hatte das übliche Etuikleid angezogen, und ihre Lippen waren rot geschminkt. Sie würde nicht unbemerkt bleiben.

Just im selben Moment, als sie ihr Zimmer verließ, trat Corinne auf den Treppenabsatz, um Denise zu sagen, sie solle den Boiler überprüfen. Corinne schaute sie an, wie sie auf ihren hohen Absätzen herbeistakste, und stellte sich im Bademantel neben sie.

»Wohin gehst du denn, so angezogen?« In ihrer Stimme war keine Spur mehr von dem intimen Ton, mit dem sie sich ihr Sonntagnacht anvertraut hatte.

Die Treppe hinunterzusteigen und dabei Corinnes Atem im Nacken zu spüren, war nicht leicht. Das ganze Haus war zu Treibsand geworden, der sie hinabzuziehen versuchte, auf Befehl ihrer besten Freundin.

»Wohin gehst du?«

»Mit Emanuele zum Abendessen bei einem Freund. Er hat eine Villa hier in der Gegend.«

»Welcher Freund? Etwa Raffaele? Du machst Witze.«

Die Treppe war unendlich lang. Eleonora beschleunigte ihren Schritt, bis sie in der Eingangshalle stand. Dort schaute sie sich um und suchte nach einem Zufluchtsort. Denise kam auf die Treppe zu, sah sie und blieb stehen.

»Der Boiler ist in Ordnung.« Sie musterte Eleonora von Kopf bis Fuß. »Was ist denn damit? Kommt kein Warmwasser?«

»Lass gut sein«, sagte Corinne und folgte Eleonora in den Salon. »Oder nein, geh doch bitte oben mal nachsehen.«

Denise entfernte sich murrend, und Corinne ging wieder zum Angriff über, während Eleonora ans Fenster trat, in der Hoffnung, den SUV von Emanuele zu entdecken.

»Hör zu, Julia ...«

»Könntest du es bitte lassen, mich so zu nennen?«

»Ja, entschuldige.«

Die plötzliche Nachgiebigkeit und die unerwartete Entschuldigung bewirkten, dass sie sich umdrehte. Corinne machte ein zerknirschtes Gesicht, es war fast schmerzlich verzogen.

»Was ist?«

»Ich mache mir Sorgen um dich.«

»Wieso?«

»Schau, Emanuele ...«

»Emanuele ist der Teufel«, warf Denise ein, die in den Salon zurückgekommen war. »Kein Problem mit dem Warmwasser.«

»Und Raffaele ist sein treuer Geselle. Ein Mann von fast siebzig Jahren, der am Stadtrand in einem Schloss lebt, zusammen mit Nutten und Gesindel, das sich von ihm aushalten lässt. Ich kann nicht zulassen, dass du dorthin gehst.«

Eleonora konnte es nicht glauben. Was sollte das? Wollte Corinne sie etwa bemuttern?

»Beruhigt euch«, sagte sie. »Ich bin keine fünfzehn mehr.«

Corinne schnaubte und verdrehte die Augen. »Du verstehst nicht. Es geht nicht darum, ob du fünfzehn oder fünfzig bist. Emanuele ist ein Sadist, und er hat keine Skrupel.«

»Ach komm, ich bitte dich.«

»Hast du vielleicht auch mal an June gedacht?«

»Ich geh ja nicht mit ihm ins Bett! Ich begleite ihn zu einem Freund und lerne dort ein paar Leute kennen. Ihr übertreibt.«

»Lass sie doch«, sagte Denise schließlich. Sie stand am Fenster und sah draußen Emanueles Wagen herankommen. »Selber schuld.«

Eleonora drehte sich um und ging hinaus, wo sie verärgert und grußlos in den Geländewagen stieg. Sie war wütend auf Corinne, vor allem aber auf sich selbst. Sie hasste es, so leicht beeinflussbar zu sein.

»Alles okay?«, fragte Emanuele und startete den Motor.

Sie betrachtete sein weißes Hemd über der dunklen Haut, die schwarzen Lederarmbändchen, die großen Hände auf dem Lenkrad. Dann das Gesicht, das dem von Alessandro so ähnlich war, nur mit markanteren Zügen. Ein solcher Mann konnte durchaus gefährlich sein. Aber ein Sadist?

»Alles okay.«

Sie musste den Blick von ihm abwenden, als er kurz vor dem Tor abrupt abbremste. June stieg aus einem alten Golf, mit dem sie um ein Haar frontal zusammengestoßen wären, und trat ans Seitenfenster.

»Emanuele, kann ich dich einen Moment sprechen?«

Sie wirkte ruhig, aber hinter ihren Augen pulsierte etwas, kleine Wellen, die gegen die Pupillen schlugen.

»Nein. Wir müssen los.«

Eleonora wäre am liebsten im Erdboden versunken. Vielleicht hatten Corinne und Denise doch recht. Vielleicht hatte sie die Sache zu leicht genommen und trug nun dazu bei, dass June litt. Sie legte die Hand auf den Türgriff, zögerte.

»Ich wollte dich bloß etwas fragen.«

»Alles, was ich dir mitzuteilen hatte, habe ich gestern Abend gesagt, June.«

»Du hast doch überhaupt nicht mit mir gesprochen. Was willst du mir denn bitte mitgeteilt haben?«

»Du kannst mich mal, habe ich gestern gesagt, Süße. Und jetzt fahr dein Auto zur Seite, ich komme sonst nicht durch.«

Eleonora öffnete die Autotür, die Situation würde gleich eskalieren, und sie kam sich überflüssig vor, doch Junes Geschrei ließ sie innehalten.

Der Zorn war in Junes Gesicht explodiert wie ein mit Wasser gefüllter Luftballon. Es schien, als hätten sich alle ihre Züge, die Augen, die Nase und der Mund auf die Gesichtsmitte konzentriert, um dann zu bersten.

»Glaubst du wirklich, dass das, was dir zugestoßen ist, die Art rechtfertigt, mit der du andere Menschen behandelst? Das wirst du mir büßen!«

Emanuele bebte, konnte sich jedoch beherrschen. Er betrachtete Junes Hass, als wäre es eine in der Luft schwebende Tuschezeichnung, und wartete, bis sie wieder ins Auto gestiegen war und die Durchfahrt frei gemacht hatte, dann befahl er Eleonora, die Autotür zu schließen. Im Schritttempo verließen sie den Hof.

»Tut mir leid wegen der pathetischen Szene eben«, sagte er, wieder völlig ruhig, als sie die Hauptstraße erreichten. »Es werden sicher noch weitere folgen. Mach dich darauf gefasst.«

»Mir tut's auch leid, ich hätte lieber aussteigen sollen.«

»Ach was!« Er warf ihr einen raschen Blick zu. »Du bist wunderschön. Hast du dich für mich so angezogen?«

»Für den Anlass«, sagte Eleonora schnell.

Sie war verstört. Wegen der Reaktion von June, die außer sich war, wegen Emanueles Kälte, wegen seiner letzten Worte. Was hatte June gemeint? Was war ihm widerfahren? Eleonora war überzeugt, dass es in dem Spiel der verschiedenen Akteure etwas gab, das ihr entging, das sie einfach nicht zu fassen bekam. Doch sie konnte sich nicht entziehen, daher blieb sie da, bei ihm.

Emanuele nickte amüsiert. »Schade.«

6

Sie hielten in einem Hof an, der doppelt so breit war wie der von der Villa Bruges. Der große Garten, ebenfalls durchzogen von einer Auffahrt aus weißem Schotter, die zu einem mittelalterlichen Palazzo führte, war geprägt von einem olympischen Schwimmbecken, kunstvoll zurechtgestutzten Bäumen und Pflanzen, einem Gartenhäuschen aus Marmor, einem Brunnen samt wasserspeiendem Engel, der eine verächtliche Miene zur Schau trug, sowie einigen Tischen und Hockern aus Stein. Ein Königspalast in Miniatur.

Emanuele stieg aus dem Wagen, streckte sich und zündete sich einen Joint an, dessen Duft die Abendluft erfüllte. Dann reichte er ihn Eleonora und ging voraus zur Villa.

Es war seltsam, nach so vielen Jahren wieder Haschisch zu riechen. Der süßliche, schwere Rauch kitzelte im Hals, und sie musste einen Hustenreiz unterdrücken.

Als sie sich der Villa näherten, meinte Eleonora, den Klang einer Geige zu vernehmen.

»Höre ich Musik, oder habe ich Halluzinationen?«

Emanuele drehte sich zu ihr um und machte ein paar Schritte rückwärts. »Du hast Halluzinationen.«

»Das heißt, da spielen nicht mindestens zwei Geigen?«

Sein Lachen übertönte für einen Moment die Musik. Er blieb unvermittelt stehen, und sie lief in ihn hinein.

»Das hättest du gleich sagen können«, sagte er und umfasste ihre Hüften.

Ihr war schwindlig, und Emanueles fester Körper, der sich gegen den ihren drückte, trug zusätzlich zur Verwirrung ihrer Gefühle bei. Seit sie in der Villa Bruges angekommen war, rebellierte jeder einzelne ihrer Sinne, sie brauchte gar kein Haschisch zu rauchen, um eine Euphorie und Sehnsucht zu spüren, die ihr die Eingeweide zusammenzogen.

»Wie bitte?«

»Die Geigen sind keine Halluzination.«

Emanuele ging weiter, ließ sie aber nicht los.

»Wie bitte?«

Er hielt wieder an, ebenso abrupt wie zuvor. Er berührte ihre Lippen, öffnete sie nur ganz wenig und küsste sie dann. Es war nicht der Kuss, den sie nur wenige Stunden zuvor Alessandro hatte geben wollen. Emanuele saugte an ihrer Unterlippe, dann an der Zunge und entlockte ihr ein verräterisches Stöhnen.

»Dass du mich küssen wolltest«, sagte er schließlich, dicht vor ihrem halb offenen Mund. »Aber hör endlich auf mit der ganzen Fragerei.«

Eleonora reckte den Hals, von einem bisher ungekannten Rausch erfasst, um ihn noch einmal zu küssen, doch Emanuele wandte sich von ihr ab, weil in diesem Moment die Haustür aufgerissen wurde.

»Da ist er ja, der Cowboy«, sagte ein Mann um die siebzig, vermutlich Raffaele.

Die Musik im Haus wurde lauter. Eine junge Frau trat in die Tür, und beim Anblick von Emanuele strahlte sie vor Freude übers ganze Gesicht.

»Meine Kleine hat sich schon gefragt, wo du bleibst. Aber ich sehe, du bist nicht allein«, fuhr Raffaele fort.

Emanuele gab ihm einen freundschaftlichen Klaps auf die Schulter, während er an ihm vorbei ins Haus trat.

»Ich habe dir doch gesagt, dass ich eine wunderschöne Frau mitbringen werde.« Dann umarmte er das Mädchen und küsste es auf den Mund.

Eleonora war im Hof stehen geblieben, sodass Raffaele die kurze Steintreppe hinuntersteigen musste, ehe er sie untergehakt ins Haus begleitete. Er war ein gut aussehender, noch immer jugendlich wirkender Mann. Er hatte ein sehr einnehmendes Lächeln unter seinem schneeweißen gepflegten Schnurrbart.

»Darf ich bitten, Signora …?«

»Eleonora. Nennen Sie mich Eleonora.«

»Dann musst du mich aber duzen, Eleonora. Komm.«

Sie betraten eine riesige Eingangshalle, gesäumt von Statuen und wertvollen Gemälden. Das Vorzimmer sah aus wie ein Museum. Die Musik kam aus dem Salon, wo vier junge Musiker Vivaldi spielten, zwei Geigen, ein Klavier und eine Bratsche.

»Ich bin ganz berauscht von all der Schönheit«, rief Emanuele mit ausgebreiteten Armen, als er im Salon stand, und griff nach einer Schale auf dem Tisch, in der in Wein getränktes Obst lag.

»Du hast den Honig vergessen, mein Freund«, schalt ihn Raffaele und bot auch Eleonora eine Schale an, allerdings erst, nachdem er etwas Honig mit Orangenessenz darüber gegossen hatte.

Die Wirkung des Haschischs war extrem stark, und der Wein tat ein Übriges, sodass Eleonora sich in einem Limbus zwischen ihrer eigenen Existenz und derjenigen der Bewohner dieses Hauses befand. In einer solch herrlichen Villa hatte sie sich schon ihr ganzes Leben lang zu wohnen gewünscht. Die anderen Gäste plauderten, aber Eleonora bekam kaum etwas von den Gesprächen mit, sie trank Wein und aß Obst auf einem Sofa aus grünem Samt, ohne sich erinnern zu können, dass sie sich hingesetzt hatte.

»Was machst du so beruflich, Eleonora?«, fragte Raffaele unvermittelt. Er musste die Frage zweimal wiederholen, bevor sie antwortete.

»Ich unterrichte. Italienisch und Latein.«

»Großartig! Ich unterrichte seit vierzig Jahren. Ich habe auch in anderen Städten Europas altgriechische Literatur gelehrt. Es ist eine bereichernde Erfahrung, in die Gesichter der jungen Menschen zu blicken, wenn du ihnen erklärst, was wahre Schönheit ist. Sie schauen dich erst erstaunt und dann verwirrt an. Vermutlich hätten sie nie gedacht, dass etwas Schönes so wenig tröstlich sein könnte, doch dann denken sie darüber nach, und ein Zauber geschieht. Sie verstehen.«

Eleonora nickte.

»Nicht alle verstehen das, Herr Professor.«

»Stimmt. Aber es reicht, wenn es bei nur drei von ihnen ankommt. Drei sind eine ganze Menge. Drei Leute können das Virus auf weitere drei übertragen, und bald sind es ein Dutzend.«

Emanuele setzte sich neben Eleonora und begann ihr den Rücken zu streicheln. Das junge Mädchen ließ sich zu seinen Füßen nieder und lehnte den Kopf an seine Beine. Emanuele legte eine Hand auf ihren Nacken, eine Besitz ergreifende Geste. Das merkwürdige junge Mädchen hatte bisher kein einziges Wort an Eleonora gerichtet, es wirkte wie eine schläfrige Katze, die nur auf die Befehle ihres Herrn wartete.

Jedermann wäre irritiert gewesen über Emanueles Geste, und eine jede Frau mit einem Minimum an Verstand hätte sie sogar als beleidigend empfunden. Eleonora nicht. Sie fand das Mädchen mutig. Sie hätte alles gegeben für eine liebevolle Geste ihrer Mutter, vor allem seit Corinne die Vorrangstellung als perfekte Tochter erobert hatte, dennoch hatte es nie etwas genützt, sich zu den Füßen ihrer Mutter zu setzen und den Kopf anzulehnen. Von ihrer eigenen Mutter, einer Alkoholikerin mit Verfolgungswahn, die sie tagelang einfach vergaß, hatte Corinne nichts als ihren hochtrabenden Namen bekommen. Rita wollte sie dafür entschädigen und bot ihr alles, was einer Tochter zustand.

Eleonora fragte sich, ob es jemals jemanden geben würde, egal ob Mann oder Frau, der sie entschädigen würde für die vielen Jahre, die sie damit zugebracht hatte, ihre Mutter davon zu überzeugen, dass Corinne kein Ersatz sein konnte für eine Tochter, die nicht so war wie erträumt, dass niemand ihr Fleisch und Blut würde ersetzen können.

Plötzlich merkte sie, dass die Musik aufgehört hatte. Sie wandte den Kopf und schaute in die Ecke, wo die Instrumente standen, und das Haus drehte sich zweimal um sich selbst.

»Sie sind weg«, sagte Eleonora und war überzeugt, es nur gedacht zu haben.

»Ja. Es sind Schüler von mir, sie studieren am Konservatorium. Manchmal kommen sie mich besuchen und versüßen mir den Tag. Ich bezahle sie sehr gut dafür.«

Emanuele griff in die feinen Haare des Mädchens, stand auf und zog es dabei mit sich hoch. Zusammen verschwanden sie in einem dunklen Nebenraum, was Eleonora sehr unruhig machte. Mit einem Schlag wurde sie sich bewusst, dass sie im Haus eines Fremden war, eines älteren Herrn, der ein knapp zwanzigjähriges Mädchen, das bereitwillig vor seinem Begleiter niederkniete, *meine Kleine* nannte.

»Du wirkst angespannt«, sagte Raffaele, der offenbar eine

gewisse Sensibilität für die Gemütszustände anderer hatte. »Ich verstehe dich. Gefällt dir Emanuele?«

Eleonora wollte mit der gewohnten Ironie antworten, aber sie war zu benommen. Und eigentlich auch wütend, wenn sie es recht bedachte. Emanuele hatte sie hierhergelockt, um dann mit einem jungen Mädchen eine Nummer zu schieben und sie dem Alten zu überlassen? Wofür hielt er sie eigentlich?

»Ja, er gefällt mir. Aber darum geht es nicht.«

»Worum geht es dann?«

Sie überlegte, was das Problem war. Doch es fiel ihr nicht ein.

»Emanuele ist ein schwieriger Mann. Es gibt einfache Menschen und komplizierte Menschen. Mit den einfachen kannst du das Leben teilen. Eine Familie gründen, ein Haus kaufen, die Alltagsprobleme meistern. Aber mit den komplizierten lebst du wirklich intensiv«, sagte Raffaele.

»Ich … ich weiß nicht, ich meine …« Eleonora dachte an ihren Professor und wie er sie behandelt hatte. »In letzter Zeit ziehe ich die einfachen Dinge vor.«

»Blödsinn. Eine gebildete und sensible Person tendiert immer dazu, sich das Leben schwer zu machen. Sie sitzt nicht hinter einer Fensterscheibe und schaut zu, wie die Welt zugrunde geht. Nein, sie will an dieser Zerstörung teilhaben. Sie will am Rand des Abgrunds stehen, nicht an der Brüstung eines blumengeschmückten Balkons.«

Raffaele hatte zweifellos recht, doch Eleonora war zornig und wollte ihm widersprechen, obwohl sie, umnebelt vom Haschisch und dem Alkohol, nicht mehr in der Lage war, vernünftig zu argumentieren.

»Ich gehe«, sagte sie unvermittelt und versuchte aufzustehen, ohne zu schwanken. Es gelang ihr nur halb.

»Nein, warte. Das Abendessen ist gleich fertig.«

»Tut mir leid, ich gehe.«

»Zu Fuß ist es weit bis zur Villa. Ich rufe Emanuele.«

»Nein, bitte nicht!«, schrie sie beinahe und schämte sich sogleich dafür.

Eleonora ging zur Tür, dann in den Hof hinaus und zwang sich, nicht zurückzublicken. Der Pfad vor dem Tor kreuzte eine asphaltierte Straße. Dort würde vielleicht ein Auto vorbeikommen, jemand aus Borgo San Lorenzo, der wusste, wo die Villa Bruges lag, der die Villen und ihre Besitzer kannte. Die Tage waren noch immer lang, eine orangerote Lavakugel hing tief und aufdringlich am Himmel und blickte auf die Mondsichel ihr gegenüber.

»Eleonora!«

Sie hatte bereits das Ende des Pfads erreicht, als Emanueles Stimme, ein scharfer Befehl, sie schlagartig innehalten ließ. Ein paar Autos auf dem Weg ins Zentrum fuhren vorbei. Die Straße war stärker befahren, als sie gedacht hatte. Warum sie nur davon überzeugt gewesen war, sich an einem einsamen, abgelegenen Ort zu befinden?

Er packte sie am Arm, zwang sie, sich umzudrehen.

»Was tust du? Läufst du weg? Wohin willst du überhaupt? Du weißt ja nicht einmal, in welche Richtung du laufen musst.«

Eleonora nahm die Missbilligung in seinem Gesicht wahr, die Augenbrauen waren zusammengezogen, die Augen schossen glühende Pfeile ab. Sie verstand, dass nur wenige es wagten, etwas ohne seine Einwilligung zu tun.

»Hat Raffaele dir gesagt, dass ich gehe?«

»Ja, klar.«

»Das tut mir leid. Er muss dich bei etwas Interessantem gestört haben.«

Emanuele brach in Gelächter aus, das gleichzeitig Ausdruck von Zorn und amüsiertem Staunen war. Er hielt immer noch ihren Arm fest und zog sie in den nahen Wald. Dort drehte er sie um, so dass ihre Hüften gegen einen breiten Baum gedrückt wurden, und deutete auf einen Durchgang in der dichten Vegetation.

»Siehst du den Pfad dort? So kommt man von hier direkt zur Villa Bruges. Mit dem Auto scheint sie weit weg zu sein, weil man um den Wald herumfahren muss.« Er senkte die Hand und schob sie ihr unter das Kleid, bis er den Slip fand. »Jetzt weißt du Bescheid. Wir können uns bei Raffaele treffen, ohne zusammen herkommen zu müssen. Damit vermeide ich Szenen mit June und du die Moralpredigten der Madonna.«

Woher wusste er, dass Corinne sie vor ihm gewarnt hatte?

»Ich habe nicht vor, noch einmal hierherzukommen.«

Sie packte seine Hand, die mit dem Gummiband ihres Slips spielte, hatte aber nicht die Kraft, sie wegzuschieben. Im Gegenteil, als Emanuele sich hinter sie stellte und sie an sich zog, führte sie seine Hand zwischen ihre Beine.

»Schau an, wie scharf du bist«, sagte er mit der ruhigen, leisen Stimme desjenigen, der sich bewusst ist, dass er die Situation unter Kontrolle hat. »Schon als ich dich zum ersten Mal gesehen habe, wusste ich, dass du etwas abzubüßen hast.«

»Ich habe nichts abzubüßen«, protestierte sie schwach, doch ihr Atem ging rasch und keuchend.

»Wag es nie mehr, so zu handeln. Nie wieder.«

»Was hätte ich denn tun sollen? Auf dich warten? Zu dir kommen? Zusehen und genießen?«

Eine weitere Frage blieb ihr im Hals stecken, denn Emanuele drang mit den Fingern in sie ein.

»Ich habe ein Mittel gefunden, wie ich dich zum Schweigen bringen kann«, flüsterte er in ihre Haare. »Ich entscheide. Du gehorchst. Ohne zu fragen.«

»Vergiss es.«

Das war nicht, was sie eigentlich hatte sagen wollen. Um beachtet und geliebt zu werden, würde sie jeden Willen eines anderen ohne Gegenrede akzeptieren, wie sie es schon bei Roberto getan hatte. Doch es wollte ihr einfach nicht gelingen, sich unterzuordnen, genauso wie sie es nie geschafft hatte, ihre Mutter anzuflehen. Es endete immer gleich, mit gespielten Protesten, mit Desinteresse der anderen und schließlich mit ihrer Flucht.

Sie unterdrückte einen Schrei, als er unvermittelt von ihr abließ.

»Komm mit. Ich bringe dich zur Villa zurück.«

Eleonora schaute kurz zwischen den Bäumen hindurch und versuchte, die Umrisse der Villa zu erkennen. Sie sah nichts, und es wurde langsam dunkel. Fügsam folgte sie Emanuele zurück zum Auto, in der Hoffnung, Raffaele würde nicht herauskommen und sie verabschieden.

Während der kurzen Fahrt redete Emanuele vom Volksfest, das in wenigen Tagen in Borgo San Lorenzo stattfinden würde, von dem Weinberg, den er kaufen wollte, von den Pferden und sogar von June, die offenbar zu Hause saß und auf ihn wartete. Er rauchte eine Zigarette und teilte sie mit Eleonora, wie er es zuvor mit dem Joint getan hatte. Alles war genau so wie vorher.

Erst als sie bei der Villa ankamen, bedachte er sie mit einem aufmerksamen Blick.

»Du hast in den letzten zehn Minuten keine einzige Frage gestellt«, sagte er ironisch. »Du hast überhaupt nichts gesagt.«

»Ich bin verunsichert«, gestand Eleonora, den Blick starr geradeaus gerichtet. »Ihr benehmt euch alle so seltsam.«

»Ach, du meinst bestimmt Corinne, Denise und meine

Brüder. Die vier sind ganz besondere Geschöpfe. Ich nicht. Ich bin eher wie ein Tier.«

»So hat es Raffaele nicht gerade ausgedrückt.«

Er riss überrascht die Augen auf. »Raffaele hat mit dir über mich gesprochen? Was hat er gesagt?«

»Dass du ein komplizierter Mensch bist.«

»Hm. Wenn er das behauptet. Wir sehen uns morgen.«

»Wann?«, hätte sie gern gefragt, und das machte sie wütend. Deshalb sagte sie nichts, stieg grußlos aus und lief zur Vorhalle. Die Tür stand offen.

Eleonora stand lange unter der Dusche und streichelte sich. Sie dachte an Emanuele, wie er sie umdrehte, ihr Kleid anhob und in sie eindrang, ohne an seine eigene Befriedigung zu denken. Sie stellte sich vor, wie er sich nach wenigen Stößen in sie entleerte, als wäre sie eine Nutte. Als sie kam, unterdrückte sie ein Stöhnen, aus Angst, jemand könnte hereinkommen und sie hören. Alessandro, zum Beispiel. Die Gewohnheit anzuklopfen, bevor er einen Raum betrat, war ihm offenbar fremd. Er trat einfach ein, ohne sich in irgendeiner Weise anzukündigen.

Sie lehnte sich mit dem Rücken gegen die kalten Wandfliesen und wartete, bis ihr Atem sich wieder beruhigt hatte. Die Wirkung des Joints war abgeflaut, nur eine leichte Übelkeit war geblieben, die auf den mit Honig gesüßten Alkohol zurückzuführen war. Dass sie wieder klar denken konnte, verbesserte ihre Wahrnehmung der Dinge allerdings nicht. Sie konnte sich die meisten Verhaltensweisen der seltsamen Gruppe hier nicht erklären. Den alten, narzisstischen Professor konnte sie verstehen. Er hatte sich eine junge Freundin zugelegt, die er mit Emanuele teilte – vielleicht weil er impotent geworden war und so die alten Zeiten noch einmal erleben wollte. Aber Emanuele, wieso benahm er sich so? Und Corinne und Denise, die auf einmal wegen allem, was sie tat, beunruhigt waren?

Dann war da noch Alessandro, der einen unvernünftigen, aber letztendlich kindlichen Kuss akzeptierte, ohne mit der Wimper zu zucken, der auf Dinge in seiner Vergangenheit anspielte, die die Gegenwart überschatteten, und ihr schließlich gestand, Michela zu lieben.

In diesem Mikrokosmos galten eigene Gesetze, und sie war mittendrin gelandet, im Zentrum eines schwarzen Lochs.

Dennoch war ihr erster instinktiver Gedanke der an Flucht. Im Gegenteil, ihren Gliedern erwuchsen bereits hungrige Wurzeln. Sie wollte diesem Ort angehören, mit Leib und Seele. Sie wollte eine Bewohnerin der Villa Bruges werden, obwohl ihr der Grund dafür unklar war.

7

Welche Schmach.

Eleonora setzte sich an den Küchentisch, um mit den anderen zu frühstücken, den Kopf tief über ihre Tasse mit warmer Milch gesenkt. Alessandro musste sie gefüllt haben. Er war immer so bemüht.

Ihr schien, als wären strenge Blicke auf sie gerichtet. Außer Corinne kannte sie niemanden hier wirklich gut. Deshalb konnte sie nicht sicher sein, ob Emanuele den anderen erzählt hatte, was am Vortag passiert war. Lachend, vielleicht.

Sie stellte sich vor, wie sie alle im Kreis saßen und Emanuele zuhörten, der unter Gelächter erzählte, wie er sie im Wald gedemütigt hatte. Wie wenig es gebraucht hatte, um ihren Widerstand zu brechen. Nur eines würde er ihnen nicht erzählen, dass er ihr Haschisch und gesüßten Alkohol gegeben hatte, denn das hätte der Sache die Würze genommen.

»Im Zweifelsfall würde ich die Szene streichen«, sagte Denise, und damit war klar, dass Eleonora eben beim Betreten der Küche eine Diskussion unterbrochen hatte.

Alessandro nickte. »Wir werden ohnehin große Schwierigkeiten mit der Konzentration haben, und ich bezweifle, dass genügend Platz vorhanden ist. Die Zuschauer auf der Straße werden den Kreis um den Schauplatz immer enger ziehen. Ich schlage daher vor, wir streichen die Szene.«

»Der Auftritt findet heute Abend statt, nicht wahr?«, fragte Eleonora und schluckte das Müsli mit Honig hinunter. Der Geschmack erinnerte sie an den Wein vom Vorabend.

»Ja. Wir brechen in Kürze auf, aber du und Corinne könnt in aller Ruhe später nachkommen, so gegen halb sieben. Vor sieben beginnen wir bestimmt nicht.«

Corinne begleitete die Schauspieler wortlos zur Tür. Sie küsste Alessandro auf den Mund, als wären sie noch ein Paar. Er verzog keine Miene, streichelte ihr sogar sanft übers Gesicht.

Doch kaum hatte Alessandro die Tür hinter sich geschlossen, fiel die freundliche Maske von Corinne ab. Sie kam schlurfend in die Küche zurück, wirkte zornig.

»Alles in Ordnung?«, fragte Eleonora.

Corinne schaute sie einen Augenblick lang an, dann begann sie den Tisch abzuräumen. »Alles okay.«

»Du machst ein Gesicht wie sieben Tage Regenwetter, Corinne.«

»Ich habe bloß schlecht geschlafen. Wie war's gestern?«

»Ein ruhiger Abend«, log sie, sogar überzeugend. »Raffaele ist ein interessanter und sehr gebildeter Mann. Er hat viel zu erzählen.«

Da platzte es aus Corinne heraus. »Ich rate dir, dich von ihm fernzuhalten, genauso wie von Emanuele. Aber das sage ich dir künftig nicht mehr, wo du ja offenbar so gut weißt, was du tust. Überhaupt habe ich dich noch nie so entschieden auf deiner Meinung beharren gesehen.«

Was sollte das denn schon wieder heißen? Corinne war offenbar überzeugt, dass sie immer noch so war wie damals zu ihren gemeinsamen Tagen, als Eleonora sich von der Last von Corinnes Urteil erdrückt gefühlt hatte.

»Wie lautet diese Meinung, auf der ich beharre?«

»Ach, lassen wir's.«

»Nein, ich möchte es wissen.«

Corinne räumte den Tisch fertig ab und war erleichtert, als Mina eintrat und anfing, mit Pfannen und Töpfen zu hantieren.

»Heute sind nur Eleonora und ich zum Essen da«, sagte Corinne. »Die anderen sind auf der Probe.«

Mina machte ein enttäuschtes Gesicht. »Dann schmiere ich noch drei Brötchen. Die könnt ihr ihnen mitbringen. Den armen Dingern.«

Den armen Dingern.

Die Vorstellung begann um zwanzig Uhr, und auf der Piazza drängte sich das Publikum. Michela sprach ein paar einleitende Worte und stellte die Theatertruppe als neue Entdeckung des Teatro Verdi vor. Sie war eine attraktive Frau mit viel Charisma. Eleonora verstand sehr gut, warum Alessandro sich zu ihr hingezogen fühlte, und fragte sich einmal mehr, was er in Corinne gesehen hatte, die das bare Gegenteil davon war. Michela nahm mit einer Selbstsicherheit und Souveränität Raum ein, wie Corinne es niemals gekonnt hätte. An der Seite von Alessandro schien ihre Jugendfreundin ständig gezwungen zu sein, ihre Anwesenheit zu rechtfertigen, denn sie versuchte sich unter Einsatz aller Waffen zu behaupten, und wenn sie die Mitleidstour abziehen musste.

Als Michela abtrat, hinterließ sie eine Aura auf der improvisierten Bühne, als sträubte sich ein Teil von ihr gegen den Abgang. Doch der nachfolgende Applaus beim Auftritt von Alessandro ließ erahnen, dass gerade ein interessanter Wendepunkt im Leben der Brüder Vannini stattfand.

Corinne betrachtete das Publikum, nicht ihre große Liebe, die allen anderen die Show stahl. Eleonora verstand gut, was ihre Aufmerksamkeit fesselte. Die Zuschauer waren hingerissen. Kein Stimmengewirr war zu hören, wie sonst auf öffentlichen Plätzen üblich, kein Kindergeschrei, kein Gemurmel von aufgeregten jungen Mädchen, die an diesem Abend ausnahmsweise ausgehen durften. Alle waren verzaubert von Romeo.

Ein paar unaufmerksame Zuschauer gab es allerdings auch. Einer davon war Emanuele. Er rauchte, an eine steinerne Bank gelehnt, und schrieb etwas auf seinem Tablet. Eleonora konnte ihn im Blickfeld behalten, ohne sich ihm ganz zuwenden zu müssen. Die Erinnerung an das, was im Wald passiert war, brannte noch immer in ihr. Auch wenn sie ihn nicht genauer betrachten konnte, fand sie ihn dennoch unwiderstehlich in seinem Hemd, das er über der Jeans trug, und mit dem schiefen Lächeln, das einen ebenso sehr verzauberte wie die Schauspielkunst seines Bruders.

Eleonora wandte sich wieder dem Platz zu, auf dem sich die ewige Tragödie der beiden Liebenden abspielte. Alessandro bewegte sich, als hätte er nie im Leben etwas anderes getan, als Theater zu spielen. Es war ohne Zweifel seine eigentliche Berufung.

Ist es meine Liebe, die mir bey meinem Namen ruft? Welche Musik tönt so süß, als die Stimme der Geliebten durch die Nacht hin dem Liebenden tönt!

Die Akustik war miserabel, aber die Aufmerksamkeit des Publikums und das Talent Alessandros machten alles wett. Und dennoch, trotz des ganzen Zaubers, bemerkte Eleonora etwas, das nicht zum Gesamtbild passen wollte. Eine junge Frau schleppte sich mit großer Mühe durch die Menge, eine Hand auf der Brust, die Augen weit aufgerissen. Sie war sehr jung und attraktiv, und sie schien jeden Moment in Ohnmacht zu fallen.

Tosender Applaus setzte ein, während Eleonora der Frau entgegenging und sie stützte, als sie umzufallen drohte.

»Was hast du? Ist dir nicht gut?«

Die Frau, offensichtlich verwirrt, richtete ihren Blick erst auf Eleonora, dann auf ihre Brust, die von Schluchzern geschüttelt wurde.

»Hilfe«, flüsterte sie.

»Ich bringe dich ins Krankenhaus.«

Eleonora schaute sich um, doch das einzige bekannte Gesicht in der Menge war leider das von Emanuele. Sie schleppte die Frau kurzerhand zu ihm. Es gelang ihr gerade noch, sich auf der Rückenlehne der Bank abzustützen, als die Frau ohnmächtig wurde.

Emanuele hob den Blick vom iPad, erkannte Eleonora und lächelte, dann bemerkte er die Frau, die an ihrer Schulter zu schlafen schien.

»Oh, Scheiße. Gehen wir.«

Die Ellbogen auf den Knien aufgestützt, saß Emanuele auf einer orangefarbenen Sitzbank im Wartesaal. Eleonora tat so, als merke sie nicht, dass sie der Gegenstand seiner eingehenden Betrachtung war. Sie nahm eine Zeitung von dem Tischchen in der Mitte des Raums und las einen Artikel über das Theaterfestival. Darin war auch von Alessandros Ensemble die Rede.

> Das Highlight des diesjährigen Festivals ist eine Schauspieltruppe, die als Laienensemble zu großem Publikumserfolg gelangte. Es handelt sich um die Shakespeare-Kompanie *Artemisia* unter der Leitung von Alessandro Vannini, der den Preis »Teatri del Giglio« als bester Schauspieler erhielt. Laut Indiskretionen soll die Truppe ab November 2013 in das feste Ensemble eines namhaften Florentiner Theaters aufgenommen werden.
>
> Wie immer, wenn eine Laienschauspieltruppe ein solches Popularitätsniveau erreicht, werden auch kritische Stimmen laut.

Nicht zuletzt erinnert man sich an den Skandal um die Familie Vannini, die vor acht Jahren in eine schreckliche Gewalttat verwickelt war und in der Vergangenheit durch Entführung und Erpressung hart getroffen wurde.

Sollten sich die Gerüchte bestätigen, wird sich zeigen, ob das Ensemble die Erwartungen des namhaften Theaters erfüllen kann.

Eleonora konnte sich nicht von dem Zeitungsartikel losreißen, während Emanueles Blick noch immer schwer auf ihr lag. Sie senkte kurz die Lider, um die Kontrolle zurückzugewinnen, wieder klar denken zu können, ohne den Mann vor sich anschauen zu müssen. In dieser Position verharrte sie, bis die Stimme eines Arztes im Wartesaal ertönte.

»Signorina Astolfi möchte, dass Sie nach Hause gehen«, sagte er.

Emanuele sprang sofort erleichtert auf, doch Eleonora zögerte.

»Dürfte ich … sie kurz sehen, Herr Doktor?«

»Tut mir leid, nein. Sie sind keine Verwandte, nicht mal eine Freundin. Die Signorina ist Ihnen dankbar, aber sie hat mich gebeten, Ihnen zu sagen, dass es ihr gut geht und dass sie Sie nachher hier nicht sehen möchte.«

»Wird sie denn gleich wieder entlassen?«

»Ja, sicher.«

Eleonora fügte sich.

Eilig verließ sie den Wartesaal und holte Emanuele draußen ein. Er rauchte ruhig eine Zigarette. Sie beneidete ihn darum.

»Was für eine undankbare Person!«, rief sie und nahm eine Marlboro von ihm an.

»Was hast du denn erwartet? Etwa eine Verdienstmedaille?«

»Nein, aber sie hat uns praktisch fortgejagt.«

»Sie wird ihre Gründe haben. Sie hatte ein Loch in der Schulter. Eine Schussverletzung, die wegen einer Infektion wieder aufgegangen sein muss. Ich habe gehört, wie die Pfleger darüber sprachen, während ich vor der Notaufnahme gewartet habe.«

Eleonora riss die Augen auf und vergaß für einen Augenblick den Zeitungsartikel. »Tatsächlich?«

»Ja. Lass uns gehen, ich habe Hunger.«

Ohne sie zu fragen, brachte er sie in ein Pub am Stadtrand von Florenz. Es war ein dunkles, tristes Lokal, aber die Sandwiches waren hervorragend und das Bier schmeckte ausgezeichnet. Eleonora trank in zehn Minuten einen ganzen Krug, als wäre es Wasser.

»Es ist einfach unmöglich, dass ich jedes Mal, wenn wir zusammen sind, in solche Situationen gerate«, sagte sie. Um sie herum drehte sich schon wieder alles.

»Du säufst wie ein Kamel.«

»Gar nicht wahr! Schau dich mal an, du bist schon beim zweiten Krug.«

Alle wandten sich zu ihnen um, denn Eleonora hatte unbewusst lauter gesprochen. Als sie sich dessen bewusst wurde, senkte sie den Blick.

»Entschuldige.«

»Hey.«

»Nein, wirklich. Entschuldige.«

»Eleonora, hör zu.«

»Das wollte ich nicht.«

»Schau mich an, Herrgott noch mal.«

Eleonora hob den Kopf und war erstaunt, nicht in ein verärgertes, enttäuschtes Gesicht zu sehen.

»Du brauchst dich nicht zu entschuldigen. Du hast nichts getan.«

»Ich bin laut geworden.«

»Aha. Ich bin schockiert.«

»Du machst dich über mich lustig, das ist nicht fair«, sagte sie und strich sich die Haare hinter die Ohren. Irgendetwas entspannte sie. Vielleicht sein Tonfall, seine Ironie.

»Hör zu, ich weiß nicht, mit wem du bisher verkehrt hast. Wahrscheinlich mit einem Barbie-Liebhaber. Aber …«

»Einem was?«

»Mit einem Typen, der Puppen mag. Ich mag keine Puppen. Ich mag Frauen aus Fleisch und Blut. Und die werden eben manchmal laut«, antwortete er leichthin und biss in sein Sandwich, als hätte er nicht gerade etwas Wunderschönes gesagt. Jahrelang hatte sie davon geträumt, dass jemand genau das einmal zu ihr sagen würde, um das ewige Gefühl der Unzulänglichkeit loszuwerden. »Außerdem mag ich Frauen, die auch mal laut werden. So, und jetzt iss.«

Auch wenn es fast unglaublich schien, Eleonora fühlte sich wohl. Es kümmerte sie nicht, dass ihre Finger schmutzig waren, dass ein Lippenstiftfleck auf dem Glas war. An den Nebentischen spähten einige Gäste verstohlen zu ihnen herüber. Alle Augen waren auf Emanuele gerichtet, der eine Magnetwirkung hatte.

Unvermittelt verspürte sie einen Krampf im Magen. Mit ihm ins Bett zu gehen, wäre fantastisch. Er war nicht nur eine Verkörperung Satans, nicht nur so attraktiv, dass es fast schon wehtat, sondern auch noch fähig, einer Frau jede Befangenheit zu nehmen. Im Bett ein Geschenk des Himmels.

»Ich bin so was von banal«, sagte sie sich gleich darauf, fest davon überzeugt, es nur gedacht zu haben. Es war nicht das erste Mal, dass sie laut dachte, das war früher bereits vorgekommen, und jedes Mal in Momenten der Krise, der Veränderung.

»Banal?«

Emanuele trank sein Bier aus und legte ein paar Geldscheine auf den Tisch.

»Komm, lass uns rausgehen. Ich möchte eine rauchen.«

Er entschied, sie folgte. Genau wie bei Alessandro. Das irritierte sie wirklich, vor allem weil es sie beruhigte.

Als sie auf dem Parkplatz ankamen, klingelte Emanueles Telefon. Unwillkürlich kontrollierte Eleonora ihr Handy. Sie hatte es während der Theateraufführung auf lautlos gestellt und bemerkte fünf entgangene Anrufe von Corinne. Es tat ihr ein bisschen leid, dass Corinne sich Sorgen um sie machte, schließlich war sie ohne ein Wort verschwunden. Trotzdem rief sie nicht zurück.

»Wir mussten sofort los«, sagte Emanuele gerade. »Ja, du kannst Corinne beruhigen. Wir haben ein verletztes Mädchen ins Krankenhaus gefahren und danach im deutschen Pub einen Happen gegessen ... Nein, nein, alles okay, ich erzähl's dir nachher ... Hm, gut. Geht jetzt schlafen, uns geht es bestens. Ich halte nur kurz am Waldrand an, vögele sie einmal durch und bringe sie dann nach Hause.«

Eleonora blieb der Mund offen stehen. Sie wandte sich ihm zu, einen stummen Schrei in der Kehle. Als Emanuele das Handy ausmachte, suchte sie krampfhaft nach Worten.

»Was ist? Gefällt es dir etwa nicht am Waldrand?«, fragte er und ging um den Wagen herum. »Ich hatte einen anderen Eindruck.«

»Du bist echt ein Scheißkerl.«

»Komm schon, steig ein.«

Sie gehorchte, während sie ihr Gehirn nach intelligenten und konstruktiven Beleidigungen durchforstete. Sie fand keine, zumindest nicht in dem Moment. Wie immer fielen ihr die besten Antworten ein, wenn sie nichts nützten.

8

Die Nacht war feucht und schwer, wie der Hauch ihres Atems auf der Fensterscheibe. Sie hatte nicht den Mut, Emanuele anzuschauen, daher drückte sie die Stirn gegen das Glas und zwang sich, nicht mit dem Finger auf der beschlagenen Scheibe herumzumalen. Als Kinder hatten sie das auf langen Autofahrten mit Rita immer getan, sie und Corinne.

Corinne hatte sogar den Urlaub mit ihnen verbracht, wenn ihr Stiefvater gerade gut drauf war und es ihr erlaubte. Rita liebte es, Corinne Schwimmen oder Skifahren beizubringen … oder wie sie ihre Rechte als Tochter wahrnehmen konnte.

»Woran denkst du?«, fragte Emanuele, ohne den Blick von der Straße abzuwenden.

»An die Autofahrten mit meiner Mutter und Corinne.«

Er nickte. »Ich kenne die Geschichte. Ziemlich seltsame Sache. Wie viele Jahre lang habt ihr in dieser Symbiose gelebt?«

Eleonora erlag der Versuchung, eine gerade Linie zu zeichnen, nicht mehr als ein Kratzer auf der beschlagenen Scheibe, dann wandte sie sich zu ihm um. Der Gedanke, dass Emanuele und eventuell auch die anderen von der Geschichte wussten, war ihr unerträglich.

»Acht.«

»Acht Jahre? Donnerwetter! Ich denke, es ist schön, so viel Zeit mit einer Freundin zu verbringen, vor allem wenn man keine Geschwister hat. Was hat denn deine Mutter dazu gesagt? Hat es sie nicht gestört, dass Corinne dauernd dabei war?«

»Ganz im Gegenteil. Sie war glücklich darüber. Corinne wollte immer bei mir übernachten, und wenn sie nicht fragte, dann hat meine Mutter es ihr angeboten. Als ob es ganz einfach wäre. Als ob sie Corinne ohne bürokratischen Aufwand adoptieren könnte. Aber ihr Stiefvater wollte es nicht, sondern verlangte, dass sie wenigstens zum Schlafen nach Hause kam, wenn wir am nächsten Tag in die Schule mussten.«

»Ihr Stiefvater? Corinne hat nie erzählt, dass er die Vaterrolle eingenommen hat, ich dachte, er hätte sich nicht im Geringsten um sie gekümmert.«

»Corinnes Mutter war ihr nie wirklich eine Mutter. Ich nehme an, das weißt du. Sie hat ihre Tage hauptsächlich mit Trinken und Schlafen verbracht. Dass ihr Stiefvater verlangte, dass Corinne nach Hause zurückkehrte, war schlicht eine Form von Kontrolle. Wenn er sich schon seiner Frau gegenüber nicht durchsetzen konnte, tat er es wenigstens bei der Tochter.«

»Arme Corinne. Wo ist deine Mutter jetzt?«

Eleonora gab den Versuch auf, das Unerklärliche erklären zu wollen.

»Sie ist fortgegangen. Aus heiterem Himmel hat sie mich verlassen. Na gut, ich war zwanzig, da kann man vielleicht nicht von Verlassen sprechen. Aber ich glaube, sie hat es nie verkraftet, dass Corinne irgendwann nicht mehr zu uns kam, weil sie ihre Mutter gepflegt hat. Das wurde unumgänglich, nachdem ihr Stiefvater ausgezogen war. Jedenfalls, ein Jahr nachdem Corinne nicht mehr bei uns ein und aus ging, hat sie ihre Koffer gepackt und ist verreist, einfach so, ohne eine Erklärung.«

Emanuele nickte, als könnte er das verstehen.

»Es ist nicht gesagt, dass es eine Flucht aus Enttäuschung oder wegen einer schmerzlichen Erfahrung war, weißt du. Manchmal fühlst du dich einfach nicht wohl, dort, wo du bist. Dann braucht es nur eine Kleinigkeit, und du verwirfst alles, was du dir aufgebaut hast, wovon du dachtest, dass es dir wichtig wäre.«

»Stimmt. Aber glaub mir, in Wahrheit hat sie sich nirgendwo mehr wohlgefühlt. Es gab auf der ganzen Welt kein Zuhause für sie, wenn Corinne nicht dabei war. Ich habe ihr nicht genügt.«

Emanuele war leicht verlegen und versuchte es mit einer unverfänglichen Frage. »Wo lebt sie jetzt?«

»In Spanien, glaube ich. Ich habe seit Monaten nichts von ihr gehört. Sie tut nichts anderes, als durch Europa zu reisen und ihr ganzes Geld in Hotels auszugeben. Ein Hotel ist leichter zu handhaben als ein Zuhause, man checkt aus und ist weg.« Eleonora fühlte sich dumm. Was interessierte Emanuele das absurde Leben ihrer Mutter? Sie hätte besser knapp auf seine Frage antworten sollen, statt sich in überflüssigen Ausführungen zu ergehen. Sie blickte wieder auf die Straße und entdeckte in der Ferne die Lichter der Villa Bruges.

Nur zu gern hätte sie etwas Verwegenes gesagt, wie zum Beispiel: »Sagtest du nicht, du würdest erst noch am Waldrand anhalten und mich vögeln?« Oder: »Das ist die falsche Straße. Zum Waldrand geht's da lang.« Doch sie sagte nichts von alledem. Sie schwieg bis zur Ankunft in der Villa.

Alle waren in der Küche, außer Denise, die ihnen mit der üblichen verdrossenen Miene die Tür aufmachte. Corinne und Maurizio saßen an dem Tisch aus Chromstahl, sie traurig, er unbeteiligt, während Alessandro mit betrübter Miene am Spülbecken lehnte, die Arme vor der Brust verschränkt.

»Wer ist gestorben?«, fragte Emanuele und zupfte ein paar Beeren von der Weintraube auf dem Tisch.

»Wir haben uns Sorgen gemacht«, sagte Denise. Sie hatte eine seltsame Stimme, als ob sie einen Schrei unterdrücken müsste. »Ihr hättet uns ruhig Bescheid geben können.«

»June ist eben gegangen«, fiel Alessandro ein, im Bewusstsein, dass der Damm, den Denise in der Kehle hatte, jeden Moment brechen würde. »Sie leidet wie ein Tier, Emanuele. Du behandelst sie wie ein Stück Dreck.«

Schweigen senkte sich wie ein Vorhang über die Gruppe, doch Emanuele schob ihn beiseite, indem er zuerst zu Boden und dann über die Schultern des Bruders hinweg durch das Fenster schaute, das den dunklen, reglosen Wald einrahmte.

»Das hier ist kein Empfangskomitee«, sagte er, »sondern ein beschissenes Hinrichtungskommando. Wie lange habt ihr schon vor, mir eine Strafpredigt zu halten? Zwei Tage? Zwei Monate?«

»Ich halte es nicht mehr aus, June in diesem Zustand zu sehen«, sagte Alessandro vorsichtig.

Denise unternahm einen letzten Versuch, sich zurückzuhalten. Dann explodierte sie. »Sie ist eben nicht wie du. Sie ist anders. Sie ist … normal!«

Emanuele wandte sich unvermittelt Denise zu, gefolgt von Eleonora, die mit offenem Mund dastand. Woher diese Missgunst, warum gingen alle auf Emanuele los?

»Normal?«

»Ja, normal.«

»Du sprichst von normal? Na, du hast vielleicht Mut. Sei bloß froh, dass ich darauf nicht antworte.«

Denise zögerte. Die flüssige Angst, die in ihren Augen sichtbar wurde, machte Eleonora klar, dass die beiden ein Geheimnis haben mussten.

»Wenn ihr mich jetzt entschuldigen wollt, ihr könnt mich alle mal, und zwar kreuzweise. Zum Teufel mit euch.«

Emanuele lief zur Tür, die anderen blieben reglos stehen. Es gab einfach zu viel, was Eleonora nicht verstand. Das Gespräch musste alte Wunden aufgerissen oder zumindest alten Groll heraufbeschworen haben.

Sie hatte es noch nie gemocht, wenn mehrere Personen auf eine einzige losgingen, egal ob schuldig oder unschuldig. Deshalb drehte sie sich um und lief hinter Emanuele her, durch den Flur und die Vorhalle in den Garten bis zur Grenze des Anwesens. Damit waren sie nun doch am Waldrand angekommen.

»Emanuele, warte!«

Er reagierte nicht. Der Wagen stand noch auf der Auffahrt zur Villa. Wieso lief er davon, wohin wollte er? Nachts machte ihr der Wald Angst. Ebenso wie Emanueles breiter, harter Rücken.

Sie stürzte sich auf ihn und bekam einen Hemdsärmel zu fassen. Emanuele drehte sich ruckartig um, und ihr schien, als sehe sie in tausend Gesichter, alle mit denselben schwarzen und feucht glänzenden Augen. Er war hinreißend und schrecklich zugleich.

»Was willst du von mir? Hä?«

»Beruhige dich. Bitte.«

Er packte sie und stieß sie gegen einen Baum, stützte die Handflächen auf dem breiten, rauen Stamm ab. Eleonora spürte die Blätter unter ihren Absätzen mit einem Knacken zerbrechen wie Pergament, sah sie zerbröseln und stellte sich vor, wie die Erde ihren Schlund öffnete und sie verschlang, während sie mit den Schuhen einsank. Sie fühlte die Hitze, flüssiges Wachs, das hinabfloss und dann gerann, erst im Unterbauch, schließlich zwischen den Beinen.

»Ich gebe dir, was du willst, wenn du es sagst.«

»Emanuele, hör zu ...«

»Sag: ›Fick mich.‹«

Die Stille wäre in ihren Ohren explodiert, wenn sie nicht gesprochen hätte. Also sagte sie es. Sie konnte nicht anders.

»Fick mich.«

Er lachte direkt vor ihrem Mund. Sein Atem roch nach Alkohol und Minze. Er drehte sie um, den Kopf und die Hände gegen den Baumstamm gedrückt, zog ihr den Slip herunter und berührte sie. Eleonora hätte sich gewünscht, nicht so erregt zu sein.

»Ich brauche ja keine große Vorarbeit zu leisten«, sagte er ganz nah an ihrem Ohr und drang in sie ein.

Eleonora unterdrückte ein Stöhnen, gewährte ihm nur einen matten, kehligen Ton.

Es war lächerlich, ein derart großes Verlangen zu spüren. Unsinnig und lächerlich, sich zu öffnen, ihn ganz in sich aufnehmen zu wollen. Unsinnig, derart zu stöhnen. Lächerlich, sich an ihn zu drücken, zu fühlen, wie seine Hände auf ihren Hüften ein Brandzeichen hinterließen.

Sie unterdrückte einen Schrei und kam so heftig wie nie zuvor. Sie zwang sich, nichts zu sagen, ihm nur zuzuhören. Er kam nur wenig später, an ihren Rücken gelehnt, und ließ sie dann los.

Sie musste sich den Rock selbst wieder herunterziehen, sich umarmen, noch immer an den alten Baum gelehnt. Er lächelte nur, streifte mit einem leichten Kuss ihre Lippen.

»Ich gehe jetzt nach Hause«, sagte er und reichte ihr die Hand, als sie aus dem Wald traten.

»Zu deiner Frau. So liebst du sie also?«, fragte sie unangebrachterweise eifersüchtig.

Er lächelte erneut. Unglaublich. »Gehörst du etwa auch zum Hinrichtungskommando?«

»Nein. Ich urteile nicht.«

»Das hat gerade aber ganz anders getönt.«

Sie gingen unter dem Vollmond, der den Pfad erhellte, nebeneinander her. In der Ferne wirkte die Villa Bruges wie ein lebloser Planet.

Emanuele öffnete die Autotür und verschwand im Innenraum, wobei er einen Heidenlärm machte.

»Ich ruf dich morgen an«, sagte er, als ob es für sie beide ein Morgen geben würde.

Dann fuhr er weg.

Eleonora war erschüttert, konnte sich erst gar nicht rühren. Sie war von einem schwarzen Loch eingesogen worden, seit sie hier in der Villa angekommen war. Das Leben der Brüder Vannini hatte sie wie magnetisch angezogen, und sie, ein kleiner Nagel, haftete nun reglos an einem großen Magneten.

An diesem Abend hatte sie Sex gehabt mit einem Unbekannten. Gleichzeitig begehrte sie einen anderen, der im Salon auf sie wartete, nachdem er die Eingangstür offen gelassen hatte. Sie sah seinen Schatten über den Tisch gebeugt, obwohl er an die Wand gelehnt dastand. Es war, als hätte Alessandro seine dunklen Flügel ausgebreitet, in dem Versuch, allen Schutz zu bieten in seinem großen Haus.

Als Eleonora sich der Tür zum Salon näherte, empfingen seine schwarzen Augen sie.

»Hat er sich wieder beruhigt?«, fragte er. Er wirkte nicht verärgert, doch sein Tonfall klang kühler als sonst.

»Ja.«

»Hat er sich dir gegenüber schlecht benommen?«

»Nein. Er war bloß sehr nervös.«

»Wir streiten oft. Alle.«

Eleonora suchte nach einer Antwort auf den betrübten Unterton in seiner Feststellung, fand aber keine. Sie beschränkte sich darauf, ihn anzuschauen. Er war sanft und traurig. Vielleicht hätte sie den Mut gefunden, ihn in den Arm zu nehmen und zu drücken, wenn sie nicht den Samen seines Bruders zwischen den Beinen gehabt hätte.

»Emanuele wurde entführt, als er ein Junge war. Mit elf.«

Nun war der Moment gekommen, vor dem Eleonora sich die ganze Zeit gefürchtet hatte. Sie wandte sich in Richtung Eingang, der im Dunkeln lag, nur wenige Schritte, sie durfte ihm keinesfalls offenbaren, wie feige sie war.

»Unsere Eltern waren stinkreich, sie haben ein hohes Lösegeld bezahlt, ohne die Polizei einzuschalten. Mein Vater hatte eine Vermisstenanzeige aufgegeben, aber dann hat er es vorgezogen, kein Risiko einzugehen und zu zahlen. Er kannte einen Haufen einflussreicher Leute, deshalb war es nicht schwierig für ihn, ein Darlehen zu bekommen und die Sicherungsbeschlagnahme zu umgehen. Doch Emanuele war nicht mehr derselbe wie vorher, als er heimkam.«

»Wurde er misshandelt?«

»Ja.«

»Das tut mir leid.«

»Es hatte Folgen. Seitdem hatte er immer wieder Gewaltausbrüche, bis zu einem Ereignis, das für uns alle traumatisch war. Ich war damals in Los Angeles und musste nach Hause zurückkommen, um die Sache in Ordnung zu bringen.«

Die Sache in Ordnung bringen. »Was ist denn passiert?«

»Er hatte ein Mädchen so heftig gestoßen, dass es gestürzt ist und ins Krankenhaus eingeliefert werden musste. Sie wäre beinahe gestorben. Seit dem Vorfall hat er aufgehört, sich wie ein Verrückter zu benehmen. Ein Scheißkerl ist er zwar immer noch, aber wenigstens dreht er nicht mehr durch.«

»Als hätte er mit dieser extremen Handlung kompensieren wollen ...«

»... was man ihm angetan hat, ja.«

»Wurde er für die Tat verurteilt?«

»Nein, das Mädchen hat ihn nie angezeigt. Emanuele hat die Tat gestanden, auch bei der Polizei, doch als das Mädchen von seinem Schuldgeständnis hörte, erklärte es, dass es sich um einen Unfall gehandelt habe.«

»Ach so.«

»Hör zu, Eleonora. Ich will damit keinesfalls sagen, dass Emanuele gefährlich ist. Das ist er nicht. Zumindest nicht mehr. Aber er ist unfähig, jemanden zu lieben. Es wäre besser gewesen, wenn die Entführer ihm einen Arm abgehackt hätten. Doch sie haben ihm etwas genommen, das man nicht mit Händen fassen kann. Etwas, das einem für alle Zeit das Leben ruiniert, wenn es einem fehlt.«

Eleonora senkte den Blick, sie schämte sich. Scham war eine Konstante in ihrem Leben. Sie war und blieb unzulänglich, und sie traf immer die falschen Entscheidungen. Wie auch an diesem Abend.

»Ich werde es beherzigen«, sagte sie und versuchte mit der leicht ironischen Bemerkung der Situation die Dramatik zu nehmen.

»Ich musste es dir sagen, verstehst du?«

»Ja. Aber ich kann dir versichern, dass keine Gefahr droht ... Ich meine, dass ich ...«

»Dass du dich verliebst? Da wäre ich mir nicht so sicher.«

Alessandro hatte ein bildschönes Gesicht, als er diesen Satz aussprach. Eleonora war wie verzaubert. Sie hatte noch nie jemanden getroffen, der einen Dolchstoß mit solcher Anmut versetzte.

»Alessandro, was tust du da?«, rief Corinne von oben.

Er schaute Eleonora an, als warte er auf ihr Einverständnis. Sein Blick überraschte sie. Er besagte vieles, und das vielleicht Unglaublichste davon war die Botschaft: Du und ich, wir sind nicht wie sie.

»Wollen wir morgen zusammen essen?«

Eleonora kamen bloß dumme Antworten in den Sinn. »Du meinst hier?«

»Zu Hause? Nein, natürlich nicht. Wir essen ja jeden Tag hier. Ich meinte in einem Restaurant.«

»Ach so, ja gern.«

»Gut. Wir gehen ins *Forziere*. Da isst man göttlich.«

»Ausgezeichnet.«

Ausgezeichnet. Eine Naturkatastrophe würde über ihr Leben hereinbrechen, dessen war sie sich sicher.

In der Nacht hörte sie Corinne weinen. Ein leises Miauen, das aus dem Flur kam.

Eleonora machte die Tür auf und sah Corinne neben dem Treppengeländer kauern, in einem weißen Nachthemd, das im Mondlicht aussah wie verschüttete Milch auf dem Parkettboden. Das Gesicht in den Händen verborgen saß sie da wie ein trauriges kleines Mädchen.

Sie ging zu ihr hin und bückte sich, um mit ihr zu sprechen. »Hey. Was ist los?«

»Er hört mich nicht. Ich weine, aber er hört mich nicht.«

»Er schläft.«

»Er hat mich weggeschickt.«

»Wer? Alessandro? Das glaube ich nicht.«

Corinne hob unvermittelt den Kopf, und Eleonora verlor fast das Gleichgewicht.

»Er ist kein Engel, weißt du?«

Ihr Gesicht war zerknittert, sie spie die Worte aus wie Kerne einer sauren Frucht.

»Beruhige dich, Corinne.«

»Er ist kein Engel, auch wenn er so aussieht. Wenn du immer nur freundlich, sanft und hilfsbereit bist, fügst du anderen Leid zu.«

»Wie meinst du das?«

Corinne stand auf und ging die Treppe hinunter, scheinbar ohne Ziel. Eleonora folgte ihr in die Küche, wo Corinne Wasser aus dem Kühlschrank nahm.

»Trink langsam, es ist eiskalt.«

»Du redest schon wie Mama. Verdammt noch mal! Sie hat sich einen Scheiß darum gekümmert, was wir taten. Das Einzige, worüber sie sich Sorgen gemacht hat, war, dass wir kein kaltes Wasser trinken.«

Wie konnte Corinne nur so etwas sagen? Ausgerechnet sie, die immer von allen geliebt und beschützt wurde? Abgesehen davon – wie konnte sie es wagen, *ihre* Mutter »Mama« zu nennen?

»Corinne, du bist ja ganz verstört.«

»Stimmt. Na und?«

»Beruhige dich.«

»Er will mich nicht mehr. Der sanfte, schöne, hilfsbereite, talentierte, intelligente Alessandro will mich nicht mehr. Das kann ich nicht akzeptieren. Ich werde nie von Bruges weggehen. Nie!«

»Um Himmels willen, Corinne ...«

»Es ist eine Gemeinheit anderen gegenüber, so perfekt zu sein. Man kann nicht mal richtig wütend werden auf so jemanden. Weder betrügt er dich, noch wird er handgreiflich. Er nimmt dir jede Bürde ab, wenn du ihn darum bittest. Doch dann verlässt er dich. Er bittet dich um Verzeihung und verlässt dich. Was tust du jetzt? Wie kannst du so jemanden hassen? Was willst du ihm vorwerfen? Nichts, gottverdammte Scheiße, nichts!«

Sie brach in lautes Weinen aus, so wie sie als Mädchen geweint hatte, wenn sie hingefallen war. Ein zorniges Weinen, weil der Sturz sich hätte vermeiden lassen. Weil sie wusste, dass sie hinfallen würde. Und trotzdem losgerannt war.

Eleonora umarmte sie, Sprechen war nutzlos. Sie schliefen zusammen auf dem Sofa, wie sie es immer getan hatten in der Nacht vor einer Abreise. Es war das einzige Zugeständnis, das Rita ihr machte. Im Urlaub schlief Corinne bei ihrer Mutter, weil sie Angst vor der Dunkelheit hatte, weil ihr im Dunkeln viele unschöne Dinge zugestoßen waren.

9

Alessandro entdeckte die beiden Frauen eng umschlungen auf dem Sofa. Das überraschte ihn, und Eleonora, die aus halb geöffneten Augen zu ihm aufsah, genoss sein Erstaunen. Es war, als ob er eine fremde Spezies hinter einer Glasscheibe betrachten würde.

Eleonora streckte sich und folgte ihm in die Küche, wo er das Frühstück zubereitete. Sie setzte sich an den Tisch und betrachtete lächelnd das Toastbrot im Toaster, die Milch in der Schüssel und das Müsli auf dem geblümten Stoffset: lila für sie, rosa für Corinne.

»Warst du schon immer so?«, fragte sie ihn und hoffte auf eine eindeutige Antwort, obwohl sie mit dem Wörtchen »so« eine Unzahl an schönen Dingen meinte.

Er nahm die Brotscheiben aus dem Toaster und versuchte, sich die Finger dabei nicht zu verbrennen. »Wie *so*?«

»Liebenswürdig.«

»Keine Ahnung. Bin ich liebenswürdig?«

»Sehr. Schau, hier.«

Alessandro überflog den gedeckten Tisch, ohne zu sehen, was Eleonora sah, und zuckte mit den Schultern. Er war sich seiner Liebenswürdigkeit nicht bewusst, jedenfalls tat er so, und zwar mit großem Talent.

Corinne kam in die Küche geschlurft. Auf ihrem Gesicht lag ein schmerzerfüllter Ausdruck. Vielleicht hatte sie

Rückenschmerzen, denn sie massierte sich die Nierengegend. Sie setzte sich an den Tisch und begann zu essen, als ob eine solche Frühstückstafel ganz normal wäre.

»Nächste Woche beginnt für mich eine intensive Arbeitsphase, dann werde ich euch kein Frühstück mehr zubereiten können«, sagte Alessandro, als er merkte, dass Eleonora nichts anrührte. »Du solltest die Gelegenheit also nutzen. Ich gehe duschen, schaffst du es, in einer Stunde fertig zu sein? Ich muss dir noch etwas zeigen, bevor wir essen gehen.«

Corinne hob schlagartig den Blick von ihrer Kaffeetasse, während Eleonora bis zu den Haarwurzeln errötete. Die Schuldige nickte und wartete, bis Alessandro verschwunden war, um dann zur Unschuldigen hinüberzusehen.

»Was geht hier gerade vor sich?«, fragte Corinne und ließ den Löffel in die Tasse fallen.

Eleonora starrte auf den braunen Fleck, der sich auf dem Stoffset ausbreitete. Der Kaffee würde die Gardenie für immer einfärben und das zarte Rosa in ein wenig attraktives Braun verwandeln. Aber Corinne achtete nicht darauf, im Gegenteil, sie schlug mit dem Löffel gegen die Tasse, obwohl es darin gar nichts umzurühren gab.

»Da geht nichts vor sich.«

»Ihr fahrt nach Florenz zum Essen …«

»Wir fahren nicht zum ersten Mal nach Florenz, warum stört dich das plötzlich?«

Corinne sprach durch die zusammengebissenen Zähne, weshalb nicht leicht zu verstehen war, was sie sagte. »Weil jetzt alles anders ist. Weil er mich verlassen hat. Weil er mir gesagt hat, ich soll meine Koffer packen.«

»Er hat dich nicht *jetzt* verlassen. Er hat dich vor Monaten verlassen.«

Das machte Corinne erst recht wütend. Sie ließ den Löffel

fallen und verlor die Beherrschung. »Na bravo. Ihr habt also hinter meinem Rücken über mich gesprochen. Ich wusste, dass du versuchen würdest, ihn mir wegzunehmen. Das hast du schon immer getan, von meinen Puppen bis hin zu meinen Freundinnen.«

Eleonora öffnete den Mund und sog die Luft der ganzen Küche ein. »Ich? *Ich?*«

»Ja du, genau du«, erwiderte Corinne und richtete den Zeigefinger anklagend auf sie.

Sie erhob sich, doch Eleonora packte sie am Arm und hinderte sie daran, die Küche zu verlassen.

»Hör auf, Corinne. Alessandro hat dich nicht wegen mir verlassen. Ich bin noch nicht mal zwei Wochen hier. Ihr seid seit Monaten kein Paar mehr.«

»Was weißt du denn schon? Weil er dir das gesagt hat? Was glaubst du denn, was wir im Schlafzimmer tun? *Stadt, Land, Fluss* spielen?«

»Du hast mir selbst gesagt, dass ihr keinen Sex mehr habt, Corinne. Bist du denn jetzt total übergeschnappt, oder was?«

Eleonora erwartete keine Antwort und ließ sie los. Sie wusste genau, dass Corinne in diesem Zustand kein Wortgefecht austragen konnte. Sie hatten jahrelang gestritten.

»Mir ist klar, wie schwer es dir fällt zu gehen. Vergiss nicht, dass ich dabei war, wenn du abends weinend nach Hause gegangen bist. Du hast Mama und mich jedes Mal umarmt, als ob du in die Schlacht ziehen müsstest. Du hast dich versteckt, um nicht gehen zu müssen.«

Corinnes Augen wurden ganz klein. Sie nickte, mit einem kindlichen Schmollmund. »Ich will nicht fortgehen«, wimmerte sie. »Ich will nicht weg von hier, ich will dableiben. Ich will irgendwo Wurzeln schlagen.«

»Das musst du allein tun, in deinem Garten. Kauf dir ein

Haus, richte es mit deinen Sachen ein. Lade deine Freunde zu dir ein, alle, die du magst. Lass die Wurzeln tief in die Erde vordringen.«

»Ich dachte, die Villa sei mein Zuhause.«

»Bist du etwa immer noch hier?«, fragte Alessandro, der im Gegensatz zu Eleonora innerlich und äußerlich sauber war und nach Seife roch.

Sie hatte gar nicht bemerkt, wie die Zeit vergangen war.

»Entschuldige, Alessandro. Ich bin gleich so weit.«

Corinne griff weinend nach seiner Hand. Es war eine pathetische Szene. Eleonora ertrug den Anblick nicht mehr und hastete davon.

Als Eleonora in die Eingangshalle kam, fehlte von Corinne jede Spur. Sie hatte sich mit großer Sorgfalt zurechtgemacht, und zwar ohne sich Fragen zu stellen.

Schweigend fuhren Alessandro und sie los. Kurz vor Florenz war Eleonora ganz bange vor der nächsten Überraschung. Das Bild der tränenüberströmten Corinne wollte ihr nicht aus dem Kopf gehen. Schuldgefühle quälten sie, und sie dachte, wie ungerecht es war, dass sie glücklich war, und wie grausam es sein konnte, wenn man Erwartungen hegte.

Corinne war nicht schuld daran, dass Eleonora nicht die Tochter war, die ihre Mutter sich immer gewünscht hatte. Wenn Corinne nicht gewesen wäre, hätte Rita sich vielleicht mit ihr zufriedengegeben … Sie vielleicht sogar ein bisschen geformt, statt tatenlos zuzusehen, wie ihr Realität gewordenes Ideal ihr eines Tages vom Himmel direkt und ohne ihr Zutun in die Arme fiel.

Nun stieß jemand Corinne aus dem Gehege, noch dazu, um für sie, Eleonora, Platz zu schaffen. So sollte es nicht sein, so war es nie gewesen. Eleonora kannte die Qualen sehr gut. Sie war ein Leben lang an Corinnes Stelle gewesen und wusste genau, wie weh es tat. Dennoch schob sich ein heimtückisches Triumphgefühl über die Schuld. Eine ekelhafte und zugleich erregende Siegesstimmung über das Wunder, das sich gerade ereignete.

Alessandro und Eleonora betraten einen alten Palazzo mitten in der Altstadt von Florenz zwischen der Via degli Speziali und der Via de' Cerretani. Der Aufzug brachte sie in den obersten Stock, und Alessandro öffnete eine Wohnungstür mit einem nagelneuen Schlüssel, so glänzend, dass er sogar im schwachen Licht des Treppenhauses funkelte.

Die Wände und Fußböden in den hohen Räumen waren schneeweiß. Es standen keine Möbel darin, noch nicht. Überall roch es nach frischem Anstrich und Leim. In einer Ecke des langen Flurs standen verpackte Bilder und mehrere Bücherstapel.

Eleonora ging durch den Flur und hörte mit Genuss ihren Schritten zu, die in dem leeren Raum nachhallten. Sie würde ihn mit dunklen Möbeln und gedämpften Geräuschen füllen, dessen war sie sich sicher.

»Die Wohnung hat eine schöne, große Küche«, sagte Alessandro, und seine Stimme drang aus der Eingangshalle wie von einem Echo verdoppelt zu ihr herüber. »Außerdem gibt es zwei Badezimmer, einen Salon und zwei Schlafzimmer. Nächste Woche ziehen wir hier ein, ich, Maurizio und Denise, um für die Premiere im Teatro Verdi zu proben.«

Eleonora setzte ihren Erkundungsrundgang durch die Wohnung fort. Alessandros Stimme umzüngelte ihren Rücken an zwei Stellen, um sich dann an der Spitze zu vereinen, genau unterhalb ihres Nackens.

»Du könntest ebenfalls hier einziehen. Es ist nahe bei der Schule.«

Eleonora blieb stehen. Sie atmete zweimal tief ein und aus und nahm dann den Rundgang wieder auf. Ihr wurde bewusst, dass sie rasch gelernt hatte, die Gesetze des Rudels zu befolgen. Vortäuschen, hinunterschlucken.

»Sehr gerne«, sagte sie mit bisher ungekannter Selbstsicherheit. »Wenn es für die anderen beiden in Ordnung ist …«

»Für mich ist es in Ordnung«, erwiderte Alessandro nur. »So und jetzt lass uns essen gehen.«

Im Restaurant die übliche Szene: Alessandro aß mit großer Anmut, was die anderen Gäste verfolgten, als wäre Essen ein ungewöhnlicher Akt. Sie waren verblüfft, verstanden aber nicht, wieso.

Eleonora fragte sich einmal mehr, warum ihn während seiner Zeit in Los Angeles kein Talentscout entdeckt hatte. Selbst ein Blinder sah, wie charismatisch dieser Mann war. Aber vielleicht hatte er alle Bemühungen sein lassen, nachdem er erfahren hatte, dass seinem Bruder das Gefängnis drohte. Ja, vielleicht hatten andere Dinge Vorrang gehabt.

»Du bist sehr liebenswürdig«, sagte sie, als das Hauptgericht kam.

Ohne sie anzusehen, antwortete er: »Ich weiß, das sagst du mir dauernd.«

»Weil es wahr ist. Für mich bedeutet es eine große Ersparnis, wenn ich keine Miete zahlen muss. Das ist sehr großzügig von dir. Natürlich frage ich mich, warum du das tust.«

»Warum nicht?«

»Ich dachte, du würdest vielleicht mit Michela dort wohnen wollen.«

Alessandros Miene verfinsterte sich. Womöglich hatte Michela abgelehnt. Es war eine ziemlich weit hergeholte

Möglichkeit, aber sie bestand. Eleonora verfluchte sich, weil sie von ihr gesprochen hatte.

»Entschuldige, das geht mich nichts an.«

»Du brauchst dich nicht zu entschuldigen«, beeilte er sich zu sagen und griff nach ihrer Hand, die auf dem Tisch lag.

Es war eine höchst außergewöhnliche Geste für einen Mann wie Alessandro. Eleonora starrte ein paar Sekunden lang wie benommen auf ihre verschränkten Hände.

»Eleonora, ich habe Schwierigkeiten damit, dauerhaft Gefühle für jemanden zu empfinden.«

Der Satz war ganz schön vertrackt, weshalb sie ihn sich ein paar Mal durch den Kopf gehen lassen musste, bevor sie an eine angemessene Antwort denken konnte. Alessandros Tonfall lockerte die Atmosphäre etwas auf.

»Was ist, habe ich dich aus der Fassung gebracht?«

»Willst du mir damit sagen, dass du nicht mehr in Michela verliebt bist?«

»Genau.«

»So plötzlich?«

»Eigentlich nicht. Die Menschen tendieren dazu, mich zu enttäuschen.«

»Du stellst sehr hohe Ansprüche.«

»Nein, ich stelle Ansprüche. Abgesehen davon glaube ich, die meisten Menschen geben sich mit wenig zufrieden. Ich nicht.«

»Es waren vielleicht nicht sonderlich tiefe Gefühle.«

»Kann sein.«

Er ließ ihre Hand los, damit der Kellner die Teller abräumen konnte.

»Ich war mehrere Jahre mit Corinne zusammen, doch ich gebe zu, dass ich sie schon sehr bald nicht mehr geliebt habe. Sie ist zerbrechlich, sie braucht Zeit.«

»Das hast du bereits erwähnt. Aber wenn du mit einer

Frau zusammenbleibst, ohne sie zu lieben, dann tust du ihr weh, Alessandro.«

»Ach ja? Wer sagt das? Die meisten Menschen ziehen es vor, an Märchen zu glauben, wenn sie dafür in Ruhe leben können.«

Er hatte recht. Er hatte immer die richtigen Worte parat und zudem einen wunderschönen Mund, um sie zu äußern. Er hatte eine gelassene, aber entschiedene Stimme. Dieser Magier besaß eine ganze Menge zauberhafter Dinge, und Eleonora verstand gut, dass man ihn so heftig lieben konnte, dass man sogar pathetisch wurde.

Ihr Handy klingelte in der Handtasche. Auf dem Display erschien eine unbekannte Nummer. Alessandro machte mit dem Kopf ein Zeichen, das besagte: Na los, geh ran. Erleichtert über sein Einverständnis hielt sich Eleonora das Handy ans Ohr.

»Hallo?«

»Wo bist du?«

Emanuele. Auch seine Stimme war unverwechselbar. Sie klang nicht gelassen, sondern entschieden.

»In Florenz, mit deinem Bruder.«

Alessandro hob überrascht eine Augenbraue.

»Ach, störe ich etwa gerade ein romantisches Mittagessen?«

»Würde ich so nicht sagen.«

»Komm heute Abend zu mir. Wir haben noch etwas zu klären.«

»Ach ja?«

»Ja. Und zieh einen Rock an.«

Eleonora lachte nervös, und Alessandro schüttelte den Kopf. Einen Augenblick lang fürchtete sie, er habe mitgehört, und errötete.

»Na gut. Das besprechen wir nachher.«

»Nein, da wird nicht gesprochen. Wir sehen uns um acht.«

Sie verharrte noch ein paar Sekunden mit dem Telefon am Ohr, obwohl Emanuele bereits aufgelegt hatte, und tat so, als ob sie ihn verabschieden würde, dann steckte sie das Handy zurück in die Handtasche. Emanueles Befehle hallten in ihrem Ohr wider und erschienen ihr unfair, vor allem jetzt, da Alessandro eine Liebenswürdigkeit nach der anderen aus dem Hut zog wie Kaninchen, und das alles nur für sie allein.

»Was will er?«, fragte Alessandro. Er war beunruhigt, hielt seinen Tonfall aber sorgsam unter Kontrolle.

»Mit mir sprechen.«

»Sprechen ...«

»Ja.«

Er nahm erneut ihre Hand, doch diesmal führte er sie an die Lippen und küsste die Handwurzel. Mit großer Aufmerksamkeit betrachtete er die Narbe, die von der Handfläche bis zur Sehne reichte und durch den schmalen Stiel des Rosen-Tattoos verdeckt war. Es schien, als wollte er etwas sagen, doch er blieb stumm.

»Worüber will er denn mit dir sprechen?«

Eleonora konnte nicht sofort antworten. Die Lähmungserscheinungen, die sie in Gegenwart der Brüder Vannini erfassten, waren nicht nur lästig, sondern begannen sie auch zu beunruhigen.

»Keine Ahnung.«

»Gut möglich, dass er dich vor mir warnen will.«

Na, das war vielleicht spaßig. »Ich denke eher nicht.«

»Ich glaube, ich verursache anderen Leid.«

»Machst du Witze?«

»Nein. Michela war nicht echt. Alles an ihr war gekünstelt, vor allem ihr Verhalten und ihre Art zu sprechen. Typisch für Neureiche. Aber sie hat aufrichtig gelitten, als ich ihr sagte, dass meine Gefühle für sie nichts weiter als eine vorübergehende Verliebtheit waren. Ich meine, es hat sie tief getroffen.«

»Heißt das, du hast ihr gesagt, dass du sie nicht liebst, bevor du das Engagement mit dem Teatro Verdi unterzeichnet hast?«

Die Frage war abscheulich. Eleonora merkte es eine Sekunde zu spät, da hatte sie den Gedanken bereits ausgesprochen.

Alessandro verzog keine Miene.

»Ich bin das Risiko eingegangen, ja. Wenn ich es ihr hinterher gesagt hätte, wäre sie sich ausgenutzt vorgekommen.«

Richtig. Alles, was er sagte und tat, war richtig. Eleonora fühlte sich erbärmlich. Corinne hatte recht gehabt, als sie sagte, dass Perfektion grausam sei.

Sie kehrten ohne Eile nach Bruges zurück. Alessandro legte Eleonora auf dem Weg zum Parkplatz einen Arm um die Schultern.

Er hatte einen festen, aber eleganten Körper. Er konnte jemanden an sich drücken, ohne besitzergreifend zu wirken. Seine Waffen waren unbegrenzt.

Eleonora lehnte sich für einen Moment an das Auto, bevor er ihr die Wagentür aufmachte. Sie war es gewohnt, sich verwirrt zu fühlen, jedoch nicht auf diese ungestüme Weise. In dem Schlangengewirr, das sich in ihrem Bauch wand, erkannten die Köpfe ihre eigenen Schwänze nicht.

Alessandro näherte sich ihr wie eine Katze, die ihrem Herrchen ganz sachte um das Bein streifte.

»Ist alles in Ordnung?«, fragte er dicht an ihrem Ohr, den Mund auf ihrem Hals.

»Mir ist schwindlig.«

Alessandro drehte den Kopf, sein Mund lag jetzt fast auf ihrem, wie das Einzelbild einer Filmsequenz.

Es war unfassbar, dass er sie küssen wollte. Ein Mann wie er. Unmöglich. Deshalb reckte sie auch nicht den Hals, um ihn in seine dunklen Lippen zu beißen. Das wiederum hatte zur Folge, dass er sich zurückzog, sich ans Steuer setzte und wegfuhr, als ob nichts gewesen wäre.

10

Eleonora wurde unruhig, als ihr der Duft des Abendessens in die Nase drang. In intensiven Spiralen wand er sich die Treppe hinauf, und sie vermutete, dass es sich um einen Schmorbraten mit exotischen Gewürzen handelte.

Emanueles Befehl tippte ihr leicht, aber bestimmt auf die Schulter, und sie spielte mit dem kurzen Rock, den sie aus Protest angezogen hatte.

Sie ging ins Erdgeschoss hinunter und betrat den Salon, wo Maurizio gerade eine Anekdote aus seiner Schule erzählte. Alle lachten Tränen, es musste sich um eine witzige Geschichte handeln. Leider erfasste Eleonora durch den Nebel, der ihr Gehirn trübte, nicht eine einzige Silbe.

Als die anderen Eleonora reglos und nervös in der Tür stehen sahen, verstummte das Gelächter. Sie hörten immer mit irgendetwas auf, sobald Eleonora auf der Bildfläche erschien. Gespräche, witzige Bemerkungen, Gesten – alles wurde unterbrochen, als ob bei ihrem Erscheinen ein Vorhang fallen oder auch aufgehen würde, wer wusste das schon.

Alessandro redete als Erster wieder. Seine Höflichkeit gebot ihm, niemandem Unbehagen zu bereiten, zumindest nicht absichtlich.

»Eleonora, Maurizio hat uns gerade von einer Lehrerin an eurer Schule erzählt, die glaubt, sie sei in Oxford. Auch für dieses Schuljahr hat sie ein Programm vorgelegt, mit dem selbst die besten Gymnasien überfordert wären.«

Eleonora nickte und täuschte Interesse vor. Dann strich sie sich den Rock glatt und räusperte sich. »Entschuldigt. Ich muss mit Emanuele noch etwas besprechen, kenne aber den Weg zu seinem Hof nicht. Könnte mich vielleicht jemand begleiten?«

Unglaublich, sie hatte es tatsächlich gesagt. Vor allen. Was zum Teufel war nur los mit ihr? Der Instinkt zu gehorchen war einfach zu stark.

Warum?

Sie hatte gerade erst eine nervenaufreibende Beziehung hinter sich. Der Professor hatte ihr eine Demütigung nach der anderen zugemutet. Und was tat sie? Lief auf direktem Weg einem Sadisten in die Arme.

Die anderen antworteten nicht gleich. Sie saßen reglos um den Tisch und schauten Eleonora an wie Wachsfiguren. Schließlich verzog Denise das Gesicht und sagte: »Ich bringe dich hin. Gehen wir.«

Alessandro folgte ihr in die Eingangshalle, er wirkte nervös. »Isst du denn nicht mit uns? Sollen wir auf dich warten?«

Sie hatte spontan Lust, ihn zu streicheln. Er war so fürsorglich. »Ich weiß noch nicht. Fangt ruhig schon mal an. Sollte ich mit leerem Magen zurückkommen, werde ich die Küche stürmen.«

Eleonora folgte der mürrischen Denise bis zu einem grauen Panda. Ihr war inzwischen klar, dass niemand in der Gruppe es guthieß, wenn sie mit Emanuele verkehrte. Genauso wenig wie ihr Gewissen. Aber sie konnte nichts dagegen tun, die Dinge geschahen einfach, brachen über sie herein an diesem aus der Zeit gefallenen Ort.

Denise schnaubte beim dritten Versuch, den Motor anzulassen, und als er endlich ansprang, klemmte der erste Gang und sie fluchte. Der Strahlenkranz um ihre blonden Haare errötete im Sonnenuntergang, und sie musste sich die Sonnenbrille aufsetzen, weil die Sonne schon so tief stand, eine Feuerkugel, die direkt vor ihrem Auto in der heißen Luft schwebte.

In der Luft lag der säuerliche, aber angenehme Duft der vom Rebstock gefallenen Weintrauben, gemischt mit dem nach verbranntem Gras irgendwo auf der anderen Seite des Waldes. Es war alles so sinnlich, sogar die holprige Straße, die Eleonora zu ihrem Henker führte, weshalb es ihr beinahe vorkam, als würde sie das Richtige tun. Es schien ihr, als würde diese Leidenschaft ihr zustehen, nach all den Jahren halbgarer Beziehungen, mittelmäßiger Liebhaber und auf den eigenen Bauchnabel fixierter Männer. Im Grunde tat Emanuele doch nichts Schlimmes. Nun gut, er erteilte gern Befehle. Aber niemand zwang June, bei ihm zu bleiben. Wenn sie unbedingt weiter bei Emanuele wohnen wollte, obwohl allen klar war, dass er sie gar nicht liebte, lag die Schuld wohl kaum bei ihm. Manche Frauen schaffen sich eine fiktive Welt, bloß um nicht zugeben zu müssen, dass sie nicht mehr geliebt werden. Auch Eleonora hatte das getan, mehr als einmal sogar, aber sie hatte keinem anderen als sich selbst die Schuld dafür gegeben.

Denise steckte sich eine Zigarette in den Mund, wobei der Filter zwischen den Lippen verschwand. Eleonora half ihr beim Anzünden und bekam ein halbes Dankeschön.

»Du treibst es also mit Emanuele.«

Da war er, der Satz, der schon seit geraumer Zeit zwischen ihnen stand. Er prallte gegen die Scheiben im Auto.

Denise hatte ihn ohne Zaudern ausgesprochen, und er schnellte Eleonora ins Gesicht.

»Nein. Ich meine … Wir haben uns erst gerade kennengelernt. Wir sind Freunde.«

»Emanuele verliert keine Zeit mit Freunden. Er hat dich bereits zu Raffaele gebracht, stimmt's?«

»Ja. Was willst du mir damit sagen?«

»Raffaele ist impotent und bezahlt junge Mädchen dafür, dass er ihre Titten betatschen darf. Hinterher lassen sie sich dann von Emanuele vögeln. Und wenn sie nicht gestorben sind …«

Eleonora errötete. Denise nahm kein Blatt vor den Mund, und das störte sie. Sie hatte bereits kapiert, dass die heitere Gelassenheit in der Villa Bruges bloß eine Maske war. Aber als sie nun Denise auf diese Weise sprechen hörte, rieselte es ihr kalt über den Rücken.

»Das ist schrecklich.«

»Ja, das ist es. Emanuele ist schrecklich, aber auch erregend. Du wirst es schon noch merken.«

»Du sprichst mit der Missgunst einer Exfreundin, Denise.«

»Weil ich eine bin.«

Eleonora schluckte leer, dann fragte sie: »Du warst mal mit ihm zusammen?«

»Ich bin den normalen Dienstweg gegangen, ja.« Denise lächelte. Freudlos.

»Worin genau besteht dieser Dienstweg?«

»Du verliebst dich in Alessandro, hast Sex mit Emanuele, und wenn er mit dir Schluss macht, begnügst du dich mit Maurizio.«

Angesichts dieser schrecklichen Begebenheiten, noch dazu völlig ungezwungen ausgesprochen, überkam Eleonora das Bedürfnis, die Autotür aufzureißen und wegzulaufen. Weg von Denise, weg von Emanuele und seinen Befehlen, weg von Alessandros Perfektion und von ihrem Groll auf Corinne. Doch sie tat es nicht.

»Corinne wird nicht auf Maurizio ausweichen, weil ich ihn inzwischen geheiratet habe.«

»Willst du damit sagen, dass auch Corinne mal mit Emanuele zusammen war?«

»Sicher.«

Das muss ein Witz sein. »Aber Corinne ist doch so verliebt in Alessandro ... Wie ist das möglich?«

»Ich erzähle dir das jetzt nicht aus Lust am Lästern. Wer bist du, dass ich dir meine Geheimnisse anvertraue? Ich kenne dich kaum. Ich erzähle es dir, weil Corinne schwer gebeutelt ist. Wenn sie herausfindet, dass zwischen dir und dem Cowboy etwas läuft, dann hängt sie sich auf.«

»Ich komme nicht ganz mit, Denise.«

»Das wirst du schon noch. Alle haben es kapiert.«

»Wer alle?«

Denise bremste den Wagen abrupt vor der Pferdekoppel ab und zündete sich eine neue Zigarette an. Sie schaute Eleonora noch immer nicht in die Augen, als müsste sie sich zwingen, kein Mitgefühl zu zeigen. »Geh jetzt. Sag ihm, er soll dich in Ruhe lassen. Allein die Tatsache, dass du ihren Platz einnehmen wirst, wird Corinne erschüttern.«

»Wessen Platz?«

»Den von Corinne. Ich habe gehört, dass du mit uns in Florenz zusammenwohnen wirst, während er sie weggeschickt hat. Das allein wird ausreichen, glaub mir. Ich bin mir bewusst, dass der Sex mit Emanuele aufregend ist, und ich weiß sehr wohl, *wie* aufregend, aber bitte versuche es zu vermeiden, wenn's geht.«

Eleonora war wie versteinert vor Wut, einer subtilen, anhaltenden Wut, die ihr die Hand- und Fußgelenke zusammenband. Sie wäre nur zu gern ausgestiegen, die Autotür zuschlagend und unter lautem Protest gegen die rücksichtslose Offenheit dieser Unbekannten. Doch sie beschränkte sich auf eine schwache Leugnung.

»Zwischen mir und Emanuele ist nichts. Und selbst wenn

da etwas wäre … Wer gibt dir das Recht, mir zu sagen, was gut für mich und Corinne ist?«

Endlich schaute Denise sie an. Der harte Gesichtsausdruck bildete einen Gegensatz zu den weichen Zügen und wirkte unheimlich. »Ich mag sie sehr. Du etwa nicht?«

»Natürlich. Sie ist meine beste Freundin.«

»Trotzdem tust du, seit du hier bist, nichts anderes, als ihr dauernd unter die Nase zu reiben, dass du jederzeit ihren Platz einnehmen könntest.«

»Hör zu, ich nehme den Platz von niemandem ein. Wo denn, wann denn?«

Es musste einen Grund geben für den Groll von Denise. Für die Art, wie sie Eleonora zurückwies, sie laufend von hinten an den Schultern packte, um sie aus ihrem Kreis zu drängen. Vielleicht hatte Alessandro sie tatsächlich zurückgewiesen, und daraufhin war sie auf Emanuele ausgewichen, um sich am Ende mit Maurizio zu begnügen. Vielleicht begnügte sie sich in Wahrheit ja gar nicht, sondern weckte abwechselnd die Besitzansprüche beider Schwager.

Eleonora wusste jetzt, dass es keine Gewissheit gab.

»Weißt du, wie du aussiehst, Eleonora?«

»Wie denn?«

»Wie eine Person, die nicht weiß, dass sie die Schurkenrolle bekommen hat. Die denkt, sie sei das Opfer, seit sie auf der Welt ist. Wenn sie von dir geredet hat, sagte Corinne immer: ›Ich liebe sie sehr, aber es ist schwierig mit ihr. Immer wenn mir mal etwas Schönes zugefallen ist, hat sie es als persönliche Beleidigung aufgefasst.‹«

»Was weißt du schon von mir? Du denkst, du kennst mich, weil Corinne dir ein paar Episoden aus unserem Leben erzählt hat? Was erlaubst du dir eigentlich, so mit mir zu reden?«

»Du bist erst wenige Tage hier und führst dich schon auf

wie die Hausherrin. Das reicht mir. Du machst Ausflüge mit Alessandro und willigst sogar ein, mit ihm zusammenzuleben, obwohl du weißt, dass es Corinne wehtut. Ich erzähle dir, dass sie sich mit Emanuele eingelassen hat, doch du denkst gar nicht daran, nach Bruges zurückzukehren, wie es richtig wäre. Nein, du wirst gleich sein Haus betreten, stimmt's? Nicht der leiseste Zweifel ist dir gekommen, so groß ist deine Lust, dich heute Abend durchficken zu lassen.«

Eleonora musste sich zurückhalten, um ihr keine Ohrfeige zu verpassen. Solche Impulse hatte sie nie gekannt. Schimpfwörter und Beleidigungen, die kamen ihr leicht über die Lippen. Körperliche Gewalt war nicht ihrs.

Letztlich war es genau dieser ungewöhnliche Instinkt, durch den ihr zum ersten Mal der Verdacht kam, dass es vielleicht nicht so einfach sein würde, Corinne zu beschützen, wie sie es früher immer getan hatte. Vielleicht würde es nicht ausreichen, ihre Gefühle für Alessandro zu unterdrücken, sondern es brauchte ein schmerzlicheres Opfer, sie musste fortgehen.

»Wage es ja nicht, noch mal so mit mir zu reden«, sagte sie, und ihre Stimme bebte. »Davon abgesehen habe ich keineswegs die Absicht, in Florenz mit dir zusammenzuwohnen. Ich werde noch heute Abend mit Alessandro sprechen.«

Sie wollte aussteigen, doch Denise packte sie am Arm und umklammerte ihn mit beeindruckender Kraft. Als Eleonora sich umdrehte, bemerkte sie eine Verwandlung in Denises Gesicht. Ein inständiges Flehen lag in ihrem Blick.

»Nein. Bitte sag ihm nichts.«

Der erste und wichtigste Gedanke galt also immer noch ihm. Alessandro.

»Was hast du erwartet? Mit was für Leuten verkehrst

du für gewöhnlich? Ich verzeihe dir keine Einmischung in mein Leben und auch keine Beleidigungen.«

»Ich dachte, du würdest es verstehen. Ich dachte, du würdest ohne viel Aufhebens einen Rückzieher machen.«

»Du hast dich getäuscht.«

Eleonora stieg aus und ging eilig auf das Haus von Emanuele zu, ohne noch einmal zurückzuschauen.

»Das wirst du bereuen!«, schrie Denise ihr aus dem Seitenfenster hinterher, doch Eleonora entschied, dass die Eifersucht geschrien hatte, nicht der Verstand, und auf einmal erschien ihr alles leichter.

Hätte sie früher gewusst, dass sie in ihrem Leben nur einen Vorhang heben oder senken musste, hätte sie sich viele Dilemmas und Qualen erspart. Man brauchte eine Rolle nur mit Überzeugung zu spielen und das Skript der anderen aufmerksam zu lesen, um eigenes Leid zu verhindern. Einfach entscheiden, was man sehen wollte.

Die Villa Bruges lehrte sie zu überleben.

Emanuele unterbrach seine Tätigkeit nicht, um sie zu begrüßen.

Alles an ihm war erotisch, sogar als er ihr mit dem Kopf kurz zuwinkte, während er einen Heuballen in den Stall trug, als ob es das Natürlichste auf der Welt wäre, sie wie angewurzelt am Eingang stehen zu sehen.

Er wischte sich die Hände an der Jeans ab und murmelte etwas, wobei er nervös wirkte. »Alles in Ordnung?«

Sie musste hinter ihm hergehen, um mit ihm zu sprechen, was sie nervte. »Alles okay.«

Emanuele blieb abrupt stehen, als ob er sich erst jetzt an den Grund für ihren Besuch erinnerte. Er drehte sich zu Eleonora um, musterte sie von Kopf bis Fuß und ließ den Blick auf ihrem Rock ruhen.

»Okay, ja. Macht es dir etwas aus, June zu sagen, sie soll mit dem Abendessen anfangen? Ich bin hier fast fertig.«

June?

Eleonora betrat das Haus durch die angelehnte Tür und wurde von einem intensiven Duft von Fleisch und Rosmarin empfangen. Im Ofen brutzelte ein riesiges Hähnchen, umgeben von einer großen Menge Kartoffeln. Sie betrachtete June ein paar Sekunden lang und wusste nicht, was tun. Die Anwesenheit der Amerikanerin hatte etwas zu bedeuten, ohne Zweifel.

»Emanuele lässt dir ausrichten, dass du mit dem Essen anfangen kannst«, murmelte sie, während June mit einem riesigen Messer den Schinken aufschnitt.

Mit dem Handgelenk schob sie sich die Haare aus der Stirn und tranchierte weiter. »Ja klar, sicher. Hätte ich auf seinen Befehl gewartet, würden wir um Mitternacht essen … *Shit!*« Sie steckte sich den Daumen in den Mund, und eine Bluttträne tropfte von ihren Lippen. Sie wirkte verängstigt, ein gefangenes Tier. Vielleicht hatte auch sie nicht mit der Anwesenheit der anderen gerechnet. Unter ihrer Haut, hinter der hellen Iris ihrer Augen war die unaufhörliche Bewegung von Wellen zu spüren, ein Frustrationsmeer. Eleonora war sicher, dass der Damm früher oder später brechen und das Meer das Festland unter ihren Füßen überfluten würde.

June trug die leckere Mahlzeit genau in dem Moment auf, als Emanuele die Küche betrat, frisch geduscht und schläfrig. Er gähnte, setzte sich als Erster und begann das Hähnchen zu zerlegen.

Irgendwie war auch für Eleonora Platz an der reich gedeckten Tafel des Lebens.

Emanuele schaute sie mit einer Vertrautheit an, als ob sie seit Jahren zusammenleben würden. Vielleicht war dies das seltsame Gefühl, das sie seit ein paar Tagen hatte: ein unlogisches, aber anhaltendes Zugehörigkeitsgefühl. Eleonora war sich durchaus bewusst, dass sie keine Auserwählte war. Die Brüder Vannini verhielten sich allen Frauen gegenüber so. Trotzdem empfand sie deswegen nicht weniger Genugtuung.

»Du wirst also bald in Florenz wohnen«, sagte June, während Emanuele ihr Wein einschenkte.

Eleonora hatte nicht die Kraft, Stopp zu sagen, und trank das Glas bis zum letzten Tropfen aus. Sie war bereits auf eine unerträgliche und zugleich angenehme Art euphorisch.

»Die Nachricht hat also schon die Runde gemacht«, antwortete sie.

Emanueles Lächeln entging ihr nicht und brachte ihre Wangen mehr als der Wein zum Glühen.

»Denise hat es mir gesagt«, erwiderte June vorsichtig. »Wann werdet ihr umziehen?«

»Ich weiß nichts Genaueres, tut mir leid.«

»Das ist immer so bei Alessandro. Du vertraust dich seiner Führung an, und dein Leben entgleitet dir.«

Eleonora hob den Kopf und schaute sie überrascht an. Sie hätte ihr gern geantwortet: »Nein, meine Liebe, ich verliere nicht die Kontrolle über mein Leben« oder vergleichbaren Blödsinn, doch just in diesem Moment rief eine gebieterische Stimme im Hof nach June, und sie rannte hinaus.

»Was ist los?«

Emanuele verschlang den letzten Bissen und musterte sie wohlwollend.

»Nichts. Ganz ruhig. Das ist ihre Freundin Rose. Die beiden sind damals zusammen aus Texas in die Toskana gekommen. Rose lebt mit einem alten Gutsbesitzer hier in der Nähe, und ab und zu haut sie ab. Ist übrigens verständlich.«

»June dagegen ist bei dir gelandet.«

»Willst du etwa sagen, dass sie ein schlechtes Los gezogen hat?«

»Nein, nur dass sie hier gelandet ist, nichts weiter.«

»Hör auf, mit den Fingern zu essen.«

Eleonora erstarrte, das weiße Fleisch des Hähnchenflügels noch in der Hand und den Mund bereits offen, um hineinzubeißen.

»Wie bitte?«

»Hör auf, mit den Fingern zu essen. Ich will dich sonst bei den Haaren packen.«

»Mich … packen?«

»Mir von dir einen blasen zu lassen. Ist es so klarer, Julia? Sonst noch Fragen?«

Eleonora ließ den Flügel auf den Teller fallen. Sie hatte keinen Hunger mehr.

»Warum benimmst du dich so?«

»Das ist jetzt die dritte Frage in zwölf Sekunden, weißt du das?«

»Warum?«

»Wie benehme ich mich denn?«

»Auch du stellst ganz schön viele Fragen.«

»Ich begehre dich. Was ist daran so seltsam?«

»Seltsam ist, dass deine Partnerin gerade mit einer Freundin draußen im Hof steht, und du sprichst von … von …«

»Blasen. Wiederhole es ganz langsam mit mir. Es ist nicht schwer. Komm, ich zeige es dir.«

Er stand vom Stuhl auf und ging vor ihr in die Hocke. Für einen Moment dachte Eleonora allen Ernstes, er wollte ihr eine romantische Liebeserklärung machen. Doch er drückte ihre Knie auseinander und schob den Slip zur Seite, worauf sie den Gedanken sofort verwarf.

Das Verlangen überkam sie ohne Vorankündigung. Statt

Schmetterlingen im Bauch ein heißer Lavastrom zwischen den Beinen.

»Großer Gott, schau dir das an«, sagte er und führte den Zeigefinger ein, woraufhin sie gegen ihren Willen aufstöhnte.

Eleonora fühlte sich niederträchtig, erbärmlich. Emanuele hatte gerufen, und sie war herbeigeeilt. Er hatte dafür gesorgt, dass seine Freundin im Haus war, als wollte er sie daran erinnern, dass die Plätze in ihrem Leben längst vergeben waren, und zwar unwiderruflich.

Nun öffnete er einfach so ihre Beine und nahm von ihrem Körper Besitz, als wäre es völlig selbstverständlich, als brauche er ihr Einverständnis gar nicht.

Sie drehte das Gesicht zum Fenster. June stand unter einer Straßenlaterne und unterhielt sich mit ihrer Freundin. Die beiden waren ziemlich weit weg, Eleonora konnte nur einen Lichtkegel mit zwei Silhouetten darunter ausmachen. Die beiden sahen aus wie zwei Schauspielerinnen im Spotlight, zwei stumme Komparsen. Sie dachte daran, dass die Komparsen nur so taten, als wären sie stumm, dass sie wahllos Wörter und Zahlen sprachen, wie in den Gruppenszenen. Dann entwich ihr ein Schrei, als er anfing, sie zu lecken und zu beißen.

Sie schlug sich die Hände vor den Mund, wie ein Schulmädchen, das erstaunt darüber ist, ein Schimpfwort laut ausgesprochen zu haben. Emanueles Zunge glitt in sie hinein, um danach auf ihrer Klitoris zu tanzen und dort zu verharren, bis Eleonora nicht mehr anders konnte, als sich zu bewegen. Mit beiden Händen packte sie seinen Kopf und rieb sich an seinem Mund. Sie wollte es nicht tun, hatte jedoch keine Wahl.

Sie kam, mit einem stummen Schrei in der Kehle, nur wenige Sekunden, bevor June die Küche wieder betrat. Sie schluckte den unerwarteten Schrei herunter, und Emanuele setzte sich an den Tisch, um sich Wein einzuschenken. Als wäre nichts gewesen.

Er trank einen tiefen Schluck, und sein Mund färbte sich rubinrot. Seine Lippen waren geschwollen, und prompt war Eleonora schon wieder erregt. Und fassungslos.

»Rose hat mich gefragt, ob sie heute Nacht hier schlafen kann«, sagte June und nestelte nervös an ihrer Bluse.

Emanuele nickte großmütig. »Ist gut.«

»Ich sag's ihr.«

»Warte.« Eleonora hatte ihre Stimme wiedergefunden, aber nur, weil sie einen Fluchtplan in die Tat umsetzen musste. Sie wäre nicht in der Lage gewesen, Emanueles Blick standzuhalten, nicht an diesem Abend, vielleicht nie wieder. »Ich fühle mich nicht gut. Würdest du mich bitte zur Villa zurückbringen?«

»Sicher. In zehn Minuten draußen, okay?«

»Okay, danke. Und Entschuldigung wegen der Umstände.«

June gab sich nicht die Mühe zu antworten, sie war viel zu beschäftigt mit der psychologischen ersten Hilfe für ihre Freundin. Eleonora musste daher in der Küche warten, neben Emanuele, der sie zufrieden betrachtete.

»Was ist, läufst du weg?«

Sie hatte nicht den Mut, den Kopf zu heben. »Du stellst ganz schön viele Fragen, Emanuele. Hat dir das schon mal jemand gesagt?«

»Du schmeckst wunderbar. Morgen gehen wir zu Raffaele.«

»Wir gehen nirgendwohin.«

»Seine Villa ist riesig. Mit x Zimmern. Wir werden schon eines finden, das dir gefällt.«

»Vergiss es.«

»Damit du nicht auf falsche Gedanken kommst: Raffaele ist impotent. Ich werde dich vögeln. Und zwar so lange, bis du mich anflehst aufzuhören, Julia.«

Eleonora zwang sich, ihm nicht in die Augen zu schauen. Sie hoffte, dass sie einen grimmigen Gesichtsausdruck aufgesetzt hatte, doch seinem Lächeln nach zu urteilen, wirkte sie nicht allzu überzeugend.

»Ich verbiete dir, so mit mir zu reden.«

»Ach ja? Mein Gott, du bist hinreißend. Vor wenigen Minuten hatte ich noch den Kopf zwischen deinen Beinen. Ich kann mich nicht erinnern, je einen solchen Orgasmus unter meiner Zunge gespürt zu haben. Ich wusste es. Ich wusste, dass dir noch nie jemand einen richtig guten Orgasmus beschert hat, Julia.«

»Einen Scheiß weißt du.«

Eleonora stand so abrupt auf, dass ein Glas vom Tisch fiel und über den Küchenboden rollte.

»Entschuldige.«

»Du bist wirklich hinreißend.«

Sie drehte sich weg und schwor sich, dass sie diesem Mann niemals gestatten würde, ihre Gedanken zu erhaschen. Ihm reichte schon ganz wenig, um ihr seinen Willen aufzuzwingen.

»Ich hole dich dann um sechs ab«, schrie er, als könnte ihn niemand außer ihr hören.

11

Es ist alles falsch.

Der verrückt gewordene Alarm wiederholte in ihrem Kopf ständig dieselben Worte, während Eleonora in dem schmalen Bett, das man ihr zugewiesen hatte, die Augen zu öffnen versuchte.

Einen Augenblick lang fürchtete sie, wieder in ihrer Wohnung in Rom zu sein, umgeben von den alten, abgenutzten Möbeln und dem Schimmelgeruch ihres Betts. Denn das, was in der Villa Bruges mit ihr geschah, konnte nicht die Wirklichkeit sein, es glich eher einem wirren Traum.

In nur wenigen Tagen hatte sie ein leidenschaftliches Verlangen nach Emanuele und eine unsinnige Verbundenheit zu Alessandro entwickelt. Sie hatte Corinne ihre Vorrangstellung abspenstig gemacht und Wurzeln geschlagen an einem Ort, an den sie nicht gehörte. Zudem hatten die Menschen hier ein Geheimnis. Etwas Unausgesprochenes lag in der Luft, fiel über sie her, kaum dass sie sich den anderen näherte, glitt unter den Türen hindurch und raubte ihr den Schlaf.

Wenn sie sich wirklich vom unberechenbaren Wind der Villa Bruges mitreißen lassen wollte, musste sie zumindest einen Vorwand finden. Der greifbarste war die Wahrheit. Sie musste die Wahrheit herausfinden, das Geheimnis aufdecken. Denn sie war sich sicher, dass die Wahrheit der Villa Bruges irgendwie mit ihrer eigenen im Zusammenhang stand. Mit jener Wahrheit, die sie ständig in neue Wohnungen trieb, in denen sie noch nie gewesen war, an Orte, die sie noch nicht ausgekundschaftet hatte, zu Gesichtern, die sie sich noch nicht eingeprägt hatte.

Sogar die beinahe pubertäre Unbeständigkeit Alessandros, was Liebesgefühle betraf, glich dem Fluchtinstinkt, der sie jedes Mal überkam, wenn sie spürte, dass eine Bindung fester wurde.

Zwischen Bad und Schrank schrillte ein weiterer Alarm in ihrem Kopf los, bei der Erinnerung an die Autofahrt mit Denise.

»Du siehst aus wie eine Person, die nicht weiß, dass sie die Schurkenrolle bekommen hat. Die denkt, sie sei das Opfer.«

»Natürlich sehe ich aus wie das Opfer«, sagte sie laut und wählte ein T-Shirt und eine graue Hose. »Ich *bin* das Opfer!«

Aber sie sagte es ohne Überzeugung. Sie sagte es mit einer Stimme, die bei den Vokalen kippte. War es möglich, dass ihre Sicht auf die Realität so anders war als die von Corinne? War es möglich, dass auch für Corinne die Beziehung zu ihr schwierig gewesen war? Ihre Freundin hatte so unbeschwert gewirkt, wenn sie erhielt, was sie wollte, also immer. Sie dagegen wälzte sich im Bett, kaum dass Corinne nach Hause gegangen war, von Wut gepackt über die bodenlose Ungerechtigkeit, dass sie ständig das Nachsehen hatte, obwohl sie zuerst da gewesen war.

Eleonora stieg barfuß die Treppe hinunter, deshalb hörte niemand sie kommen. Alessandro unterhielt sich in der Küche mit einer Frau. Eleonora dachte zunächst, es sei Michela, denn die Frau hatte denselben sicheren Tonfall.

Doch dann stellte die Frau eine Frage, und Eleonora blieb schlagartig auf der Türschwelle stehen, als sie gerade eintreten wollte.

»Seit wann träumst du nicht mehr? Besser gesagt, seit wann erinnerst du dich nicht mehr an deine Träume?«

»Seit Monaten. Das ist einerseits eine große Erleichterung für mich. Keine Kindheitserinnerungen mehr, keine Monster unter dem Bett, keine Messer und auch kein Blut. Andererseits beunruhigt es mich. Die Träume waren im Grunde ein Ventil. Wo sind die Monster geblieben? In welchem Teil meines Gehirns, oder noch schlimmer, meiner Seele stecken sie? Sitzen sie auf der Lauer und warten nur darauf, in mein reales Leben einzufallen?«

»Du bist extrem scharfsinnig. Das Verschwinden der Erinnerungen im Traum ist tatsächlich nie ein gutes Zeichen, insbesondere nach dem, was euch passiert ist.«

»Dabei müsste es eher meinen Bruder betreffen als mich.«

»Du weißt genau, dass ein traumatisches Erlebnis eines Familienmitglieds das Gleichgewicht des ganzen Systems erschüttert, insofern hängt die ganze Familie mit drin. Die Folgen können sehr vielfältig sein.«

Eine Pause entstand, während der Eleonora ihrem Atem zuhörte. Er kam ihr schwer und geräuschvoll vor. Sie hielt sich eine Hand vor den Mund und horchte.

»Was willst du mir damit sagen?«, fragte Alessandro grollend.

»Erzähl mir von Michela. Was ist geschehen?«

»Ich habe sie nicht wirklich geliebt. Aber ich verstehe den Sinn all dieser Fragen nicht. Du solltest eher auf dem Hof bei meinem Bruder sein. Er macht schließlich die Analyse. Ich muss bloß seinen Zorn erdulden.«

»Bloß?«

»Du meinst seinen Zorn? Nein, da kann man tatsächlich nicht von ›bloß‹ sprechen.«

»Mein Gott, es ist schon neun. Ich hätte vor einer halben Stunde im Krankenhaus sein müssen.«

Das Geräusch des zurückgeschobenen Stuhls schreckte Eleonora auf. Sie lief schnell bis zum Treppenabsatz und tat so, als wäre sie eben erst aus ihrem Zimmer gekommen.

Alessandro bemerkte sie nicht einmal, als er die kräftige und behäbige Frau zur Tür begleitete. Sie wirkte, als müsste sie die Last der ganzen Welt wegschieben, um die Villa Bruges zu verlassen.

»Wir sehen uns dann nächste Woche. Mach's gut.«

Sie gab ihm die Hand und wollte schon gehen, als ihr Blick auf Eleonora fiel, und sie zögerte. Alessandro drehte sich um. Als er Eleonora sah, ging ein Lächeln auf seinem Gesicht auf wie ein Samtvorhang, der Sonnenlicht hereinlässt.

In dem Moment, warum auch immer, verstand Eleonora, dass es für sie kein Entrinnen gab. Sie war gerade dabei, sich in Alessandro zu verlieben, und hatte Sex mit seinem Bruder. Ganz nach dem Drehbuch der Villa Bruges. Sie war bloß eine von vielen, nichts weiter.

Der Gedanke stimmte sie traurig. Im Grunde träumen wir alle davon, etwas Besonderes zu sein, aus der Masse herauszuragen.

»Hallo, gut ausgeruht? Ich möchte dir Antonella Zanetti vorstellen, die Psychotherapeutin von Emanuele.«

Antonella wirkte weniger befangen, nachdem er sie Eleonora vorgestellt hatte. Dass Alessandro ihren Beruf und den Patienten erwähnte, stellte klar, dass Eleonora die Verhältnisse kannte. Dadurch musste sie keine falsche Freundschaft vorspielen. Sie reichte Eleonora die Hand.

»Freut mich. Ich bin eine Jugendfreundin von Corinne.«

»Ich weiß.«

Die Antwort, zusammen mit einem düsteren Blick, beunruhigte Eleonora.

»Machst du hier Urlaub?«

»Eigentlich bin ich auf der Suche nach einem Job. Alessandro hat das Problem allerdings schon gelöst.« Sie wandte sich voller Dankbarkeit zu ihm um, doch der Magier schüttelte den Kopf.

»Das freut mich. Dann also auf ein andermal.«

»Auf Wiedersehen.«

Die Psychotherapeutin stapfte auf ihren stämmigen Beinen durch die Vorhalle auf einen blauen Clio zu, der sicher schon bessere Zeiten gesehen hatte. Alessandro schloss die Tür erst, nachdem das Auto verschwunden war.

»Wo sind die anderen?«, fragte Eleonora, während er in der Küche hantierte.

»Corinne und Denise sind arbeiten, Maurizio ist in der Schule.«

»In der Schule? Müsste ich nicht auch dort sein?«

»Nein, erst nächste Woche. Das hätte ich dir gesagt, und die Rektorin hätte dich auch angerufen. Heute findet eine Sitzung der Schulpflegschaft mit den Lehrern vom vergangenen Jahr statt.«

»Dann werden wir also nächste Woche umziehen«, sagte Eleonora und vergaß völlig, dass sie eigentlich nicht mehr mit Denise zusammenwohnen wollte.

»Ja.«

Ein weiteres Lächeln umfing sie, und das »Ja« klang wie ein Versprechen.

Alessandro reichte ihr einen mit frisch gemachter Pfirsichmarmelade dick bestrichenen Zwieback. Eleonora ließ sich nicht anmerken, dass er unangenehm schmeckte, denn die Pfirsiche von Bruges hatten einen bitteren Nachgeschmack. Die warme Milch, die Alessandro ihr großzügig reichte, half ihr dabei.

»Heute habe ich keine wichtigen Termine, aber morgen bin ich den ganzen Tag unterwegs. Meinst du, du hältst es einen Tag ohne den Hausherrn aus?«

Was war das denn für eine Frage?

»Ich denke, ich werde es überleben.«

»Ja? Wollen wir heute Abend ins Theater gehen? Im Teatro Verdi wird *La Traviata* aufgeführt.«

»Ich bin nicht in der Stimmung für eine tragische Liebesgeschichte, noch dazu in drei Akten und auf hochhackigen Schuhen.«

Alessandro schaute sie einen Augenblick amüsiert an. »Was war das? Eine elegante Art, mir einen Korb zu geben?«

Wäre sie mutiger gewesen, dann hätte sie ihm jetzt ins Gesicht gelacht. »Nein, es war eine elegante Art, dir zu sagen, dass ich eine gebildete Frau bin.«

»Tut mir leid, dich enttäuschen zu müssen, aber selbst die dümmsten Schüler an deiner zukünftigen Schule kennen die *Traviata.*«

»Du bist echt naiv, Alessandro. Glaubst du tatsächlich, alle Menschen wären wie du?«

Kaum zu glauben, aber die Frage verblüffte ihn. »Wie meinst du das?«

»Lass gut sein.«

»Oh nein.« Er schob den Stuhl zu ihr hin und schaute sie fest an. »Das erklärst du mir jetzt.«

»Ich begleite dich ins Theater. Recht so?«

»Das habe ich nicht gemeint. Die Menschen sind nicht wie ich, was soll das heißen?«

»Nun ja. Du bist gebildet, gut aussehend, talentiert, intelligent, liebenswürdig, großzügig … Soll ich weitermachen?«

»Wenn du möchtest.«

»Ich denke, es reicht vorerst.«

»Gut. Den Rest kannst du mir heute Abend sagen, wenn du die tragische Liebesgeschichte auf hochhackigen Schuhen über dich ergehen lassen musst.«

Das Lächeln erstarb ihr auf den Lippen, als ihr in den

Sinn kam, dass sie am Abend eine Verabredung mit Emanuele hatte. Er wollte sie um sechs Uhr abholen. Sofort bemerkte Alessandro den Schatten auf ihrem Gesicht und streichelte ihr sanft über die Wange.

»Bist du beunruhigt, Eleonora? Denkst du an Corinne?«

Ein Schuldgefühl krampfte ihr den Magen zusammen. Nein, sie hatte nicht an Corinne gedacht. Sie hatte an ihren Liebhaber gedacht. Statt sich zu fragen, ob ihre Freundin leiden würde, wenn sie mit Alessandro ausging, dachte sie daran, welche der beiden Verabredungen sie absagen sollte. Doch dann kam ihr wieder in den Sinn, dass Corinne sich ja bereits von Emanuele hatte trösten lassen, und der Krampf ließ etwas nach.

»Ja«, log sie.

»Sei beruhigt. Sie hat es akzeptiert. Sie ist dir nicht böse, nur traurig.«

»Was hat sie akzeptiert?«

»Dass wir uns getrennt haben. Was dachtest du denn?«

»Ach, nichts.«

Alessandro nickte, schaute auf die Uhr und stand auf. Er wirkte nicht wie jemand, der psychologischen Beistand brauchte. Im Gegenteil. Er war ausgeglichen, heiter und gelassen in allem, was er tat. Trotzdem hatte sich der Dialog, den sie belauscht hatte, wie eine Psychotherapiesitzung angehört.

»Die Oper beginnt um halb neun. Wir fahren um sieben hier los, einverstanden? Dann haben wir noch genügend Zeit für einen Aperitif.«

Entscheide dich. Jetzt.

»Gut. Meinst du, ein schwarzes Etuikleid ist angemessen?«

»Ein knielanges schwarzes Kleid passt für jede Gelegenheit. Du wirst wunderschön aussehen.«

Corinne spülte das Geschirr mit dem betrübten Gesichtsausdruck eines Aschenbrödels, das nicht mit auf den Ball gehen durfte.

»Ich bleibe hier«, sagte sie zu Eleonora und legte das Besteck in die oberste Schublade des Geschirrschranks.

Gedankenverloren trocknete Eleonora die Pfannen ab. Die Köchin war früher gegangen, weil sie ihre Tochter am Bahnhof abholen musste. Zum ersten Mal half sie Corinne in der Küche, zum ersten Mal nach so vielen Jahren. Früher hatten sie am Spülbecken ausgiebig geschwatzt. Sie hatten sich immer Mühe geben müssen, damit sie sich vertrugen, alle beide, aber in der Küche war jede Meinungsverschiedenheit zu einem banalen Zank unter Schwestern geworden, vor allem wenn Rita nicht dabei war.

»Ich finde, du machst einen Fehler, Corinne. Du hast einen Job in der Stadt und könntest dir sicher eine schöne Wohnung leisten, die nicht so groß ist, damit du nicht allzu viel Hausarbeit hast.«

»Oh nein. Ich bleibe hier, genau wie das Hauspersonal. Das hat mir Alessandro zugesichert.«

Das *Hauspersonal,* was für ein absurdes Wort.

»Ich verstehe dich nicht.«

»Oh doch, du verstehst mich sehr gut, Julia.«

»Bleibst du wegen Emanuele?«

Corinne hielt mit dem Abtrocknen des Bestecks inne und drehte sich um. Eleonora hätte die dumme Frage gern zurückgenommen, aber es war zu spät.

»Was hat Emanuele damit zu tun?«

»Na ja …« Nun, da es ihr herausgerutscht war, konnte sie nicht mehr zurück. »Denise sagt, du hättest mal etwas gehabt mit ihm.«

Corinne wirkte verunsichert. »Denise … mit Emanuele …«

»Ja. Stimmt es denn nicht?«

»Ich würde es nicht so nennen. Ich habe mich bei ihm ausgeheult, vor ein paar Monaten, als Alessandro mir gesagt hat, dass er mich nicht mehr liebt. Ich musste irgendjemandem mein Herz ausschütten. Bei Denise geht das nicht, ihr fehlt es an Empathie. Maurizio hat selber genug Probleme mit einer Frau, die ihn nicht liebt. Da ist mir nur die Schulter von Emanuele geblieben. Wir haben ganz schön gebechert, danach war es schwierig, einfach nur neben ihm zu sitzen. Du hast sicher schon kapiert, wie Emanuele drauf ist, oder? Wenn du dir an ihm nicht die Finger verbrennen willst, musst du auf Distanz bleiben.«

Eleonora nickte enttäuscht. Im Grunde hatte sie sich eine andere Antwort erhofft. Etwas wie: »Spinnst du? Ich liebe seinen Bruder, wie könnte ich je mit ihm ins Bett gehen!«

»Ist es nur dieses eine Mal passiert?«

»Nein, noch ein zweites Mal. Bei Raffaele, kurz vor deiner Ankunft. Ich bin auf der Suche nach Emanuele hingefahren, um ihm zu sagen, dass June weggelaufen war. Alles nur Theater, war ja klar. June ist seine Sklavin, und das weiß sie auch. Ab und zu macht sie Zicken, aber schlussendlich kehrt sie jedes Mal in den Stall zurück. Sie ist pathetisch.«

»Und …?«

»Bei Raffaele ist gerade eine Party gestiegen. Überall Leute, die auf den Sofas vögelten, jede Menge Alkohol und Gras. Und Emanuele spitz wie Nachbars Lumpi. Unwiderstehlich. Ein Tier.«

»Großer Gott, Corinne …«

»Was ist? Bist du jetzt schockiert? Heißt das, du bist noch nicht schwach geworden? Bleib mal eine halbe Stunde mit ihm allein, dann wollen wir sehen, ob du ihn nicht anspringst.«

Eleonora wusste sehr gut, wovon ihre Freundin redete, doch sie wollte es nicht zugeben.

»Jetzt übertreibst du aber. Ich war schon mehr als eine halbe Stunde mit ihm zusammen und bin trotzdem nicht zur Nymphomanin geworden, glaub mir.«

»Dann bist du lesbisch.«

Corinne wirkte auf einmal heiter. Erstaunt, aber zufrieden ließ Eleonora sich anstecken, und sie lachten Tränen, wie zwei junge Mädchen. In dem Moment verstand sie, dass sie sich nie dem Mann hingeben würde, den sie liebte. Sie hatte Corinne verteidigt, seit die Freundin in ihr Leben geplatzt war. Jetzt war es zu spät, um die Rollen zu vertauschen und Gerechtigkeit herzustellen.

»Weißt du, Corinne, Denise hat mir gesagt, ich soll mich nicht mit Emanuele treffen, weil dich das kränken könnte.«

Corinne trocknete sich die Tränen ab und spülte fröhlich weiter. »Ach was, lass sie reden. Sie ist bloß eifersüchtig. Als ich hierherkam, hat sie mit allen Mitteln versucht, mich zu vertreiben. Denise wollte den Festschmaus eben für sich alleine haben.« Sie zwinkerte Eleonora zu, und da erst fiel der Groschen.

»Ich ... ehrlich gesagt ... Ich wundere mich über gar nichts mehr.«

»Ist auch besser so. Das hier ist eine Welt für sich, Julia. Die Brüder Vannini sind spezielle Männer mit einer speziellen Vergangenheit. Sie haben ihre eigenen Gesetze.«

»Könntest du mir das bitte genauer erklären?«

»Es geht um sehr persönliche Dinge. Du wirst sie schon noch verstehen, oder man wird sie dir erzählen. Alles zu seiner Zeit.«

Eleonora wollte erst darauf beharren, entschied dann aber, Emanuele anzurufen, um ihm mitzuteilen, dass er sie nicht abholen müsse. In Wahrheit war sie immer noch unschlüssig, neigte allerdings dazu, Alessandro den Vorzug zu geben. Obwohl sie entschieden hatte, ihn nicht zu verführen, war ein Abend mit ihm mehr wert als ein explosiver Orgasmus mit Emanuele. Das war ihr in dem Moment klar geworden, als sie die Einladung ins Theater angenommen hatte. Im Grunde ging es immer nur um dasselbe: Gefühle oder Sex. Ihre Mutter hatte recht gehabt, als sie sagte, das seien zwei grundverschiedene Dinge. Dennoch hatte Eleonora es damals vehement bestritten. »Ohne Liebe keinen Sex«, hatte sie behauptet. So ein Blödsinn!

Allerdings konnte sie sich nicht erklären, wieso sie sich darauf einließ, Zeit mit Alessandro zu verbringen, obwohl sie sich aus Rücksicht auf Corinne nicht mit ihm einlassen wollte.

»Ich gehe duschen«, sagte sie und verschwand in ihr Zimmer, um allein zu sein. Es kam ihr so vor, als könnte man in diesem Haus nichts für sich behalten.

Emanuele antwortete erst nach längerem Läuten. Er war atemlos.

»Hey, alles in Ordnung?«

»Hallo, Eleonora. Ja, ich arbeite.«

»Entschuldige, ich wollte dir nur kurz etwas sagen.«

»Sprich.«

»Ich hatte vergessen, dass … heute Abend im Teatro Verdi die *Traviata* aufgeführt wird.«

»Oh, Scheiße. Ich auch. Wie konnte ich das bloß vergessen!«

»Hör auf, ich meine es ernst.«

»Schon klar. Na und?«

»Ich kann nicht mit dir zu Raffaele kommen. Alessandro hat bereits Karten gekauft, auch für mich.«

Schweigen.

Dann: »Alessandro?«

»Ja.«

Wieder Schweigen.

Schließlich: »Sag Denise, sie soll sich um sechs bereit halten.«

Eine unbezähmbare Wut stieg in Eleonora auf, und ihre Hände zitterten. Wut darüber, im Bruchteil einer Sekunde ersetzt worden zu sein. Wut auf Denise, die immerhin Emanueles Schwägerin war, die Ehefrau seines Bruders. Wut, weil es eine Bestrafung war. Nicht zuletzt Wut auf sich selbst, weil sie eifersüchtig war. Unsinnigerweise eifersüchtig. Ärgerlicherweise eifersüchtig.

»Vergiss es. Ich werde der Frau deines Bruders nicht sagen, dass du sie um sechs abholen willst.«

»Ach ja?«

Eleonora hörte das Klicken eines Feuerzeugs und wie die Flamme der Luft Sauerstoff entzog. Mit Mühe unterdrückte sie einen scharfen, gereizten Tonfall. »Nein.«

»Macht nichts. Sie wird trotzdem kommen. Ciao, Julia.«

Er legte auf, während draußen ein Gewitter losbrach. Es war nicht gerade das ideale Wetter für Stilettos.

Wie ein Roboter ging sie zum Kleiderschrank, um nachzusehen, ob das schwarze Etuikleid aufgebügelt werden musste. Es war nicht nötig.

Sie musste etwas tun. Irgendetwas, um nur nicht nachdenken zu müssen. An diesem Ort führte Nachdenken nicht zu den erhofften Ergebnissen.

12

Von dem kleinen, runden Dienstmädchenbalkon herab sah Eleonora Denise ins Auto steigen und mit quietschenden Reifen davonfahren. Sie schien es eilig zu haben. Sie trug einen kurzen Rock, und es war Viertel vor sechs: zwei unmissverständliche Indizien.

Eleonora war eine Stunde zu früh fertig. Sie rauchte eine Zigarette, um die Zeit totzuschlagen, dann entschied sie, in den Salon hinunterzugehen; auf dem Balkon hielt sie die Spannung nicht mehr aus.

Corinne war in der Agentur, und auch von Alessandro fehlte jede Spur. Maurizio stand am Fenster im Salon, die Hände in den Hosentaschen, den Blick auf den Wald gerichtet. Obwohl er ein verdrießliches Gesicht machte, sah er harmlos aus. Er hatte ein liebenswürdiges Wesen, genau wie Alessandro, nur ohne dessen Charisma. Zu seinem Pech.

Er hörte sie herankommen und drehte sich um, bemerkte sofort ihre elegante Kleidung. »Oha, wir haben uns schick gemacht. Für einen bestimmten Anlass?«

»Ja, ich gehe mit Alessandro ins Theater.«

»Ach so, die *Traviata.* Das zweite Ticket war für mich. Aber ich bin nicht in der Stimmung dafür.«

»Falls du deine Meinung geändert hast, kann ich gern …«

»Nein, nein. Ich habe genug von Liebesopfern. Ich überlasse dir gern dasjenige von Violetta.«

Eleonora nickte verunsichert. Möglicherweise befand Maurizio sich gerade in der Gemütsverfassung, in der man dazu neigt, sich anderen anzuvertrauen. Sie überlegte, dass sie das ausnutzen könnte.

»Ist etwas nicht in Ordnung, Maurizio?«

Er schaute wieder aus dem Fenster. Dabei presste er den Kiefer zusammen, und für einen Augenblick verlor sein Gesicht die gewohnt weichen Züge, wurde hart. »Denise geht es nicht gut«, gestand er. »Wir tun alles, was möglich ist, vor allem Emanuele, um sie aus ihrer Depression zu reißen. Aber nichts hilft.«

Emanuele schien für Eleonora nicht gerade die passende Person zu sein.

»Das tut mir leid. Ist sie denn in Behandlung?«

»Sie war es mal, aber nur kurz und mit wenig Erfolg. Das Problem ist, dass sie zur pathologischen Lügnerin geworden ist. Dabei belügt sie vor allem sich selbst. Stell dir vor, sie ist davon überzeugt, eine Beziehung mit Alessandro gehabt zu haben. Und dass er sie liebt.«

Schon wieder eine. Eleonora versuchte, die neuen Informationen in das Mosaik der belegten Tatsachen einzuordnen, aber es war unmöglich. Sie zog an irgendeinem Faden, in der Hoffnung, das Knäuel möge sich entwirren.

»Emanuele hilft ihr? Inwiefern?«

»Er hat als Einziger den Mut, ihr zu sagen, wie die Dinge stehen. Dass sie eine Lügnerin ist, die sich die Wirklichkeit nach Gutdünken zurechtbiegt. Vor einiger Zeit hatten wir eine heftige Diskussion, zu viert. Denise hat uns zusammengerufen und uns mitgeteilt, dass sie mich verlässt, um mit Alessandro in Florenz zu leben. Alessandro versuchte, sie mit seinem üblichen Taktgefühl zur Vernunft zu bringen und dabei Emanueles Zorn im Zaum zu halten. Aber der ist irgendwann explodiert. Er hat sie ganz schön zur Schnecke gemacht.«

»Kann ich mir gut vorstellen.«

»Danach war sie am Boden zerstört, und er hat sich entschuldigt. Seither versucht er, ihr zu helfen.«

»Sorry, aber … Ich sehe Emanuele nicht so ganz in der Rolle des barmherzigen Samariters.«

»Das erstaunt mich nicht. Er hat ziemlich rüpelhafte Manieren, aber er ist ein guter Mensch.«

Nun ja. »Denise und Corinne sind da etwas anderer Meinung. Ich will damit nicht sagen, dass er ein Fiesling ist. Nur …«

»Er liebt June seit Monaten nicht mehr. Aber sie verkraftet es nicht, und er hat nicht den Mut, sie zu verlassen. Einem anderen Mann wäre das völlig egal. Klar, ab und zu behandelt er sie mies. Weil ihn die Situation nervt, aber ich kann das nachempfinden.«

»Kurzum, er ist unfähig, sich von ihr zu trennen, genau wie Alessandro.«

»Oh nein. Das sind zwei Paar Schuhe. Alessandro hat Schwierigkeiten, seine Gefühle zu sortieren, und manchmal richtet er ein heilloses Chaos an. Er glaubt, verliebt zu sein, und nach sechs Stunden verkündet er, dass er sich getäuscht hat. Corinne ist nicht hiergeblieben, weil er Mitleid mit ihr hatte, sondern weil er sich nicht entscheiden konnte. Sie hat auf ihn gewartet, und letztlich wartet sie immer noch. Sie ist davon überzeugt, dass er früher oder später zu ihr zurückkehren wird, und ich kann es ihr nicht verübeln, er hat es in den letzten Jahren schon mehrmals gemacht.«

»Und Emanuele?«

»Der hat seine Gefühle im Griff. Er hofft, die Geschichte mit June so schmerzlos wie möglich über die Bühne zu bringen, doch er hat Angst, sie könnte eine Dummheit begehen. Er hat Denise sogar dazu überredet, einen neuen Psychologen aufzusuchen. Das wäre keinem außer ihm gelungen. Heute hatten sie einen Termin im Krankenhaus in Florenz. Gestern Abend hat er mich gefragt, ob ich sie hinbringen kann, weil er dich treffen wollte. Ich glaube, du gefällst ihm sehr, Eleonora.«

Das war nun allerdings mehr als erstaunlich. »Oh Gott. Und ich habe ihm abgesagt, weil ich ins Theater will …«

»Ganz ruhig, er kann viel besser mit Denise umgehen als ich«, sagte Maurizio, und seine Miene verdüsterte sich kaum merklich. »Er begleitet Denise gerade in die Klinik.«

Aber Eleonora war alles andere als ruhig. Bei diesem Spiel war sie die Einzige unter den verschiedenen Akteuren, die mit offenen Karten spielte. Alle trugen eine Maske, außer ihr.

Sie war sich bewusst, dass Maurizio gerade sehr viel preisgegeben hatte, dennoch versuchte sie, weiter in ihn zu dringen. Sie war sich fast sicher, dass sich keine zweite Gelegenheit wie diese ergeben würde. Er hatte offenbar gerade ein starkes Mitteilungsbedürfnis, und sie wollte sich diese Chance nicht entgehen lassen. Ein diskreter Mann hatte fast immer viel zu erzählen.

»Ich verstehe jetzt, warum Denise unbedingt möchte, dass ich mich von Emanuele fernhalte. Es geht ihr nicht gut, und das tut mir leid. Aber Corinne? Warum will sie mich glauben machen, Emanuele sei ein Scheusal?«

»Corinne ist eine verliebte Frau, die zurückgewiesen wurde, deshalb reagiert sie momentan sehr empfindlich auf gewisse Dinge. Sie hat herausgefunden, dass Emanuele andere Frauen trifft und June laufend betrügt. Bei uns Männern ist das anders, Eleonora. Ich weiß sehr wohl, dass Emanuele manchmal ein Scheißkerl ist, dass er andere gerne herumkommandiert und immer für einen schnellen Fick zu haben ist. Aber das bedeutet nicht, dass er ein Scheusal ist. Er kann sehr großzügig sein.«

»Eine Frau an sich binden und sie laufend zu betrügen, ist nicht großzügig. Er müsste sie gehen lassen.«

»Das sagen wir ihm auch. Doch nun musst du mich entschuldigen.«

Er entfernte sich unvermittelt vom Fenster, als wäre er sich plötzlich bewusst geworden, dass er zu viel gesagt hatte. Den leeren Raum, den er hinterließ, nahm sogleich Alessandro ein, der ihn weitete und verformte und so die Sicht auf die Dinge änderte. Er hatte etwas Magisches an sich, etwas Vages, das dennoch in der Lage war, auf die Realität einzuwirken.

»Es ist so traurig«, sagte Eleonora und hakte sich bei Alessandro unter, als sie das Theater verließen.

Er schien gar nicht zugehört zu haben. »Hast du Hunger?«, fragte er.

»Hm, ja, schon.«

»Großen Hunger?«

»Ziemlich.«

»Dann gehen wir ins *Fellini,* das ist gleich gegenüber.«

Im Kerzenlicht des Restaurants flackerten die Augen von Alessandro. Eleonora fand es normal, dass er aufgeregt war, immerhin würde er in wenigen Monaten auf einer namhaften Bühne stehen, zusammen mit Maurizio und Denise. Er hatte vor langer Zeit einen Traum aufgegeben, um seinem Bruder in einer schwierigen Situation beizustehen, und nun bot ihm das Leben eine zweite Chance.

»Du bist glücklich, nicht wahr?«, fragte sie, nachdem er für sie beide das Degustationsmenü bestellt hatte.

»Ja, sehr.«

Er griff nach ihrer Hand auf dem Tisch, wie es inzwischen zur Gewohnheit geworden war. In diesem Moment näherte sich Michela, die das Restaurant kurz nach ihnen betreten haben musste. Sie war ebenfalls im Theater gewesen, hatte allerdings so getan, als würde sie ihren Exliebhaber nicht bemerken. Doch als sie ihn nun im Restaurant vor sich sah, konnte sie sich nicht mehr zurückhalten.

»Hallo«, sagte sie mit alkoholschwerer Stimme.

Alessandro hob den Kopf. Gelassen, sanft. »Hallo, Michela.«

»Kann ich dich einen Moment sprechen?«

Alessandro wandte sich Eleonora zu, der die Situation peinlich war. »Wie du siehst, bin ich nicht allein.«

»Nur eine Sekunde. Du erlaubst doch, Eleonora?«

»Ja, klar«, antwortete sie verlegen. »Kein Problem.«

»Wenn du mir etwas sagen willst, dann setz dich zu uns und leg los.«

Eleonora wollte ihm zuflüstern, dass er sofort damit aufhören solle. Diese Frau hatte die Geschicke seines Theaterensembles in der Hand. Sie konnte seinen Traum zunichtemachen. Und er wollte sie, Eleonora, nicht allein am Tisch sitzen lassen!

»Also, ich …«, stotterte sie.

»Einverstanden«, unterbrach Michela sie. »Ich setze mich zu euch.«

Sie nahm Alessandros Weinglas und trank es in einem Zug aus. Sie war betrunkener, als es auf den ersten Blick den Anschein hatte. Und total überdreht. Als sie sich hinsetzen wollte, verlor sie beinahe das Gleichgewicht. »Nun denn, was unseren Vertrag betrifft …«

Alessandro nickte und verschränkte die Arme auf dem Tisch. Er war vollkommen gelassen. Der Glückliche.

»Es gibt da ein Problem. Die Gemeindeverwaltung hat einen Großteil der finanziellen Mittel gestrichen. Deshalb bleiben nur die freien Gastensembles im Programm.«

Eleonora war erleichtert. Alessandro würde für seine

Theateraufführung problemlos die nötigen Mittel auftreiben können, bei all dem Geld, das er besaß.

Doch er sagte: »Dann wird also nichts daraus.«

»Ich fürchte, nein. Außer du treibst eine vollzählige Kompanie auf, die dem Niveau des Teatro Verdi entspricht.«

Alessandro musterte Michela nachsichtig. Eleonora dagegen hätte ihr liebend gern eine runtergehauen.

»Die Gemeindeverwaltung hat nichts damit zu tun, Michela. Nicht wahr?«

Sie öffnete die Lippen, aber ihr kullerte nur eine Träne über die Wange. Eine einzige. »Doch. Sie haben kein Geld und … Bitte entschuldigt mich.«

Sie stand auf und verließ das Lokal. Eleonora hielt sich die Hand vor den Mund, während das Essen auf den Tellern kalt wurde. Zum ersten Mal war Alessandros Gesicht unverhüllt. Der Schleier der Unerschütterlichkeit war gefallen.

»Ich habe keinen Hunger mehr«, sagte er.

»Ich auch nicht.«

Alessandro zahlte, und sie gingen.

Die fünfhundert Meter zu Fuß hinter seinem Schweigen waren schwierig.

Alessandro rauchte und schaute stur geradeaus, und Eleonora blieb nichts anderes übrig, als in seinem Schatten zu gehen. Sie fand erst den Mut ihn anzusprechen, als sie auf dem Parkplatz den Wagen suchten.

»Was wirst du jetzt tun?«

Er drückte die Zigarette in einem Blumentopf aus und nahm den Autoschlüssel aus der Tasche. Nach einem Tastendruck auf der Fernbedienung leuchteten die Scheinwerfer auf und zeigten die Position des Wagens an.

»Es gibt nichts zu tun. Es ist vorbei. Ich hatte gehofft, dass Michela weniger kindisch wäre, aber ich habe sie auch darin überschätzt.«

Sie stiegen ins Auto, und er fuhr ohne Umwege zur Villa. Eleonora war davon überzeugt gewesen, die ganze Nacht mit Alessandro zu verbringen, an vielen verschiedenen Orten. Sie sah sich schon mit ihm am Ufer des Arno entlangschlendern, in einer Bar im Stadtzentrum Kaffee trinken, auf der Landstraße anhalten, um sich zu küssen. Als wäre es normal, so etwas zu denken. Es zu hoffen, nach der Entscheidung, die sie getroffen hatte.

Ein zerbrochener Traum wirft alle Programme über den Haufen. Selbst wenn Alessandro die Absicht gehabt hätte, mit ihr einen romantischen Abend zu verbringen, hatte er jetzt etwas anderes im Kopf.

Eleonora fand sich damit ab, doch als sie schon fast wieder bei der Villa waren, überraschte Alessandro sie mit einer unerwarteten Frage.

»Ich brauche eine ehrliche Antwort von dir, Eleonora.«

Sie hielt den Atem an, richtete die Augen auf die von den Straßenlaternen gelb beleuchtete Straße und ahnte Böses. »Worauf?«

»Bist du mit Emanuele zusammen?«

Ihr Atem stockte.

»Ich bitte dich. Sag's mir.«

Er bremste vor dem Tor und zog die Fernbedienung hervor. Die beiden eisernen Flügel schwangen auf und gaben die Auffahrt zur Villa frei. Der Marmor leuchtete schneeweiß im Mondlicht und wirkte bedrohlich.

»Du weißt, wie Emanuele ist.«

»Ja, das tue ich. Allerdings weiß ich nicht, ob ihr eine Beziehung habt.«

Er parkte den Wagen auf der Rückseite, zwischen dem Panda von Denise und einem alten Ford, den niemand benutzte. Als er die Scheinwerfer ausschaltete, fiel Dunkelheit über sie, als ob jemand das Licht der Welt ausgemacht hätte. Mehrere Sekunden vergingen, bis Eleonora sich an die Dunkelheit gewöhnt hatte, dann gab der Mond die Sicht auf Alessandros Profil frei.

»Nein«, sagte sie und stieg aus. Ihre Absätze zerdrückten die kleinen Steine, die feinen Kiesel und den groben Schotter, doch das Geräusch war immer dasselbe. Sie ging um den Wagen herum, den er gerade abschloss, und berührte ihn am Ellbogen, damit er sich ihr zuwandte. »Warum fragst du?«

»Ich muss es einfach wissen.« Ein kurzer Klingelton signalisierte den Eingang einer SMS, und Alessandro zog das Handy aus der Tasche, um die Nachricht zu lesen. Dann wechselte er völlig selbstverständlich das Thema. »Hör zu, ich habe ein paar Dinge für die neue Wohnung gekauft. Die möchte ich dir zeigen, wenn du Zeit hast.«

Eleonora war gerührt. Mit den Augen folgte sie der Form seiner Lippen, die an diesem Abend eine traurige Linie zeichneten. »Es tut mir schrecklich leid, Alessandro. Das hast du nicht verdient.«

Er stieß ein trockenes Lachen aus, atmete tief aus und kam ihr nahe. Sehr nahe.

»Vielleicht habe ich es doch verdient.«

»Nein. Du bist immer so gut zu allen.«

»Ich lerne es nie. Ich muss warten, bevor ich einer Frau sage, dass ich sie begehre. Aber ich bin nun mal so, ich habe Mühe, zu …«

»Zu verstehen, was du empfindest. Ja, ich weiß.«

Eleonora reckte den Hals und berührte mit den Lippen ganz leicht seinen Mund, doch nur in Gedanken. In Wirklichkeit stand Corinnes zartes Antlitz zwischen ihnen.

Alessandro nahm ihr Gesicht in die Hände und streichelte mit den Daumen sanft über ihre Wangen. »Ich kann nicht«, sagte er ganz nah an ihrem Mund.

Diesen Satz hätte eigentlich sie aussprechen müssen.

Eleonora biss ihn zweimal sanft in die Unterlippe, umspielte seine Zähne mit der Zunge, und Alessandro fasste sie um die Hüften. Da war kein Platz für Logik in diesem Mikrokosmos. Was geschehen musste, das geschah und fertig.

»Zwischen mir und deinem Bruder war es aus, bevor es richtig begonnen hatte«, sagte sie hoffnungsvoll. »Das weißt du.«

»Ich weiß gar nichts«, erwiderte er scherzhaft.

Sein Atem in ihrem Mund, diese Tortur würde sie nicht mehr lange aushalten. Sie stellte sich auf die Zehenspitzen, doch er zog den Kopf zurück. Dann lächelte er und küsste sie. Seine Zunge glitt in ihren Mund, seine Hände umfingen ihre Taille. Er drückte sie an sich, und sie stöhnte auf, als sie seine Erektion spürte. Es war ein Geschenk. Unerwartet, unpassend und gerade deswegen umso erregender.

Ich kann es nicht tun. Die Stimme ihres Gewissens vermischte sich mit der vertrauten Stimme von Corinne. Dünn und schneidend wie ein Blatt Papier, doch es reichte, dass sie von dem Vorhaben abließ.

»Ich glaube, ich habe dich gerade geküsst«, sagte er dicht vor ihrem Mund.

»Ja, das glaube ich auch.«

»Du bist schuld.«

»Na klar. Jetzt geh. Und küss mich bitte nicht mehr.«

»Man begeht nicht zweimal denselben Fehler. Außer es ist eine ganz bewusste Entscheidung. Heute Abend bin ich allerdings nicht in der Lage, bewusste Entscheidungen zu treffen.«

Er löste sich aus der Umarmung und ging zum Hauseingang, die Hände in den Taschen und mit einem so gleichgültigen Gesichtsausdruck, dass er beinahe grausam wirkte. Eleonora blieb verdutzt der Mund offen stehen, doch nach ein paar Sekunden fing sie sich wieder und folgte ihm.

»Ich bin kein Fehler. Nur damit du's weißt«, sagte sie hinter ihm. »Gib mir eine Zigarette.«

Er reichte ihr eine, ohne sie anzuschauen, zusammen mit dem Feuerzeug.

»Bleibst du noch einen Moment bei mir? Oder muss ich allein hier draußen rauchen?«

Er hielt inne. »Entschuldige. Ich wollte nicht unhöflich sein. Außerdem betrachte ich dich nicht als einen Fehler.«

»Es waren deine Worte.«

»Bitte versuch mich zu verstehen. Soeben ist einer meiner größten Träume zerplatzt, weil ich mich mit der falschen Frau eingelassen habe. Außerdem versuche ich Corinne davon zu überzeugen, dass sie mich in Ruhe lassen soll. Dazu kommt, dass mein Bruder etwas mit dir hat.«

»Wieso fragst du mich, wenn du die Antwort sowieso schon kennst?«

»Wenn du mit meinem Bruder zusammen bist, ändert das alles. Verstehst du, was ich meine, oder soll ich dir eine Zeichnung machen?«

Und du? Verstehst du, dass Emanuele sich bei dir ganz anders verhält?

»Zwischen mir und Emanuele ist nichts.«

Das war im Grunde keine richtige Lüge. Was verband sie schon miteinander, außer zweimal Sex? Nichts. Rein gar nichts.

Was verband sie dagegen mit Alessandro?

»Er … hat sich beschissen benommen. Das tut er bei allen, nicht wahr?«

»Ja. Bei allen.«

»Das war's auch schon.«

Alessandro lächelte. Verdammt.

»Na gut, Alessandro. Denk, was du willst.«

Sie warf die Zigarette zwischen die weißen Steine und ging zur Eingangstür, doch Alessandro packte sie am Handgelenk.

»Ach komm, reg dich nicht auf, es gibt keinen Grund dafür. Wenn ich morgen rechtzeitig zu Hause bin, wollen wir uns dann die neue Wohnung ansehen?«

Eleonora war wütend, doch auf einmal kam es ihr kindisch vor. Sie sagte »Ja«, mit aller Zärtlichkeit, zu der sie fähig war.

Alessandro versuchte noch einmal, sie zu küssen. Mitten vor der Eingangstür. Eleonora trat einen Schritt zurück, dennoch verbuchte er den missglückten Kuss als Erfolg.

»Jetzt ist aber Schluss«, sagte er.

Es war höchste Zeit, der Situation die Dramatik zu nehmen.

»Bekenne in Reue deine Sünden, mein Sohn. Hattest du unkeusche Gedanken?« Jetzt half nur noch Ironie.

»Ja, mein Vater.«

»Welcher Art?«

»Ich habe gesündigt. Ich begehre eine Frau.«

Sein Blick wurde feurig, Eleonora wankte auf den dünnen Absätzen zwischen den Steinen, während ihr das Herz bis zum Hals schlug.

»Aber ich kann mir selbst nicht trauen«, fuhr er fort.

In diesem Moment öffnete Denise die Tür. Ihre Mundwinkel wollten nach unten sinken, doch sie zwang sich, sie nach oben zu ziehen.

»Seid ihr zurück? Wie war's? Schön?«

Eleonora sah die beiden ins Haus treten und folgte ihnen mit einem gewissen Abstand. Sie war beunruhigt. Alessandro würde das Ende eines Traums verkünden müssen.

13

Eleonora wachte sehr früh auf. Maurizio rief ihr von der Tür ein kurzes Hallo zu, bevor er zur Schule ging. Denise, wie immer zu spät dran, trat neben ihn und kämmte sich dabei die Haare, dann warf sie Eleonora die Haarbürste zu und rief: »Nächste Woche bist du mit von der Partie, Julia!«

Es war offensichtlich, dass die beiden noch nichts wussten von dem, was Michela verkündet hatte. Aber das kümmerte Eleonora gerade nicht. Sie fühlte sich zu Hause. Bei sich zu Hause.

Dieser Gedanke führte gleich zum nächsten. Wenn die Aufführung im Teatro Verdi gestrichen war, warum hatte Alessandro ihr dann vorgeschlagen, sich gemeinsam die Neuanschaffungen für die Wohnung in Florenz anzusehen? Sie würden bestimmt nicht dort einziehen, nicht mehr.

Eleonora schleppte sich und ihre vier Stunden Schlaf in die Küche, öffnete den Kühlschrank und suchte nach etwas Essbarem. Wahrscheinlich war es das zweite Mal seit ihrer Ankunft in der Villa Bruges, dass sie ihr Frühstück selbst machen musste.

»Bist du zum Mittagessen hier?«, hörte sie jemanden in der Eingangshalle fragen.

Dann Alessandro: »Nein, ich habe zu viel zu tun. Wir sehen uns heute Abend.«

Sie bekam mit, dass er in die Küche trat, drehte sich aber

nicht um. Sie war befangen, im Gegensatz zu ihm. Er nahm etwas von der Anrichte, wahrscheinlich die Hausschlüssel, denn sie hörte ein vertrautes Rasseln, dann drückte er ihr einen Kuss auf den Hals.

»Wir sehen uns heute Abend.«

Nun drehte sie sich doch um, obwohl sie errötet war. »Viel Spaß bei der Arbeit.«

»Danke. Ich wollte eigentlich heute mit dir nach Florenz fahren, aber das schaffe ich leider nicht, ich werde erst am Abend zurückkommen. Früher oder später muss ich mit den anderen sprechen, du weißt schon, worüber. Es wird sicher kein Honigschlecken, und das tut mir leid.«

»Kein Problem.«

»Bis nachher«, sagte er, wie ein Ehemann.

Er verließ die Küche, und Corinne nahm unerlaubterweise seinen Platz ein. Sie war noch im Schlafanzug und hatte völlig verquollene Augen. Um ehrlich zu sein, war sie überhaupt nicht wiederzuerkennen. Von der Leichtigkeit, die sie so begehrenswert und verführerisch gemacht hatte, war so gut wie nichts mehr übrig. Bis vor Kurzem schien Corinne alle Zeit der Welt zu haben. Sie war die Königin der Zeit. Was sie tat, das tat sie langsam und überlegt, deshalb machte sie auch keine Fehler. Währenddessen rackerte sich Eleonora neben ihr ab und stürzte sich kopfüber in Dinge, die eines zum anderen führten, wobei das Vorgehende das Nachfolgende mit sich zog und sie dadurch im besten Fall eine Minute gewann. Trotz ihres überhöhten Tempos kamen sie beide letztlich gleichzeitig am selben Punkt an.

Jetzt lag in den Augen von Corinne eine neue Dringlichkeit. Sie musste ihren Mann zurückerobern, bevor er nach Florenz zog.

»Ich gehe in die Agentur«, sagte sie hastig. »Zum Glück habe ich morgen frei. Ich bin ziemlich müde.«

»Hast du den ganzen Sommer über gearbeitet?«

»Notgedrungen. Im Tourismus ist das so. Ich muss los, wir sehen uns dann später.«

»Ciao, Corinne, bis heute Abend.«

Nach dem Mittagessen verließ Eleonora die Villa. Sie wollte sich bei Emanuele entschuldigen. Sie hatte nicht wissen können, dass er ihretwegen eine Verpflichtung vernachlässigt hatte, wollte aber zumindest mit ihm darüber sprechen.

Also nahm sie ihren ganzen Mut zusammen und machte sich zu Fuß auf den Weg durch den Wald.

Der Gutshof lag näher, als sie gedacht hatte. Nach kaum zehn Minuten auf dem Pfad, der von der Villa direkt zu Emanuele führte, erspähte sie das Haus durch die Bäume.

Sie schluckte und zwang sich, nicht daran zu denken. Wenn sie die Wahrheit über die beiden Brüder herausfinden wollte, musste sie versuchen, dem Verlangen tief in ihr zu widerstehen, sonst würde sie scheitern.

Emanuele war auf der Pferdekoppel, wo er einer nervösen jungen Stute Zaumzeug und Sattel anpasste. Als sie näher trat, erkannte Eleonora, dass es sich um dieselbe Stute handelte, mit der Emanuele sich abgemüht hatte, als sie zum ersten Mal hergekommen war.

Emanuele arbeitete so konzentriert, dass er sie nicht bemerkte. Eleonora täuschte einen Hustenanfall vor, damit er aufschaute.

»Hey. Was tust du denn hier?« Er wandte sich um, entdeckte aber kein Auto. »Sag bloß, du bist zu Fuß gekommen.«

»Ganz genau. Ich habe für dich den finsteren Wald durchquert. Nur damit du's weißt.«

»Sehr witzig. Normalerweise zeigen mir die Frauen ihr Interesse auf andere Art.«

»Wie denn zum Beispiel? Verfolgen sie dich auf der Straße und schenken dir selbst gestrickte Pullover? Lauern sie dir in öffentlichen Toiletten auf? Wenn ich deine Frau wäre, würde ich sie alle mit einem Tritt in den Hintern vertreiben.«

»Deshalb bist du ja nicht meine Frau.«

Sie funkelten sich herausfordernd an. Schließlich gab Eleonora nach, dachte an den Grund für ihr Kommen und wurde sanft.

»Hör zu, Emanuele ....«

»Oje.«

»Was ist?«

»Nichts. Wenn jemand sich mit diesem Gesichtsausdruck und diesen Worten an mich wendet, bekomme ich sofort Herzrasen.«

Eleonora wurde wieder nervös, versuchte es sich jedoch nicht anmerken zu lassen.

»Du siehst nicht aus wie jemand, der leicht Herzrasen bekommt. Jedenfalls ... ich wollte dir nur sagen, es tut mir leid, dass ich unsere Verabredung im letzten Moment abgesagt habe.«

»Aha. Hast du etwa daran gedacht, was du alles verpasst hast?«

»Ich meine es ernst. Ich habe erfahren, dass du Denise ins Krankenhaus begleiten musstest.«

»Dort bin ich auch hingefahren.«

»Weiß ich. Ich finde es toll von dir, was du für Denise tust. Obwohl ich nicht verstehe, warum sie trotzdem so hart mit dir ins Gericht geht. Oder warum sie mich glauben machen will, dass du mit ihr ins Bett steigst.«

Er hängte die Sättel über den Zaun. In seinem Blick war nichts zu lesen, doch diese Leere konnte auch eine Form der Resignation sein.

»Das erzählt sie allen. Die Wahrheit sieht anders aus, aber niemand will sie hören. Die Fiktion ist nun mal interessanter.«

Dieser Satz verblüffte Eleonora, als hätte sie schon seit Langem entschieden, dass Emanuele zu keinen tieferen Gedanken fähig war. Dass er ein wildes, attraktives Tier war, aber nicht mehr.

Als er die Koppel verließ und ins Haus ging, folgte sie ihm. Sie schaute ihm zu, wie er ein halbes Glas Wasser trank, sich das Hemd auszog, ins Bad ging und es in den Weidenkorb warf. Als wäre sie gar nicht da, zog er sich die Jeans aus und stieg in die Dusche. Einfach so, bei offen stehender Tür.

Eleonora schaute sich um und warf dabei auch einen Blick ins Schlafzimmer. Von June fehlte jede Spur. Das Bild des jungen, attraktiven Körpers von Emanuele ließ sie nicht los. Selbst die kleinsten Einzelheiten explodierten in ihrem Kopf. Die hervortretenden Venen auf den Armen, die glatte und muskulöse Brust, die Leistenfalte wie bei einem Sportler. Wie war es nur möglich, dass das Begehren mit solcher Wucht entbrannte und gleichzeitig ihr Herz in eine andere Richtung drängte?

Sie saß in der Küche, als Emanuele aus dem Bad kam, mit feuchten Haaren und einer Trainingshose, die locker auf den Hüften saß. Aus einem unerfindlichen Grund hatte er beschlossen, sie nicht weiter zu beachten, und aus einem noch unerfindlicheren Grund machte Eleonora keinerlei Anstalten zu gehen.

»Stimmt etwas nicht?«, fragte sie, als er eine offene Dose Tomatensoße aus dem Kühlschrank nahm.

»Was denkst du?«

»Ich habe zuerst gefragt.«

»Ich möchte, dass du gehst.«

Ihr stiegen Tränen in die Augen, was sie verlegen machte. »Wieso?«

»Weil ich dich am liebsten hier und jetzt auf dem Tisch flachlegen möchte. Und es nicht kann.«

»Warum nicht? Ich meine … ich wollte sagen …«

»Was wolltest du sagen?«

Er legte einige Eier neben das Spülbecken, woraufhin sie gefährlich nah an den Rand rollten, und drehte sich um. Er wirkte zornig. Das war zwar nicht wirklich glaubwürdig, aber er schaute sie an, als wäre er wütend auf sie.

»Was habe ich dir getan?«

»Nichts. Ich habe nie behauptet, dass du mir etwas getan hättest.«

»Herrgott, bist du nervtötend!«

»Ich weiß. Aber du kannst mich ruhig Emanuele nennen.«

Sie verharrten ein paar Sekunden lang schweigend, dann brach er in Gelächter aus, und auch Eleonora konnte sich nicht länger zurückhalten.

»Du bist echt ein Scheißkerl.«

»Das sagst du jetzt schon zum zweiten Mal. Wie lange kennen wir uns noch mal? Eine Woche? Gratuliere!«

»Es ist eine Art wie jede andere, um dir zu sagen, dass du nervst«, erwiderte sie, stand vom Stuhl auf und stellte sich ihm in den Weg, die Hände verschränkt, der Blick offen.

Bei Alessandro steckte sie immer im Zwiespalt zwischen dem Wunsch, ihn in seinem tiefsten Inneren kennenzulernen, und der Angst davor, was das mit sich bringen würde. Das passierte ihr bei Emanuele nicht.

»Warum hast du diese Arbeit gewählt?«, fragte sie, quasi um sich selbst zu beweisen, dass sie sich nicht fürchtete.

»Ich mag die Menschheit nicht. Nach der Uni hätte ich im Familienunternehmen arbeiten können. Aber allein der Gedanke daran widerte mich an.« Er wandte sich wieder den

Tomaten zu, dünstete sie in einer alten Pfanne mit Olivenöl an, und sogleich verbreitete sich ein köstlicher Duft. »Was ist mit dir? Warum bist du Lehrerin geworden?«

»Ich dachte, dass ich kommunikationsfreudig bin.«

»Und?«

»Ich bin es nicht.«

Er drehte sich um, und in seinem Blick war etwas, das wie Zärtlichkeit aussah.

»Du wolltest gar nicht weg …« Er wägte die Worte ab, wobei er in einem Anflug von Missbilligung langsam den Kopf auf und ab bewegte. »Bist du mit meinem Bruder zusammen?«

Gütiger Himmel, ein Déjà-vu. »Nein. Aber warum fragst du ihn nicht selbst? Ihr seid doch Brüder, oder?«

»Genug gefragt. Jetzt zieh dich aus und setz dich.«

Eleonora spürte den üblichen Stein im Magen. Mit einem falschen Lachen unterdrückte sie das Stöhnen, das in ihrer Kehle aufstieg. »Machst du Witze?«

»Nein.«

»Wo ist June?«

»In Florenz, bei ihrer Freundin.« Emanuele kam näher und machte sich daran, ihren Haargummi zu lösen. Er führte die einfache Geste mit hoher Konzentration aus, wodurch sie sehr erotisch wirkte. »Du bist wunderschön.«

Den Haargummi in der Hand, strich er ihr ganz leicht über eine Brustwarze, die sogleich hart wurde und gegen das T-Shirt drückte, was Eleonoras kontrollierte Miene Lügen strafte.

»Wie viele Frauen hast du? Sag!« Sie atmete schwer, dabei hatte er sie kaum berührt.

»Was soll das sein, ein Kompliment?«

»Eine simple Frage.«

»Hm, eine von vielen.«

»Ich will nicht Teil eines Harems sein.«

»Ach ja?« Er verschwand kurz hinter ihrem T-Shirt, als er es ihr über den Kopf zog. »Du bist nicht Teil eines Harems. Beruhigt?«

»Nein.«

Der Büstenhalter fiel zu Boden, ebenso das T-Shirt. Emanuele ließ den Blick auf ihren Brüsten ruhen. Er wirkte zufrieden.

Ich ziehe mich jetzt wieder an und gehe. Sein prüfender Blick war entwürdigend. Noch entwürdigender war, dass sie hoffte, er werde gutheißen, was er da vor sich hatte.

»Zieh deine Hose aus und setz dich.«

Eleonora bedeckte die Brüste mit den Armen, und ein letztes Fünkchen Würde setzte ihre Beine in Bewegung. Sie bückte sich, um den Büstenhalter aufzuheben, doch Emanuele klemmte sie zwischen sich und dem Spülbecken fest. Der kühle Chromstahl drückte ihr in den Rücken. Sie konzentrierte sich auf den Schmerz, um das unwürdige Begehren in ihrem Innern zum Schweigen zu bringen. Sie würde sich zur Rechenschaft ziehen dafür, würde zu verstehen versuchen, warum sie sich zwar gedemütigt fühlte, aber dennoch nichts anderes wünschte, als die Beine zu öffnen und ihn eindringen zu lassen. Über all das würde sie nachdenken, allerdings nicht jetzt.

»Warum wehrst du dich?«, fragte er und neigte den Kopf. »Um mich noch mehr zu erregen? Das ist nicht nötig.«

Er nahm ihre Hand und führte sie in seinen Schritt. Eleonora versuchte erst gar nicht, sich zu entziehen, ungläubig und zugleich unfähig zu reagieren. Ihre Gedanken lösten sich im wallenden Blut auf und flossen alle in ihren Unterleib, wo sie bleischwer wurden.

»So ist es besser«, sagte er, zufrieden mit dem, was er beobachtete. »Knie dich hin.«

Vor nicht allzu langer Zeit hätte eine solche Aufforderung Eleonora zur Weißglut gebracht. Doch in diesem Moment, aus einem Impuls heraus, den sie nicht zu ergründen vermochte, kapitulierte ihr Wille, und sie fügte sich. Sie ließ zu, dass er ihr sanft über die Lippen strich und sie mit einem leichten Druck seiner Fingerspitzen öffnete. Eleonora wollte ihm zeigen, dass sie sich nicht unwohl fühlte, und versuchte, seine Trainingshose aufzubinden, doch vergebens. Ihre Hände zitterten. In aller Ruhe nahm Emanuele ihre Hände und schob sie weg, dann befreite er sein Geschlecht und füllte ihren Mund damit aus.

Es brauchte keinen weiteren Beweis seiner Sicherheit, er bestimmte das Spiel, hielt ihre Haare mit beiden Händen umfasst und lenkte sie. Es war tröstlich, nur ein Gefäß zu sein, etwas, das er nach Belieben füllen konnte, während in ihrer Kehle ein rebellischer Kloß brannte, gemeinsam mit dem Wunsch nach Kontrolle.

Emanuele zog sich mit derselben Entschiedenheit zurück, mit der er in sie eingedrungen war, und ließ sie beide unbefriedigt zurück. Tief in ihrem Innern vernahm Eleonora eine Stimme, die protestierte. Ihn bis zum Orgasmus zu erregen, hätte ihr wenigstens den Anschein von Macht gegeben. Doch sie sagte nichts, beklagte sich nicht.

»Zieh dich ganz aus. Setz dich aufs Sofa und öffne die Beine.«

In aller Ruhe schaltete Emanuele den Gasherd aus, trank einen Schluck Wasser und kam mit der Flasche in der Hand zum Sofa.

»Küss mich«, sagte sie. Es war eine Bitte. So zur Schau gestellt dazusitzen, ohne dass etwas geschah, war pure Folter.

»Ich will dich nicht küssen. Ich will auch nicht, dass du mit mir sprichst. Ich habe noch etwas gut bei dir, erinnerst du dich?«

Natürlich erinnerte sie sich. Ihr rascher, heftiger Orgasmus unter seiner Zunge vor zwei Tagen. Sie nickte. Er vergewisserte sich, dass sie bereit war. Erst strich er ihr mit den Fingerspitzen über die sanfte Haut der Schenkel, dann über die prallen Schamlippen, die mehr als bereit waren, ihm den Weg zu weisen. Er folgte dem Pfad und glitt mit zwei Fingern tief in sie hinein. Dies reichte ihm als Beweis, er zog die Finger zurück und drang ungestüm in sie ein. Eleonora stieß einen erstickten Schrei aus und packte ihn an den Schultern. Noch nie war sie derart überwältigt worden. Außerdem war es nicht fair, dass er ihr nicht einmal erlaubte, ihn zu küssen.

»Du bist wie ich«, raunte er dicht vor ihrem Ohr und stieß immer schneller zu. »Dir gefällt es doch, und zwar genau so.«

Sie wollte nicht kommen. Sie wollte ihm ihre Seufzer, ihre Worte verweigern. Es musste eine Möglichkeit geben, sich gegen diese Hypnose aufzulehnen. Sie kniff Augen und Lippen zusammen, aber sie hatte keine Chance und kam unmittelbar vor ihm, wobei sie leise durch die zusammengebissenen Zähne stöhnte. Zornig zog sie ihn an den Haaren, damit er sie küsste, während er sich in sie entleerte.

Emanuele stellte sie mit einem langen Kuss zufrieden und blieb so lange in ihr drin, bis sie sich von ihm löste.

Eleonora schloss die Augen, als er wieder ins Bad ging und den Duschhahn aufdrehte, während sie darauf wartete, von Schamgefühlen überwältigt zu werden. Aber nichts dergleichen geschah. Sie blieb reglos auf dem Sofa liegen, eine Hand zwischen den Beinen, wo noch die letzten Nachbeben ausklangen, wehrlos und benommen. Wo war die Rebellion geblieben? Sie hatte sich geschworen, dass ihr nie wieder ein Mann seinen Willen aufzwingen würde. Nicht nach Roberto und seinem Versuch, eine andere Frau aus ihr zu machen.

Sie wartete auf Emanuele, und als er zurückkam, machte sie keine Anstalten, sich zu bedecken. Wie seltsam.

»Bleibst du heute Nacht bei mir?«, fragte er und streifte leicht ihren Mund. Er war liebenswürdig. Geradezu sanft.

Eleonora dachte, dass es im Grunde nichts gab, worüber sie sich aufregen musste. Sie hatte Sex mit einem überaus attraktiven Mann gehabt. Mit einem Mann, der vögelte wie ein junger Gott. Der sie nicht wegschickte, nachdem er sie benutzt hatte, sondern sie fragte, ob sie bei ihm bleiben wolle, die ganze Nacht. Dass sie sich seinen Befehlen fügte, entspannte jenen Anteil in ihr, der ständig in Alarmbereitschaft war und sie immerzu daran erinnerte, dass sie als Tochter keine Beachtung verdiente, und zwar noch nicht einmal nach dem Fiasko, das ihr Leben sowie das von Corinne und ihrer Mutter gezeichnet hatte. Ebenso dass sie als Lebenspartnerin nichts taugte und auch als Mutter nicht.

»Nein. Ich kann nicht. Was werden die anderen denken?«

»Kümmert dich das tatsächlich?«

»Ja.« Sie stand auf und zog sich an. Duschen würde sie in der Villa Bruges. Sie mochte den Geruch von Emanuele auf der Haut. »Ich will nicht, dass sie glauben, wir seien zusammen.«

»Du gefällst mir wirklich sehr, Eleonora.«

Sie tat, als hätte der Satz sie nicht betroffen gemacht. Rasch zog sie den Reißverschluss ihrer Jeans hoch und schlüpfte in das T-Shirt.

»Falls du wegen June besorgt bist, kann ich dich beruhigen. Ich habe Schluss gemacht mit ihr. Deshalb ist sie auch zu ihrer Freundin gefahren. Sie wird morgen zurückkommen, aber nur um ihre Sachen zu holen. Ich habe ihr gesagt, dass sie immer auf mich zählen kann, aber dass es zwischen uns vorbei ist.«

Welch seltsamer Kontrast, zwei Männer in einem Körper. Der eine verletzt, der andere heilt.

»Tatsächlich?«

»Ja.«

»Das hast du gut gemacht. Ich meine, wenn du sie nicht liebst, ist es besser so.«

Sie nötigte ihm ein verführerisches Lachen ab. Die Lust, ihn zu küssen und sich ihm zu öffnen, brannte immer noch in ihr. Dennoch wollte sie nicht, dass Alessandro etwas davon erfuhr.

»Bitte … erzähl niemandem etwas von uns.«

»Keine Sorge, ich spreche nicht über die Frauen, mit denen ich zusammen bin. Allerdings sehe ich nicht, wo das Problem liegt.«

»Entschuldige, aber es bringt mich Corinne gegenüber in Schwierigkeiten.«

Unglaublich! Sie hatte die Freundin schon wieder für ihre eigenen armseligen Zwecke missbraucht. Sie schämte sich dafür, aber nicht genug. Denise hatte vielleicht doch recht mit ihrer Aussage, sie sei ein falsches Opfer. Noch so ein Thema, über das sie nachdenken musste, aber ebenfalls nicht jetzt.

»Schon gut. Wie auch immer, zwischen mir und Corinne ist schon lange nichts mehr. Im Gegenteil, da war nie wirklich was. Ich rede nie über meine Beziehungen, auch wenn ich ganz schön was zu erzählen hätte.«

»Kann ich mir vorstellen. Begleitest du mich noch zur Villa?«

Er nickte, und sie verließen zusammen den Hof. Auf dem Pfad schaute Eleonora zurück, als müsste sie sich versichern, dass das Haus immer noch dort stand, hinter der

Koppel. In dem Haus war etwas geschehen, das sie nicht zu kontrollieren vermochte. Sie begann Corinne langsam zu verstehen. Warum sie nicht fortgehen wollte.

Sie hatten beide Leid erfahren, und dass es von Corinne verursacht wurde, hatte keine Bedeutung. Alle beide waren sie von der Frau, die sie auf die Welt gebracht hatte, nicht genug geliebt worden.

Dieser Ort war ein Magnet, und seine Erde nährte die Wurzeln, kaum dass sie sich in den Boden gruben. Die Männer, die hier ihr Territorium eingezäunt hatten, waren ganz spezielle Charaktere. Selbst wenn man ihren Raum und ihren Alltag nicht mehr mit ihnen teilen konnte, erlaubten sie einem, seine Wurzeln weiterhin hier zu nähren. Sogar für immer – man brauchte es nur zu wünschen.

Dass es so einfach war, einen Wunsch Wirklichkeit werden zu lassen, schenkte Eleonora neue Hoffnung. Es nährte Erwartungen, ermöglichte ihr sogar, sich vorzustellen, sie werde vorbehaltlos geliebt.

Dass die beiden Männer Geheimnisse bargen, war unwichtig. Von diesem Ort würde sie nie mehr weggehen.

14

Am nächsten Tag kochte Mina zum Abendessen ein Gourmetmenü. Sechs Gänge, von der Vorspeise bis zum Dessert, als wüsste sie, dass es nötig war, den Anwesenden eine bittere Pille zu versüßen.

Zu Eleonoras großer Überraschung kamen auch Emanuele und June zum Festmahl vorbei. June wirkte sehr traurig und saß die ganze Zeit über allein im Sessel neben dem erloschenen Kamin, während die anderen den Tisch deckten, die Flaschen entkorkten, die Vorspeisen auftrugen und dabei schon mal Wein tranken.

Emanuele dagegen wirkte gelassen und warf Eleonora heitere Blicke zu, als wollte er sie beruhigen. Sein Verhalten war ungewöhnlich. Eleonora war überzeugt gewesen, dass eine solche Großzügigkeit nur Alessandro zu eigen war. Aber vielleicht hatte sie sich auch voreilig ein Urteil gebildet und Gut und Böse zugeteilt, ohne auf die Zwischentöne zu achten.

Wirklich kompliziert war lediglich, die beiden zusammen zu erleben. Alessandro glitt geräuschlos durch den Raum, wobei er eine glitzernde Wolke aus Zauberstaub hinterließ, er zauberte seine ganze Anmut aus dem Hut. Wo Emanuele entlangkam, teilte er die Luft selbst mit kleinen Gesten, veränderte die Dinge im Vorbeigehen, ein einziger Blick von ihm haute einen um. Zusammen bildeten die beiden ein enormes schwarzes Loch, und alles um sie herum schien von einem sich immer schneller drehenden Wirbel erfasst zu werden.

June setzte sich erst an den Tisch, als die anderen zu essen begannen. Denise war ganz aufgeregt, sie schob eine Vorspeise nach der anderen in sich hinein und redete ununterbrochen, vom vergangenen Wochenende bis zu den Vorbereitungen für den Umzug. Bis Alessandro seinen Rotwein erhob und sich räusperte.

»Es wird keinen Umzug geben«, verkündete er mit dem Glas in der Hand, als ob er einen Trinkspruch ausbringen würde. Dann stürzte er den Wein in einem Zug hinunter, während die ganze Tischgesellschaft ihn verdutzt anstarrte.

»Was soll das heißen?«, fragte Denise.

Alessandro stellte das Weinglas ab und schaute sie an. In seiner Haltung lag keinerlei Zaudern, obwohl die Nachricht noch in seinen Eingeweiden lodern musste, unter der schwelenden Glut der vergangenen Stunden.

»Es gibt kein Florenz. Und auch kein Teatro Verdi. Es ist alles geplatzt.«

Denises Augen wurden feucht. Eleonora wandte den Blick von ihr ab und beobachtete Corinne, die von einem ganz anderen Gefühlstaumel ergriffen war. Alessandro würde hierbleiben, bei ihr. Für sie war das die schönste Nachricht im ganzen Universum.

Maurizio räusperte sich und zwang sich, ruhig zu sprechen. »Alessandro, bitte erklär es uns. Wir werden also nicht im Teatro Verdi auftreten?«

»Nein. Tut mir leid. Nach der *Traviata* gestern hat Michela mir mitgeteilt, dass keine finanziellen Mittel bereitstehen, um eine neue Inszenierung zu subventionieren.«

»Dann finanzieren wir sie eben selbst!«, rief Denise.

»Das funktioniert nicht, Denise. Michela hat auf diplomatische Weise versucht, mir zu sagen, dass man uns nicht mehr dabeihaben will.«

»Verdammt noch mal!« Maurizio warf die Serviette auf den Tisch und schaute sich um, auf der Suche nach einer Zielscheibe für seine Enttäuschung. Es war offensichtlich, dass er versuchte, die Schuld bei jemand anders als seinem Bruder zu suchen. Es gelang ihm nicht. »Ich habe dir doch gesagt, du sollst nicht mit dem Feuer spielen. Aber du wolltest ja nicht auf mich hören.«

»Du hast mit ihr Schluss gemacht, richtig?«, fragte Denise und umklammerte ihren leeren Teller. »Du hast sie abserviert, und daraufhin hat sie uns kaltgestellt.«

Corinne hielt den Blick gesenkt und tat, als würde sie nicht zuhören. Sie wusste zweifellos von Michela, hatte aber vorgezogen wegzusehen. Denise dagegen war außer sich. Wie ein Panzer mit Raupenketten überrollte sie gnadenlos Schuldige und Unschuldige, blind vor bitterer Enttäuschung über ihre nicht erwiderten Gefühle. Denn Eleonora war sich nun sicher: Diese ganze tobende Wut erklärte sich nur aus der Not einer großen Liebe. Hass war da nicht ausreichend.

»Du kannst es einfach nicht lassen, uns allen das Leben zu versauen, was? War es wirklich nötig, mit ihr ins Bett zu gehen? Und ihr den Laufpass zu geben, bevor sie den Vertrag unterschrieben hat? Du bist echt ein Arsch!«

Alessandro öffnete den Mund, doch Emanuele hob den Arm und stoppte ihn. Er schien noch zorniger zu sein als Denise.

»Jetzt mach mal halb lang, Schätzchen. Ohne Alessandro wärst du nicht mal in einer Laienschauspieltruppe. Das weißt du doch, oder? Oder willst du ewig in deiner süßen Puppenstubenwelt leben, in der du die Scheißprinzessin geben kannst?«

Denise riss bestürzt die Augen auf. Emanuele war noch nie sonderlich taktvoll gewesen, aber so hatte er noch nie mit ihr geredet. Zumindest nicht vor Eleonora.

»Was erlaubst du dir? Ich bin Profischauspielerin.«

»Klar, und was für eine.«

June legte ihm eine Hand auf den Arm, um ihn zu besänftigen, sie kannte ihn nur zu gut.

»Es reicht.« Alessandro stützte die Arme auf die Tischplatte. Er schien der Einzige zu sein, der die Sache gelassen hinnahm. »Es nützt nichts, wenn wir uns aufregen. Wir müssen uns damit abfinden und mit unserem kleinen Ensemble weitermachen. Im Grunde war es nie unser Ziel, in einem großen Schauspielhaus aufzutreten. Wir werden weiter das tun, was wir immer schon getan haben, und fertig.«

»Ich will aber nicht mehr als drittklassige Provinzschauspielerin mit einer roten Nikolausmütze über die Piazza hüpfen, um den Bürgermeister zu erfreuen!«, rief Denise.

Emanuele erhob sich und schob seinen Stuhl weg. »Ich gehe eine rauchen, bevor ich ihr die Hucke voll haue.«

Eleonora beschloss, ihm zu folgen, obwohl die Blicke von June wie Fäuste auf ihre Schultern niederprasselten. Als sie hinaustrat, lehnte er am Marmorgeländer der Vorhalle und rauchte. Auf seinem weißen Hemd prangte ein roter Fleck, wie eine Schusswunde.

»Du hast dich bekleckert«, sagte sie.

Er zog sie an sich und ließ die Zunge in ihren Mund gleiten. Sogleich loderte der Brand wieder auf.

»June hat mir ein halbes Glas Wein übers Hemd gekippt«, sagte er und atmete den Duft ihrer Haare ein. »Hast du nichts davon mitbekommen?«

»Nein. Wann denn?«

»Als ich ihr einen Korb gegeben habe. Sie hat mich gefragt, ob wir heute Nacht zusammen schlafen, und ich habe Nein gesagt.«

»Einfach nur Nein? Hättest du nicht sagen können: ›Nein, es ist besser, wenn ich dich nach Florenz zurückbringe‹ oder: ›Verzeih mir, aber es ist besser so für dich.‹«

»Es braucht nicht immer einen langen Monolog, vor allem wenn es nicht viel zu sagen gibt oder man etwas schon achthundert Milliarden Mal wiederholt hat.«

Er hatte nicht ganz unrecht, dennoch verstand Eleonora die Reaktion von June nur zu gut. Einsilbige Antworten sind nicht zugelassen im Gespräch mit einem Menschen, den man liebt. Dieser Mensch ist einem eine Erklärung schuldig, wenn er einem das Herz bricht, selbst wenn die Erklärung falsch und langweilig ist.

Sie dachte an Roberto zurück, während Emanuele sie an sich presste. Wie hatte sie sich nur in diesen Mann verlieben können? Kein Vergleich mit ihrem jetzigen Liebhaber.

»Woran denkst du?«

»An meinen Ex.«

»Das ist nicht gerade ein Kompliment, während ich dich umarme«, sagte er und drückte ihr einen Kuss auf den Mund.

Eleonora löste sich von ihm, sie hatte Schritte gehört. »Nicht doch, ich habe bloß daran gedacht, wie dumm ich war, ihm geradezu hörig.«

»Hörig ist ein schönes Wort.«

»Nicht in dem Sinn, wie du es meinst. Er hat mir ständig gesagt, was ich tun und wie ich mich verhalten sollte. Er hat jede meiner Entscheidungen missbilligt, von meiner Kleidung bis zum Essen im Restaurant, von meinem Lehrprogramm an der Schule bis zu den Lokalen, die ich besuchte. Alles war scheiße, und ich war bloß eine dumme, kleinbürgerliche Tussi.«

»Den würde ich gerne mal kennenlernen.«

»Ach ja?«

»Ja. Du hättest deinen Spaß daran.«

Die Vorstellung war verlockend, jedoch leider nicht durchführbar.

»Emanuele.«

»Da ist er wieder, dieser Tonfall.«

»Darf ich dich etwas fragen?«

»Kommt drauf an.«

»Kannst du nicht ein Mal ernst sein?«

»War das die Frage?«

»Ach komm. Bitte.«

Er warf die Zigarette über das Geländer und steckte die Hände in die Taschen, bereit zum Verhör. »Schieß los.«

»Gehst du zu einer Psychotherapeutin?«

Emanuele blieb erst einmal stumm. Er starrte sie an, als hätte er die Frage nicht verstanden. Dann brach er gottlob in schallendes Gelächter aus. »Nein, das glaube ich jetzt nicht, dass du das wirklich gefragt hast. Einfach so, aus heiterem Himmel, nachdem wir gefuttert und gesoffen haben.«

»Eben. Weil ich etwas getrunken habe. Ich möchte es wissen. Kommt dir das denn so seltsam vor? Wir hatten Sex miteinander. Wir haben miteinander zu tun. Es ist doch völlig normal, dass ich dir eine solche Frage stelle.«

»Falls du wissen möchtest, ob ich verrückt bin, lautet die Antwort: nein. Aber vermutlich würde dir jeder Verrückte so antworten. Deshalb stell am besten einfach keine dummen Fragen mehr.«

»Bist du jetzt in Therapie, ja oder nein?«

»Ich nehme keine Psychopharmaka. Allerdings treffe ich mich ab und zu mit einer Psychotherapeutin, ja. Wir alle hier gehen zu ihr. Nach allem, was geschehen ist.«

»Du meinst die Entführung, als du noch ein Kind warst?«

Auch nach dieser Frage blieb er zunächst stumm. Er wirkte nicht verärgert. Es war vielmehr, als überlegte er oder müsste erst entscheiden, wie er darauf reagieren sollte. »Genau das meine ich.«

»Es muss schrecklich gewesen sein.«

»Ja, das war es, Eleonora. Ich nehme an, du bist auch darüber informiert, dass ich beinahe ins Gefängnis musste.«

»Ich weiß.«

»Ich war außer mir. Anfangs konnte ich mich überhaupt nicht daran erinnern, sie gestoßen zu haben. Ich schwöre es. Glaubst du mir?«

Nein. »Ja.«

»Nein, du glaubst mir nicht. Und ich weiß auch, wieso.«

»Die Art, wie du mich nimmst ...«

»Sex und Sexspiele haben nichts mit wahrer Gewalt zu tun. Wenn du auch nur den geringsten Zweifel hast, was das angeht, dann halte dich fern von mir. Es ist besser so.«

Eleonora wollte sich entschuldigen, von einer seltsamen Angst erfasst, ihn zu verlieren, doch Corinne verhinderte es. Wie eine Furie kam sie aus dem Haus gerannt, stürzte kopfüber die Treppe hinunter und stolperte fast auf der untersten Stufe der Vorhalle, ehe sie weiter in den Garten lief.

»Entschuldige«, sagte Eleonora zu Emanuele und folgte ihrer Freundin, die bereits hinter der Villa verschwunden war.

Corinne saß auf einer alten, wurmstichigen Holzbank, die in einer Ecke des Gartens stand. Die Bewohner der Villa Bruges taten sich schwer damit, Dinge wegzuwerfen. Auf dem Gelände standen noch viele andere unbrauchbar gewordene Gegenstände herum: eine alte rostige Mähmaschine, zwei Eimer ohne Henkel, löchrige Holzkisten und verschiedene abgenutzte Werkzeuge. Eine Sammlung gebrauchter und nunmehr nutzloser Dinge, die an diesen Ort gefesselt waren. Wie Corinne, die zwischen den alten Gegenständen saß, das Gesicht in den Händen verborgen, die Schultern nach vorne gezogen. Ihr löchriges Herz litt unter der Abnutzung, genau wie die Gegenstände um sie herum.

Eleonora stellte sich vor sie hin, die Arme in die Taille gestemmt. Sie wirkte eher wie eine Richterin als eine Trösterin, trotz ihrer guten Absichten.

»Was ist los?«

Corinne schluchzte und schlug die Hände vors Gesicht, weshalb nur die Hälfte von dem, was sie sagte, durch die Gitterstäbe ihrer Finger drang.

»Ich war so glücklich … Jetzt, wo der Scheiß mit dem Teatro Verdi geplatzt ist, hätte ich hierbleiben können, mit ihm!«

»Du warst glücklich …«

»Doch Alessandro sagt, ich muss hier weg! Er bleibt, also muss ich gehen! Er sagt, er tut es für mich, dieser verdammte Engel. Er tut es für mich!«

»Komm schon, Corinne.« Eleonora zwang sich, ihrer Freundin über den immer noch geneigten Kopf zu streicheln. »Was hast du denn erwartet?«

»Er hat in den letzten Jahren schon Dutzende Male gesagt, dass er mich nicht mehr will, aber er ist immer zurückgekommen. Doch diesmal nicht, diesmal ist es anders. Für mich ist alles zu Ende.«

»Red keinen Blödsinn. Du wirst sehen, es ist nur am Anfang schwierig, dann …«

»Ach, hör doch auf!« Sie hob den Kopf, um ihre Verachtung zu zeigen. »Du hast gut reden, du kannst jederzeit bei ihnen sein, wenn du möchtest. Ich dagegen muss zusehen, wie du aus dem Haus gehst und hierherkommst, während ich in Florenz ausharre wie eine gequälte Seele.«

»Aus dem Haus gehen? Was für ein Haus?«

»Alessandro sagt, dass wir in Florenz zusammen wohnen können, ich und du. Er will mir helfen, dort einen Job zu finden. Als könnte er an den Fäden meines Lebens ziehen, wie es ihm gerade passt. Er hat mir den Job in Borgo San Lorenzo verschafft, und nun zwingt er mich, ihn wieder aufzugeben. Er wird einen neuen Job in Florenz für mich finden, und das alles nur, damit er mich los ist! Um sein Gewissen zu beruhigen, schenkt er mir sogar eine Wohnung, in der ich mit dir leben kann, so hat er gleichzeitig das Problem meiner Einsamkeit gelöst. Er ist ein genialer Strippenzieher.«

Eleonora musste ein paar Sekunden lang überlegen, um alles zu verstehen. Jetzt erst wurde ihr klar, was Alessandro im Sinn hatte. Er wollte ihr die Wohnung in Florenz überlassen und Corinne dazu überreden, mit ihr dort zu leben. Eine wahrhaft großzügige Geste. Doch Corinne hatte nicht ganz unrecht. Die Veranlagung zum Herumkommandieren war beiden Brüdern gemein, sie offenbarte sich nur jeweils anders. Alessandro musste unter Schuldgefühlen leiden und wollte niemanden, der einmal in sein Leben getreten war, sich selbst überlassen. Sie fragte sich, was für eine Entschädigung Michela wohl erhalten hatte. Aber vielleicht war ihre Revanche ja mehr wert als jede Vergütung.

Sie berührte Corinne zärtlich, dann ging sie zur Villa zurück. Sie meinte, gesagt zu haben: »Sicher wird alles gut«, aber sie war sich nicht sicher. Vielleicht hatte sie es auch nur gedacht.

Alle schliefen, bis auf Alessandro.

Er war im Hof und rauchte eine seiner seltenen Zigaretten. Sein vollkommenes Profil war dem Wald zugewandt, der Mond zeichnete die Schatten seiner langen Wimpern auf die Wange, beschien seine Wangenknochen und die tief liegenden schwarzen Augen, in denen die Pupille mit der Iris verschmolz.

Eleonora stand schon eine geraume Weile neben ihm, seit sie nach unten in die Küche gegangen war, um sich ein Glas Wasser zu holen, und durch das Fenster der Vorhalle seine Silhouette gesehen hatte. Sie hätte nicht genau sagen können, wie viel Zeit vergangen war, seit sie ihn betrachtete. Es schien ihn nicht zu stören, daher hatte sie nicht damit aufgehört. Ihr kam es vor, als könnte sie sich nicht sattsehen an diesem Gesicht, an dem Ausdruck seiner Augen, an der Art, wie sein Körper Raum beanspruchte, ohne ihn einzunehmen.

Das Bedürfnis war mehr als seltsam, vor allem nach dem Sex mit Emanuele. Dennoch spürte sie ein großes Verlangen, ihm wichtig zu sein, dass er sich ihr anvertraute, jede innere Regung dieses besonderen Menschen kennenzulernen.

Er sprach als Erster. »Bist du denn nicht müde?«

»Nein. Du doch auch nicht.«

»Ich muss Kummer verdauen.« Er warf den Zigarettenstummel ins Gras und entfernte sich. Sie folgte ihm. »Hier wollten wir ein zweites Schwimmbad bauen. Ein Olympia-Schwimmbecken.« Er zeigte in Richtung des Haupttors auf ein am Boden eingezeichnetes Rechteck. »Keine Ahnung, warum wir das nicht weiterverfolgt haben. Manche Ideen kommen einem grandios vor, doch wenn man sie dann in die Tat umsetzen will, verlieren sie jede Faszination.«

»Irgendwann wird die Idee wieder faszinierend werden«, sagte sie in ermutigendem Tonfall. Sie wollte, dass er sich entspannte.

»Ich war glücklich, ein bisschen Zeit in Florenz zu verbringen. Doch jetzt ergibt alles keinen Sinn mehr. In der Wohnung werdet ihr gut leben können, du und Corinne.«

»Da wir gerade davon sprechen, ich danke dir, aber ich kann dein Angebot nicht annehmen.«

»Ach komm, tu's für mich. Ich habe sie gekauft. Lass uns der schönen Wohnung einen Sinn geben.« Er drehte sich um, lächelte sie an.

Mein Gott, er ist wunderschön. Geradezu unwiderstehlich.

»Du bist so schön«, sagte sie. Was für ein banaler Satz. Alessandro war wesentlich mehr als nur schön.

»Du bist auch sehr schön. Und intelligent. Wenn ich mit den Frauen nicht schon so viel Mist gebaut hätte, könnte ich mich glatt in dich verlieben.«

»Ja klar, und wie.«

»Wenn ich dich bitten würde hierzubleiben, was würdest du mir dann antworten? Ich könnte dir das Auto überlassen, das ich früher benutzt habe, es steht hinten im Hof. Um am Morgen nach Florenz zu fahren, meine ich. Was sagst du dazu?«

Eleonora schaute ihn an, sie schluckte schwer. Der Magier hatte sehr klare Vorstellungen, als ob seine Anwesenheit nicht ausreichend wäre, um sie benommen zu machen.

»Ist das ein akzeptabler Vorschlag?«, fragte er noch einmal, eine unerträgliche Zärtlichkeit in der Stimme.

»Ich glaube schon«, flüsterte Eleonora.

»›Ich glaube‹ ist keine Antwort.«

»Aber Corinne ...«

»Ihr wird es gut gehen in Florenz. Sie hat jede Menge Freunde dort. Ich werde ihr einen Job suchen.«

»Diese Angewohnheit von dir, das Leben anderer Leute zu organisieren, ist echt ...«

»Nervig?«

»Ja. Ich meine, nein.«

»Entscheide dich.«

»Du bist sehr großzügig. Aber die Dinge entwickeln sich nicht immer so, wie einer es gerne hätte.«

»Das weiß ich nur zu gut.«

Er ging zur Villa zurück, streckte aber den Arm nach hinten, um nach ihrer Hand zu greifen. Wie zwei Frischverliebte spazierten sie im Mondschein durch den Garten. Bis Corinne in der Haustür erschien. Augenblicklich entriss Eleonora Alessandro ihre Hand.

Auf halber Höhe zwischen dem Tor und Corinne samt ihrer Missbilligung blieb er stehen und wandte sich zu Eleonora um.

»Tu's nicht, bitte«, sagte sie.

Er kam noch näher.

»Ich bitte dich, Alessandro. Corinne leidet«, flüsterte sie, in der Hoffnung, ihre Freundin würde es nicht hören.

»Sei so gut und beachte sie nicht, Eleonora.«

»Sie ist wie eine Schwester für mich. Ich flehe dich an, mach sie nicht glauben, dass zwischen uns etwas sei.«

»Sie wird sich daran gewöhnen müssen.«

»Nicht jetzt. Nicht so rasch. Besser noch, nie. Ich werde ihr kein Leid zufügen.«

Er gab nach, wenn auch alles andere als überzeugt. Er ging zur Vorhalle, stieg die Stufen hinauf und betrat das Haus, ohne Corinne auch nur eines Blickes zu würdigen.

Eleonora schenkte ihr ein schwaches Lächeln und ging zur Treppe in den oberen Stock. Dabei bremste sie jeden Schritt ab und hielt die Worte zurück, die sie aussprechen wollte, sogar ein ganz banales »Gute Nacht«.

Damit war für Corinne alles klar.

15

Nachdem sie sich gewaschen, angezogen und geschminkt hatte, als müsste sie zu Probeaufnahmen in die Cinecittà in Rom, blieb Eleonora einen Moment ratlos vor dem Spiegel stehen. Gleich nach dem Aufwachen hatte sie den Entschluss gefasst, nach Borgo San Lorenzo zu fahren und bei der Lokalzeitung nachzufragen, ob sie das Archiv einsehen könnte.

Es war Samstagmorgen um Viertel nach acht, und sie hörte Stimmen aus der Küche, wo Alessandro bestimmt längst das Frühstück für alle zubereitet hatte. Sie würde in die Eingangshalle hinuntergehen und den anderen zurufen, dass sie kurz auf einen Sprung in die Stadt fahre. Allein? Undenkbar. Sofort würden ihr alle anbieten, sie zu begleiten. Dessen war sie sich sicher.

Aber sie wollte ohne Begleitung hingehen. Nur leider hatte sie kein Auto und auch keine glaubhafte Ausrede, warum sie ohne die anderen wegfahren sollte. Um etwas allein zu unternehmen, brauchte man in der Villa Bruges ein Alibi. Ein hieb- und stichfestes Alibi.

Eleonora atmete tief durch und ging in die Küche. Als Erstes fiel ihr die heitere Gelassenheit von Corinne auf. Sie half Alessandro, Frühstücksflocken und Zwieback aufzutischen, und hatte ein dümmliches Lächeln auf dem Gesicht, als müsste sie Bruges nicht bald verlassen, als hätte sie nicht begriffen, dass zwischen Eleonora und Alessandro etwas lief, das nicht ganz durchschaubar war.

»Guten Morgen«, sagte Eleonora in die Runde und setzte sich an den Tisch, ohne die geringste Idee, wie sie sich von der Sippe losreißen könnte.

Sie antworteten ihr im Chor, wie eine Schulklasse.

»Das letzte Wochenende vor dem Sturm, Frau Lehrerin«, witzelte Maurizio und reichte ihr eine Tasse Milch. »Am Montag um halb neun hast du eine Besprechung mit der Rektorin. Ich glaube, du hast gleich im Anschluss deine erste Unterrichtsstunde, um die Klasse kennenzulernen, um halb zehn. Das hat sie mir gestern gesagt, aber frag lieber noch mal nach.«

»Sie hat mich nicht angerufen.«

»Das wird sie bestimmt heute Vormittag tun, du wirst sehen.«

Eleonora holte ihr Handy aus der Tasche. Es vibrierte schon seit einer Weile, aber sie hatte es nicht bemerkt. Das war ungewöhnlich, denn sie reagierte sonst sofort, wenn jemand nach ihr rief.

Auf dem Display stand »Sonia«, die ihr Rettungsanker im Meer der Freunde von Roberto war. Ohne Sonia hätte sich für Eleonora das Unbehagen an der Seite des Professors schon wesentlich früher in einen Albtraum verwandelt.

»Hey!«

»Hey? Na hör mal! Du bist seit einem Monat wie vom Erdboden verschluckt, und das ist alles, was du zu sagen hast? Wie wärs stattdessen mit: ›Wenn ich vor dir auf die Knie falle, verzeihst du mir dann?‹«

Eleonora musste lachen, und alle Umstehenden schauten sie neugierig an. Niemand machte sich hier die Mühe, diskret zu erscheinen.

»Du hast recht, entschuldige. Es ist nur ... es sind so viele Dinge geschehen ....«

»Zum Beispiel?«

»Das erzähle ich dir, wenn wir uns sehen.«

»Gut, Roberto und ich sind gerade unterwegs nach Florenz. Gib mal durch, wo du genau bist.«

Der Nachhall des Lachens gefror Eleonora in der Kehle. Das konnte nicht sein, Sonia konnte unmöglich gesagt haben, was sie da eben gehört hatte.

»Ihr kommt hierher? Wieso?«

»Mama geht es nicht gut. Ich habe Roberto gebeten, mich zu begleiten, und er hat wie üblich eingewilligt. Natürlich würde er dich gern sehen. Können wir uns irgendwo treffen? Wir sind in einer Stunde in Florenz. Oder schon früher, Bobby?«

Natürlich?

Bobby, wie Sonia Roberto nannte, brummte etwas im Hintergrund.

»Ja, wir sind ungefähr um zehn in der Stadt. Wir gehen erst mal zu Mama, und wenn du möchtest, können wir zusammen essen, danach fahren wir noch mal zu Mama.«

Im ersten Moment wurde Eleonora von Panik erfasst, aber dann kam ihr die zündende Idee.

»Ich bin in Borgo San Lorenzo. Das ist leicht zu finden, und für mich ist es eher umständlich, nach Florenz zu kommen. Könnten wir uns nicht hier treffen, sagen wir gegen eins? Ich bin in der Innenstadt. Ruft mich an, wenn ihr da seid, dann können wir zusammen was essen.«

Die beiden besprachen sich, und Robertos Ton hörte sich leicht gereizt an. Aber dann sagte Sonia: »Ist gut, mein Schatz. Wir sehen uns in diesem San Lorenzo. Bis später.«

Eleonora steckte das Handy in die Tasche zurück und hielt kurz inne, um nachzudenken.

»Zwei Freunde von mir sind in Florenz. Sie besuchen die kranke Mutter meiner Freundin, danach treffen wir uns in Borgo San Lorenzo.«

Alessandro nickte und sagte: »Ich fahre dich hin. Wir können ja eventuell danach noch etwas zusammen essen. Was meinst du?«

»Klingt perfekt. Macht es dir etwas aus, wenn wir sofort losfahren? Ich möchte für die beiden gerne noch eine Kleinigkeit besorgen.«

»Kein Problem. Wenn du möchtest, bringe ich dich zu einem Kunsthandwerker, der sehr schöne Geschenkartikel anfertigt. Er ist ein Freund von mir und wird dir sicher einen guten Preis machen.«

»Ich denke, es ist besser, wenn du mich einfach im Zentrum absetzt. Ich … möchte dich nicht langweilen, ich brauche immer ewig beim Shoppen.«

»Gut. Wie du magst.«

In Borgo San Lorenzo herrschte unerwartet viel Verkehr. Sie fuhren bis zur Fußgängerzone, die die mittelalterliche Altstadt von den neueren Wohnvierteln trennte.

Alessandro parkte den Wagen, dann öffnete er das Handschuhfach und nahm eine Tüte heraus. Just in dem Moment läutete sein Handy. Eleonora konnte den Namen »Corinne« auf dem Display lesen.

»Ja? … Nein, ich muss noch bei Andrea vorbei, wegen der Sache mit der Miete für das Probenlokal. Gut, was gibt's denn? Wir treffen uns bei *Alfredo* um … Moment.« Er wandte sich an Eleonora. »Hier um die Ecke gibt es ein Restaurant, das *Alfredo,* da isst man hervorragend. Du könntest deine Freunde dorthin mitbringen. Um halb zwei, okay?«

Eleonora nickte, und er nahm das Telefongespräch wieder auf. »Wir sehen uns also um halb zwei. Was ist denn, traust du dich etwa nicht, mit Maurizio im Auto herzufahren? War bloß ein Scherz. Bis später. Ciao.« Er schnaubte und steckte das Handy wieder in die Tasche. »Corinne zickt.«

»Was hat sie denn?«

»Abgesehen von dem, was du ja schon weißt, ist sie es gewohnt, von mir herumgefahren zu werden. Sogar allein ins Restaurant nachzukommen findet sie eine Zumutung, verstehst du?«

Ja, sie verstand.

»Egal, was ich sagen wollte: Weißt du, wieso mir der Laden für Kunsthandwerk in den Sinn gekommen ist? Weil ich dort gestern etwas für dich gekauft habe.«

Er reichte ihr die Tüte, die er aus dem Handschuhfach genommen hatte. Darin war ein kleines Päckchen.

Überrascht drehte Eleonora es in den Händen. »Ist das ein Geschenk für mich?«

»Ja. Komm schon, mach's auf.«

Verlegen befreite sie das Schächtelchen vom rauen Geschenkpapier und öffnete es. Eine silberne Kette mit einem Anhänger aus durchsichtigem Glas kam zum Vorschein.

»Sie ist wunderschön«, stotterte sie. »Aber warum?«

»Ich habe sie gesehen und sofort an dich gedacht. Weißt du, wir Menschen sind seltsame Wesen. Wir hetzen durch das Leben und stellen uns die meiste Zeit keine Fragen. Aber wenn man sich keine Fragen stellt, einen Haufen wichtiger Dinge am Wegesrand. Man wird zu jemandem, den man gar nicht kennt. Deine Ankunft in Bruges hat mir einiges klargemacht, vor allem über mich selbst. Dinge, die ich längst vergessen hatte.«

Seine Erklärung machte Eleonora sprachlos, vor allem, weil sie dachte, eigentlich nicht viel getan zu haben, außer die beiden Brüder zu bestaunen. In Wahrheit hatte sie auch noch etwas anderes getan, aber sie zog es vor, nicht daran zu denken, zumindest nicht in diesem Moment.

»Ich danke dir«, sagte sie und wollte sich die Kette umlegen.

Alessandro umfasste ihre Hände im Nacken, half ihr, die Kette zuzuhaken, und richtete sie sanft aus, bis der Anhänger genau zwischen ihren Brüsten lag. Dann hob er ihr Kinn an und küsste sie auf den Mund.

Sein Kuss war zart und kam unerwartet, und die Berührung seiner weichen Lippen machte sie benommen. Was für eine seltsame Situation, ein Kuss von Alessandro auf dem Parkplatz, nur wenige Schritte von der Altstadt von Borgo San Lorenzo entfernt, mitten unter den Einwohnern und Touristen, die durch die Straßen schlenderten und Fotos machten. Die Szene wirkte fast real, als könnte sie seine Frau sein. Fast.

Ich muss ihm von Emanuele erzählen.

»Lass uns gehen«, sagte er zufrieden, nachdem er sich von ihr gelöst hatte. »Ich bringe dich zu dem Laden, danach muss ich kurz etwas erledigen. Wir sehen uns dann später im Restaurant, okay? Es liegt nur hundert Meter von dem Laden entfernt.«

Eleonora nickte. Die Zeitungsredaktion musste ganz in der Nähe sein. Die Wegbeschreibung im Internet war zwar nicht sehr deutlich gewesen, aber das Städtchen war überschaubar, sie würde sich mühelos zurechtfinden.

Alessandro verabschiedete sich, nicht ohne den Ladenbesitzer vorher noch einmal nachdrücklich zu bitten, ihr einen guten Preis zu machen, beschützerisch und fürsorglich wie immer.

Eleonora kaufte ein Armband für Sonia und ein ledernes Brillenetui für Roberto. Er hatte eigentlich kein Geschenk verdient, aber die Inszenierung musste nach allen Regeln der Kunst geplant werden.

Kurz bevor sie den Palazzo betrat, in dem sich die Zeitungsredaktion befand, dachte sie flüchtig, wie ungerecht es doch war, lügen zu müssen und Ausflüchte zu erfinden, um wenigstens eine halbe Stunde nicht mit den Bewohnern der Villa Bruges zu verbringen. Aber sie war glücklich, nachdem ein Passant ihr den Weg gezeigt und sie erkannt hatte, dass die Zeitungsredaktion ganz in der Nähe des Restaurants lag, genau an der Piazza. Alles würde nach Plan ablaufen, daher verscheuchte sie den Gedanken rasch und trat ein.

Bei der Lokalzeitung gab es leider keine Tagespresse auf Mikrofilm. Der einzige Mitarbeiter, der am Samstag in der Redaktion war, begleitete sie in einen Sitzungsraum mit einem großen Bücherregal, das sich über alle Wände bis zur Decke erstreckte. Hier lagerten sämtliche Ausgaben des *Echo von Borgo* der Jahre 1999 bis 2013. Handbeschriftete Aufkleber auf den Regalborden bezeichneten jeweils Monat und Jahr der Publikation.

Eleonora dankte dem Mitarbeiter mit einem Nicken und machte sich an die Arbeit. Laut dem Artikel, den sie im Krankenhaus gelesen hatte, musste die Gewalttat vor acht Jahren passiert sein.

Sie schaute auf die Uhr. Es war erst halb elf, sie hatte alle Zeit der Welt.

Borgo San Lorenzo, 14. August 2005

Die polizeiliche Untersuchung des bedauerlichen Vorfalls, dem die Studentin A. G. (23) zum Opfer fiel, dauert an. Die junge Frau war seit 1999 in Borgo San Lorenzo wohnhaft, nachdem ihre aus Florenz stammende Familie hier in der Stadt eine Apotheke übernommen hatte.

Am Samstag, dem 13. August 2005, ist Emanuele Vannini (27), Besitzer eines Gutshofs in Borgo San Lorenzo, um 16.00 Uhr bei der hiesigen Kaserne der Carabinieri vorstellig geworden und hat gestanden, die junge Frau gestoßen und dadurch zu Fall gebracht zu haben. Die Studentin liegt derzeit im Krankenhaus Santa Maria Nuova und ist in einem Zustand geistiger Verwirrung aufgrund schwerer Kopfverletzungen, die sie sich beim Sturz auf der Treppe in der Villa eines Freunds der Familie Vannini zugezogen hat.

Die örtliche Polizeidienststelle hat das Geständnis mit Erleichterung aufgenommen. Das Opfer ist derzeit nicht in der Lage, eine Aussage zu machen. In Ermangelung von Augenzeugen ist es zudem nicht möglich, den Tathergang zuverlässig zu rekonstruieren.

Die Presse beschäftigt sich im Übrigen nicht zum ersten Mal mit der Familie Vannini. Im Jahr 1989 wurde der jüngere Bruder von Emanuele, Alessandro Vannini, in Frankreich entführt und blieb rund vier Monate in der Gewalt einer Verbrecherbande, die auf ein üppiges Lösegeld der wohlhabenden Familie hoffte.

Eleonora rieb sich die Augen, sie musste müde sein. Da konnte nicht Alessandro stehen. Nein.

Sie las den Absatz noch einmal.

Im Jahr 1989 wurde der jüngere Bruder von Emanuele, Alessandro Vannini, in Frankreich entführt und blieb rund vier Monate in der Gewalt einer Verbrecherbande …

Alessandro? Es musste sich um einen Druckfehler handeln. Der Artikel war grottenschlecht geschrieben und die Zeitung ein drittklassiges Provinzblättchen.

Eleonora bekam schreckliche Kopfschmerzen. Sie stützte die Stirn in die Hände und versuchte, die Bilder zu verscheuchen, die vor ihrem inneren Auge entstanden, ebenso die Gerüche, die ihr nach all den Jahren in die Nase stiegen. Ihr kam es sogar so vor, als spürte sie das Kitzeln eines Bluttropfens, der ihr Handgelenk entlangrann, als sie vor Jahrmillionen Corinne als Schutzschild gedient hatte.

Der Klingelton ihres Handys ließ sie auffahren, ihr entfuhr beinahe ein Schrei. Die Rektorin ihrer Schule war am Telefon und bestätigte ihr, was Maurizio bereits angekündigt hatte: Am folgenden Montag sollte sie ihren Schuldienst antreten.

Sofort danach rief Sonia an. War es etwa schon ein Uhr?

»Hallo, mein Schatz! Wir sind jetzt im Zentrum von diesem Provinznest und stehen vor einem Brunnen mitten auf einer Piazza. Was ist, kommst du?«

Ja, es war ein Uhr.

Die Vorstellung, wie Roberto reglos und feige neben Sonia stand, widerte sie an.

»Bleibt, wo ihr seid. Ich bin gleich da.«

Nachdem sie aufgelegt hatte, ging sie zum Eingang, bedankte sich bei dem jungen Mann und entschuldigte sich dafür, dass sie die Zeitungen einfach auf dem langen Mahagonitisch liegen gelassen hatte. Er war nicht erfreut darüber und brummte etwas, ließ sie aber gehen.

Eleonora kehrte zum Laden zurück und ging weiter, bis sie einen kleinen Platz erreichte. Sonia und Roberto lehnten am Brunnen, sie gedankenverloren mit einer Zigarette im Mund, er steif, mit strengem Gesichtsausdruck. Mein Gott, wie alt er war. Alt und müde. Er hatte einen Dreitagebart und sich sogar seine schwarzgrau melierten Locken wachsen lassen. Wie hatte sie bloß glauben können, diesen Mann zu lieben? Sie musste wirklich verzweifelt gewesen sein.

»Hey!« Sie breitete die Arme aus, und Sonia kam auf sie zu.

Roberto bewegte sich nicht von der Stelle, bis Eleonora zu ihm ging.

»Wie geht es dir?«, fragte er, ohne ihr die Hand zu geben.

»Danke, gut.«

Mit ihrem fröhlichen Ton hatte Roberto nicht gerechnet. Seine Miene verdüsterte sich.

»Entschuldige, aber ich muss noch eben Zigaretten kaufen«, sagte Sonia, die wahrscheinlich präzise Anweisungen erhalten hatte. »Bin in einer Minute wieder da.«

Eleonora nickte, und der müde Professor ebenfalls. Sie gingen ein paar Schritte bis zum Stadtpark und setzten sich dort auf eine Bank.

»Was für eine Überraschung, du hier …«, murmelte sie milde. Sie war viel zu froh über ihr neues Leben, um noch Groll gegen ihn zu empfinden.

»Ich wollte eigentlich gar nicht nach Florenz«, sagte er sofort. »Aber Sonia hat mich gebeten, sie zu begleiten.«

»Ach so, Sonia. Was hat ihre Mutter denn?«

»Sie ist alt.«

Lapidar, wie immer.

»In Wahrheit geht es gar nicht um Sonia. Ich wollte dich sehen.«

Wie seltsam, ihn so verunsichert zu erleben. Monatelang hatte er sie seine Kompetenz, seine Sicherheit und seine Überlegenheit spüren lassen. Was war geschehen? Hatte es gereicht zu verschwinden und nichts mehr von sich hören zu lassen, um ihn verletzlich zu machen?

»Warum, Roberto?«

»Ich habe viel über das Ende unserer Beziehung nachgedacht. Ich glaube, ich habe einiges falsch gemacht.«

Einiges? »Es freut mich, dass du das einsiehst.«

»Wann kehrst du nach Rom zurück?«

»Ich werde nicht zurückkehren, Roberto.«

»An unserem Gymnasium ist eine Kollegin in Mutterschutz gegangen. Ich könnte ein gutes Wort für dich einlegen.«

»Ich habe bereits einen neuen Job gefunden.«

Ihre Entschlossenheit war ungewohnt für ihn. Nervös nestelte er an seinem Krawattenknopf herum. Roberto trug immer ein Sakko, selbst wenn es brütend heiß war. Er wollte gerade etwas sagen, als ein Mann näher kam. Ein wunderschöner Mann. Emanuele.

»Da bist du ja! Alessandro meinte, dass wir im *Alfredo* zusammen essen. Du kommst doch, oder?«

Roberto starrte ihn an, zögerte. Als er merkte, dass Eleonora wie gelähmt dasaß, streckte er die Hand aus.

»Hallo. Ich bin Roberto Manzi, ein Freund von Eleonora.«

»Freut mich, Emanuele Vannini.« Er schenkte ihm genau zwei Sekunden Beachtung, dann sagte er: »Ich warte im Restaurant auf dich, mein Schatz. Die anderen sind auch gleich hier.«

Er küsste Eleonora auf den Mund, grüßte Roberto, indem er sich mit zwei Fingern an die Stirn tippte, und verschwand so schnell, wie er gekommen war.

Während Roberto in ein komisches, unangenehmes Lachen ausbrach, dachte Eleonora über den Auftritt ihres Liebhabers nach. Borgo San Lorenzo war eine Kleinstadt, und um zum Restaurant zu gelangen, musste man die Piazza überqueren, aber Emanuele hatte sie offenbar ganz gezielt gesucht. Es konnte kein Zufall sein, dass er ihnen begegnet war. Dass er sie einfach so auf den Mund geküsst hatte, ohne zu berücksichtigen, in welcher Beziehung sie zu Roberto stand, störte sie. Er tat so, als ob nichts außer seinem Willen zählte. Doch Robertos zorniger Gesichtsausdruck machte jeden Versuch zunichte, Emanuele böse zu sein.

Als wollte sie es wiedergutmachen, zog sie das Geschenk

heraus und legte es Roberto auf die Knie, da er keine Anstalten machte, es in die Hand zu nehmen. Er betrachtete das Päckchen, die traurige Schleife, dann steckte er es in ihre Tasche zurück und schüttelte den Kopf.

»Ich bin ein Idiot.«

Schön, dass du es endlich einsiehst.

»Warum sagst du das?«

»Deshalb hast du dich die ganze Zeit nicht gemeldet. Ich gratuliere. Ein echtes Prachtexemplar von einem Mann.«

Es ist nicht zu glauben.

»Roberto, bitte zwing mich nicht, dich daran zu erinnern, dass ich dich verlassen habe, weil du mich wie eine Schwachsinnige behandelt hast. Nichts von dem, was ich getan habe, war dir recht, und du hast mich dauernd nur gedemütigt.«

»Gedemütigt … Ich habe versucht, dich zu fördern. Du bist eine ungezähmte Frau. Interessant, aber nicht gesellschaftsfähig. Ich habe lediglich versucht, dich auf deinem Weg anzuschieben. Wenn du das nicht kapieren willst, kann ich nichts dafür.«

»Erspar mir bitte die Moralpredigt, und fahr ruhig wieder nach Hause.«

»Genau das werde ich tun.«

Sie erhoben sich und gingen wortlos zur Bar, wo Sonia auf sie wartete.

Sonia merkte sofort, dass etwas nicht stimmte, daher ließ sie Roberto am Tresen stehen und zog Eleonora untergehakt etwas auf die Seite.

»Was ist los? Ist er wütend?«

»Wie immer, Sonia.«

»Ist etwa der tolle Hecht daran schuld, der zu euch in den Park gekommen ist?«

»Du hast uns beobachtet!«

»Nein, ich habe nur die Situation im Auge behalten. Ich hatte es ihm prophezeit, weißt du? Wir sollten nicht zu ihr gehen, es ist zu viel Zeit vergangen, seit ihr euch getrennt habt. Ruf sie vorher an, sprich mit ihr. Aber nein. Er war davon überzeugt, dass du hier auf ihn warten und ihn mit offenen Armen empfangen würdest.«

»Das glaube ich dir gern. Tut mir leid. Jetzt will er gehen.«

»Macht nichts. Ich kenne Roberto wie meine Handtasche, deshalb war ich auf alles gefasst.« Es war schön, mit echten Menschen zu tun zu haben, die andere nicht wie Marionetten behandeln. »Wir hören uns, okay? Mir tut es leid, wie es zwischen dir und Roberto ausgegangen ist. Ich habe es allerdings nicht anders erwartet. Aber das hat nichts mit unserer Freundschaft zu tun, richtig?«

»Richtig.«

Eleonora drückte sie ganz fest.

Von Roberto brauchte sie sich nicht zu verabschieden, daher machte sich Eleonora auf den Weg zum Restaurant, noch immer ganz benommen von all den Ereignissen.

Jenen Mann wiederzusehen, der ihr großes Leid zugefügt hatte, hatte nicht die geringsten Emotionen in ihr ausgelöst. Ganz andere Dinge beschäftigten sie.

Die Tatsache, dass man sie im Hinblick auf die Entführung angelogen hatte, zum Beispiel.

Die Tatsache, dass sowohl Emanuele als auch Alessandro sie wollte.

Die Tatsache, dass beide im Restaurant auf sie warteten.

16

Sie nahmen nach einer genau festgelegten Sitzordnung Platz. Alessandro am oberen Tischende, zu seiner Rechten Corinne, links von ihm Denise und Maurizio. Am anderen Tischende saß Emanuele, zu seiner Linken Eleonora und daneben Corinne.

In dem Moment, als Eleonora zu den anderen stieß, zerbrach alles, was sie über die Entführung gelesen hatte, in viele kleine Gedankenbruchstücke ohne Sinn und verlor damit an Kraft. Eleonora war fähig, gewisse Dinge mit extremer Leichtigkeit zu verdrängen, insbesondere wenn diese in ihr Beklemmung und Angst hervorriefen. Sie hatte viele Jahre Übung darin, auf Distanz zu gehen, ohne sich das Herz brechen zu lassen. Zurück blieb ein Hintergrundgeräusch zwischen den Gedanken, die sie von der Enthüllung ablenkten. Eine Art gedämpfter Alarm, welcher dem beklemmenden Gefühl nicht erlaubte, sie in Ruhe zu lassen.

Niemand erkundigte sich nach ihren Freunden. Zumindest von Denise hätte Eleonora erwartet, dass sie nachfragte. Aber alle aßen und unterhielten sich über dies und das, während Emanuele dauertelefonierte. Als sein Handy erneut klingelte, griff Eleonora danach und schaltete es aus.

»Hey, was erlaubst du dir?«, fragte Emanuele mit gespielter Empörung und senkte die Stimme zu einem Flüstern, als würden sie ein Geheimnis teilen.

Auch Eleonora begann zu flüstern. »Ruft dein Harem nach dir?«

»Sehr witzig. Wer schreibt dir eigentlich die Gags?«

»Depp.«

»Danke. Kommst du nachher mit mir mit?«

»Wohin?«

»Und so was nennt mich Depp.«

»June?«

»Himmel, schon wieder die alte Leier. Welches Wort in dem Satz *Wir … sind … nicht … mehr … zusammen* ist dir unklar?«

»Es kommt mir eben komisch vor, dass sie das Ende eurer Beziehung einfach akzeptiert hat und überhaupt keinen Aufstand macht.«

»Wer sagt, dass sie keinen Aufstand gemacht hat?«

»Hört endlich auf zu tuscheln wie zwei Klatschweiber«, mischte Maurizio sich lachend ein. »Wir reden hier über etwas Wichtiges.«

Emanuele schenkte sich Wein nach. Dann wandte er sich seinem Bruder zu.

»Zum Beispiel?«

»Zum Beispiel über die Wohnung in Florenz. Sie gehört uns allen, wir müssen zusammen entscheiden, was wir damit machen wollen.«

»Ich habe in Florenz oft geschäftlich zu tun«, sagte Alessandro und schaute Emanuele streng an.

Eleonora war nicht aufgefallen, dass seine Miene sich verfinstert hatte, sie war viel zu beschäftigt gewesen, mit Emanuele zu schäkern. Ihn so zu sehen, machte sie betroffen. Sie dachte erneut, wie gern sie ihm dabei zusehen würde, wie er die Kontrolle verlor. Mehr noch, wie erregend es wäre.

»Eleonora fängt übrigens am Montag an der Schule an. Wir könnten die Wohnung gemeinsam nutzen.«

Sie unterdrückte einen unwillkürlichen Protest. Wer hatte ihm erlaubt, über ihren Umzug nach Florenz zu sprechen? Über ein eventuelles Zusammenleben gar? Davon abgesehen: Hatte er nicht schon Corinne gebeten, in die Wohnung zu ziehen? Das Ganze war mehr als lächerlich. In seinen Entscheidungen war weder Logik noch Respekt vor dem Willen anderer.

Aus irgendeinem Grund passte der Vorschlag auch Maurizio nicht. »Denise und ich arbeiten ebenfalls in Florenz.«

Alessandro wurde noch nervöser. »Du hast doch immer gesagt, du willst Bruges auf keinen Fall verlassen. Und jetzt willst du plötzlich die Wohnung in Florenz? Okay, dann zieht eben ihr dort ein, Denise und du.«

»Reg dich nicht auf, Alessandro. Ich dachte, Corinne könnte dort wohnen.«

»Nein, ich bleibe in Bruges«, erwiderte Corinne sofort, aber ihre Stimme klang traurig.

Eleonora empfand tiefes Mitleid. Sie würde Corinne vor dieser Traurigkeit schützen, so wie sie es immer getan hatte, sogar unter Lebensgefahr.

»Du bleibst in der Villa, wenn ich gehe. Wenn ich bleibe, gehst du«, bestimmte Alessandro erbarmungslos. »Du wirst in jedem Fall ein Dach über dem Kopf haben, sei beruhigt.«

Das Gespräch war einfach nur schrecklich. Eleonora zerknüllte die Serviette auf ihrem Schoß und kämpfte gegen den Impuls an, laut zu protestieren, dass sie keine Ketten mehr wollte. Aber es war Emanuele, der ihrem Wunsch nachkam.

»Das reicht nicht, weißt du«, sagte er, ernst wie noch nie, zu seinem Bruder, »um dein Gewissen zu beruhigen.«

Ein anderer wäre ausgeflippt bei der Bemerkung. Aber nicht Alessandro.

»Du kannst es kaum glauben, nicht wahr, Emanuele?

Dass ausnahmsweise mal nicht du derjenige bist, der anderen Leid zufügt.«

»Ich bitte euch«, sagte Corinne mit glühenden Wangen. »Ich möchte nicht hier und jetzt darüber sprechen. Es ist auch so schwer genug für mich.«

Die zaghafte Bitte von Corinne wirkte sofort. Alle aßen weiter und verloren kein Wort mehr über die Angelegenheit, dann begaben sie sich paarweise zum Parkplatz, Emanuele und Eleonora als Letzte.

Er redete nicht lange um den heißen Brei herum und zerstörte damit ihre letzte Hoffnung, das Thema nicht angehen zu müssen.

»Was ist das für ein Tamtam mit der Wohnung in Florenz? Willst du mit meinem Bruder dort zusammenleben?«

Eleonora zuckte mit den Schultern und versuchte, Gleichgültigkeit vorzutäuschen. »War nur so eine Idee.«

»Von wem? Von ihm, nehme ich mal an.«

»Ja, von Alessandro.«

»Und du hast eingewilligt?«

»Nicht wirklich. Er hat nie davon gesprochen, bis heute.«

Emanuele lachte leise und steckte die Hände in die Taschen. »Das hätte ich mir denken können. Es ist wie immer. Die Wirklichkeit soll sich seinem Willen beugen, die Pläne anderer sind unerheblich.«

Es war gewiss nicht der richtige Moment, um über die Entführung zu sprechen, aber Eleonora fürchtete, Emanuele überhaupt nichts mehr sagen zu können, wenn zu viel Zeit verstrichen wäre. Das Problem war nur, einen guten Aufhänger für ihre Zweifel und Nachforschungen zu finden. Emanuele hatte ihr selbst erzählt, er sei das Entführungsopfer gewesen. Sie konnte nun schlecht sagen, dass sie im Archiv der Lokalzeitung in alten Zeitungsartikeln gestöbert hatte. Er würde sie verachten dafür.

»Weißt du, Emanuele … Manchmal kommt mir das Ganze seltsam vor.«

»Nur manchmal? Du bist eine scharfsinnige Frau. Alessandro hat einen sehr eigenwilligen Charakter. Schau ihn an.«

Eleonora folgte seinem Blick. Alessandro überreichte gerade einer sehr kleinen Frau, die in der Seitentür der mittelalterlichen Kirche auf der Piazza erschienen war, eine große weiße Tüte.

»Was tut er da?«

»Er gibt ihr die Reste von unserem Mittagessen, und er hat beim Bezahlen noch ein bisschen mehr einpacken lassen. Das wird ein Festessen heute Abend in der Suppenküche von Borgo San Lorenzo!«

Alessandros Großzügigkeit beeindruckte Eleonora. Sie beobachtete ihn und fragte sich, wie in Unschuld so viel Schuld liegen konnte. Vielleicht war sie aber auch die einzige Schuldige hier und sah deshalb in jeder großzügigen Geste einen anklagend erhobenen Zeigefinger.

»Er versucht, Corinne aus seinem Leben zu entfernen, aber er tut es auf seine eigene Art. Er ist es nicht gewöhnt, Menschen fortzuschicken, und seine Unbeholfenheit macht ihn unbarmherzig. Niemand ist grausamer als ein Mensch, der keine Übung darin hat, böse zu sein.«

»Ich nehme an, Corinne raubt ihm den letzten Nerv.«

»Ja. Normalerweise bleibt eine Frau, nachdem sie verlassen wurde, nicht im Haus des Mannes, den sie liebt. Sie geht fort und versucht ihn zu vergessen. Den Mann zurückerobern zu wollen, ist eine Sache, aber seine Gutmütigkeit auszunutzen, um weiter in der Villa zu wohnen, eine ganz andere.«

»Daran ist unsere Vergangenheit schuld, Emanuele.«

»Wir haben alle eine Vergangenheit. Die von Alessandro

war auch nicht einfach. Irgendwann kann die Vergangenheit nicht mehr als Entschuldigung herhalten.«

Er schaute sie an, mit seinem gewohnten Blick, der die Realität zwang, sich ihm zu beugen.

»Sag es ihm lieber gleich, Eleonora, wenn du nicht mit ihm in Florenz zusammenleben willst. Bitte.«

Hatte sie da gerade einen beschützerischen Unterton herausgehört? Emanuele spielte den großen Bruder. Erstaunlich.

»Ich werde es ihm sagen.«

Aber wollte sie nicht im Grunde nach Florenz ziehen? Wie lange würde es ihr noch gelingen, die Lage unter Kontrolle zu halten, nur um Corinne kein Leid zuzufügen?

Auf zu viele Fragen gab es keine Antwort, zu viele Alternativen hielten sich die Waage. Florenz oder Bruges. Liebe oder Sex. Alessandro oder Emanuele.

»Ich kann dir nicht ganz folgen.«

Corinne hatte zwei Koffer aus dem Schrank gezogen, dann aber beschlossen, ihren Schlafanzug anzuziehen, statt die Koffer zu packen. Eleonora betrachtete ihre Freundin, die entmutigt auf dem Bett saß.

»Erst sagt er, ich soll fortgehen. Nach Florenz ziehen. Dass er mir die Wohnung dort schenkt. Dann sagt er, dass ich hierbleiben kann, weil er vielleicht nach Florenz ziehen will.«

»Corinne …«

»Gib's zu. Du weißt, warum er sich so benimmt. Ist es wahr, dass ihr in Florenz zusammenleben wollt?«

»Nein, das ist es nicht.« *Ist es nicht so?* »Jedenfalls nicht so, wie du meinst. Es wäre bloß eine bequeme Lösung für uns beide.«

»Willst du mir weismachen, dass zwischen euch nichts läuft?«

»Auch du lebst mit ihm zusammen, obwohl ihr kein Paar mehr seid.«

Dieses Argument akzeptierte Corinne, auch weil es die weniger schmerzhafte Erklärung war.

»Außerdem, wenn du wirklich überzeugt wärst, dass etwas läuft zwischen mir und Alessandro, dann würdest du jetzt nicht hier sitzen und mit mir reden.«

Corinne nickte. »Auch das ist wahr. Weißt du, gestern habe ich für einen Augenblick geglaubt, du würdest mich beiseite drängen. Doch dann habe ich nachgedacht. Man sieht von Weitem, dass Alessandro nur freundschaftliche Gefühle für dich hegt. Du bist nicht sein Typ.«

Ach nein? »Was ist sein Typ?«

»Ihm gefallen Frauen, die nicht so körperlich sind.«

Nur die Liebe konnte so blind machen.

»Ich lasse dich jetzt schlafen«, sagte Eleonora und stand abrupt auf, als ob das Bett brennen würde. »Du solltest dringend mit Alessandro sprechen und mit ihm klären, was er im Sinn hat. Denn ehrlich gesagt komme ich da nicht ganz mit. Irgendwie spielt er alle Möglichkeiten und zugleich das Gegenteil davon durch. Aber du kennst ihn besser als ich.«

»Geh nicht.«

Corinne hatte nicht gesagt, wohin, aber Eleonora verstand sofort. Sie blieb stehen, drehte sich jedoch nicht um. Wie oft hatte sie früher die geliebte Thronräuberin angefleht. Hatte um die Brosamen gebettelt, die ihr nie zugestanden wurden.

»Ich habe dich wirklich gern, Corinne, aber du kannst nicht jeden Tag bei mir sein«, hatte sie damals zu ihr gesagt, als sie noch dachte, der Alltag in ihrer Beziehung sei schuld an allem. Damals, als sie sich noch davon zu überzeugen versuchte, dass ihre Mutter sie mehr lieben würde, wenn sie

Corinne weniger sähe, dass Rita ihr dann mehr Beachtung schenken, mehr mit ihr plaudern und ihr die Vorrangstellung zugestehen würde.

Corinne machte dann jedes Mal ein zerknirschtes Gesicht bis zum Abend, bis Rita von der Arbeit nach Hause kam und in sie drang, um zu erfahren, was sie betrübte.

Je mehr Eleonora darüber nachdachte, umso mehr erschien ihr die Perspektive, mit Alessandro zusammenzuleben, wenn auch nur für eine bestimmte Zeit, schlicht fantastisch. Am Abend zusammen ausgehen, vielleicht. Sich auf einem Volksfest unter die Menschen mischen, um danach wieder allein zu sein, zu Hause. Sein engelhaftes Wesen besiegen, nachts spüren, dass sie zusammengehörten. Siegen.

Aber sie würde es nicht tun, nein. Sie würde gar nicht erst zum Kampf antreten, wie immer.

Eleonora wälzte sich unruhig im Bett. Ihr war heiß, obwohl eine angenehme Brise die drückende Luft vertrieben hatte. Durch das offene Fenster drang das weiße Licht des Vollmonds herein und zeichnete schwere Schatten auf die Wände, was das Einschlafen noch schwieriger machte.

Sie dachte an den Zeitungsartikel, an die unmissverständlichen Worte. Dann dachte sie an Alessandro, sah ihn mit der kleinen Frau sprechen, ihr die Tüte voll duftender Pilze und Lachs überreichen. War es möglich, dass ein solcher Mann dazu fähig war, einen derart in die Irre zu führen?

Sie stand auf und ging nach unten.

Alessandro saß auf dem Sofa, den Blick zur Decke gerichtet, und hatte Kopfhörer auf. Ob er Brahms oder Muse hörte? Das waren zumindest die beiden einzigen CDs, die sie im Salon gesehen hatte. Im Näherkommen meinte sie, ein klassisches Musikstück zu erkennen.

Er hob den Kopf und beobachtete Eleonora, die sich mit angezogenen Beinen ebenfalls auf das Sofa setzte – allerdings am anderen Ende, als wollte sie sagen, ich gehe gleich wieder, wenn du mich nicht willst.

Er nahm die Kopfhörer ab und legte sie auf die Armlehne. »Wir leiden beide unter Schlaflosigkeit«, sagte er.

»Stimmt. Machst du dir wegen irgendetwas Sorgen?«

»Alles geht den Bach runter.«

Alessandro nahm ihren Fuß und legte ihn sich in den Schoß. Er liebkoste zuerst die Zehen, dann die Sehnen und schließlich die weiche Haut an der Stelle, wo sich die Fußsohle wölbte. Eleonora schloss die Augen und fühlte, wie die Müdigkeit schwer ihren Kopf umfing, aber die Beunruhigung hielt sie wach. Ein enger Ring um die Schläfen, der weder Blut noch Träume abfließen ließ.

»Sei nicht so negativ«, sagte sie aus der schwarzen Tiefe hinter ihren Lidern.

Plötzlich roch sie sein Parfüm unerwartet stark und spürte, wie sie nach unten gezogen wurde. Alessandro hatte sich auf dem Sofa ausgestreckt und sie zwischen seinem Körper und der Rückenlehne eingeklemmt. Als sie die Augen aufschlug, berührte seine gerade Nase beinahe ihr Gesicht, und der restliche Körper passte genau auf ihren, seine Ecken auf ihre Einbuchtungen, seine Kanten auf ihre Kurven.

Auf den Ellbogen aufgestützt lag er da und schaute sie an. Zärtlich.

»Ich wusste, dass du kommen würdest, ich habe auf dich gewartet«, murmelte er. »Und du? Warst du dir sicher, mich hier vorzufinden?«

Die Frage ging ihr fast eine Minute lang nicht aus dem Kopf. Eine Minute, in der Alessandro sie weiter anschaute und wartete. Eleonora wusste keine passende Antwort auf diese Art von Fragen, das sollte er inzwischen wissen.

»Warum sagst du nichts?«

Sie wandte den Blick von seinem Mund ab, und erst jetzt konnte sie antworten. »Du setzt mich unter Druck.«

»Das war nicht meine Absicht.«

»Es ist nicht deine Schuld, sondern mein Problem. Ich habe Schwierigkeiten …«

Sie unterbrach sich, musste innehalten, weil er sie küsste. Er umschloss ihre Lippen mit den seinen, leckte sie lange. Dann glitt er mit der Zunge zwischen ihre Zähne, auf der Suche nach ihrer Zunge. Er hatte keine Eile, er hatte nie Eile.

Eleonora löste sich unvermittelt von ihm. Ihr Rücken, die Ellbogen schienen die Sofalehne hinaufzuklettern, und sie ließ sich von dem Samt verschlucken, um ihm zu entkommen. Um Corinne zu retten.

»Willst du mit mir schlafen?«

Wie konnte er so etwas nur fragen? Konnte er sie nicht einfach nehmen, wie Emanuele es tat? Er zwang sie zu einer Entscheidung: gestehen oder für immer lügen.

Seine Hand hatte sich unter ihr Nachthemd geschoben. Zeichnete immer kleinere Kreise auf der zarten Haut an der Innenseite ihrer Schenkel, um dann zum Bauch hochzuwandern und ganz leicht über den Baumwollslip zu fahren. Eleonora war bereit für ihn, nur wie sollte sie es ihm zu verstehen geben?

Sie hatte kein Recht dazu, nach allem, was mit seinem Bruder geschehen war.

»Heute Nacht willst du nicht mit mir sprechen«, sagte Alessandro dicht an ihrem Ohr und umschloss mit beiden Händen ihre Pobacken, um sie an sich zu ziehen. Sein warmes, hartes Geschlecht brannte an ihrem Bauch.

»Wollen wir miteinander schlafen?«

»Emanuele …«

Seine Hände hielten inne. Ein Augenblick stiller Verblüffung herrschte, bevor er sich erhob. Eleonora verstand nicht, warum er sich so abrupt und im unpassendsten Moment von ihr gelöst hatte. Sie schaute ihm verdutzt zu, wie er sich einen Pullover überzog und in den Innenhof hinausging, vielleicht um zu rauchen. Ein schwerer Stein lag in ihrem Unterbauch, und sie verspürte einen dumpfen, bisher ungekannten Schmerz zwischen den Beinen.

Was habe ich bloß getan?

Sie folgte ihm in den Garten; es war kühl und sie trug nur ein leichtes Nachthemd.

Er lehnte an der Brüstung, rauchte zornig.

»Alessandro ... was ist denn los?«

»Geh bitte. Geh schlafen.«

»Was habe ich dir getan?«

Sie hätte wütend werden können, weil er sie einer Antwort offenbar nicht für würdig hielt, aber sie wusste genau, dass er nicht nachgeben würde. Diesen Mut hatte sie noch nicht – oder vielleicht nicht mehr.

Dann verstand sie. Schlagartig, während sie seinen Namen noch auf der Zunge hatte. *Emanuele.* Während Alessandro sie berührte, hatte sie ihn Emanuele genannt.

»Alessandro, das ist ein Missverständnis ...«

Ein Missverständnis? Du hattest mit seinem Bruder Sex. Und hättest um ein Haar mit ihm geschlafen. Von was für einem Missverständnis sprichst du da?

»Entschuldige bitte.«

»Ich habe es geahnt. Aber mir hat ein Beweis gefehlt.«

»Und dies wäre nun der Beweis?«

Lass es sein! Sonst fliegt alles auf, und er wird dir auch noch vorwerfen, eine Lügnerin zu sein.

»Also, ich ... Es ist einfach geschehen. Ich dachte nicht, dass wir ... Ich meine du und ich ...«

»Dass wir, ich meine du und ich? Du verfängst dich in der eigenen Schlinge.«

»Ich bitte dich, Alessandro, sei nicht so grausam.«

Er lachte, spie den Rauch aus wie ein Drache.

»Geh zurück ins Bett, es ist besser so. Morgen werde ich Corinne sagen, sie soll ihre Koffer packen und nach Florenz ziehen. Du solltest ihr beistehen.«

Der Magier war verschwunden. Das war seine beste Nummer: ein Zauberspiegeltrick, der ihn unsichtbar und unantastbar machte. Eleonora gab sich geschlagen und zog sich zurück.

17

Um sechs Uhr morgens schlug Eleonora die Augen auf. Die Stimmen, die sie hörte, wirkten verzerrt. Es waren Alarmsignale, Warnsirenen. Was war das für ein Durcheinander in der Villa, wieso all diese schrillen Töne?

Sie setzte sich im Bett auf und kämpfte kurz gegen einen Schwindelanfall an. Dann lief sie barfuß zur Galerie.

Alessandro trug jemanden auf den Armen und rannte aus dem Haus, gefolgt von Denise.

Maurizio redete in sein Telefon. »Ja, er ist angekommen. Danke.«

»Was ist los?«, fragte Eleonora. Sie musste schreien, um gehört zu werden, und das machte ihr bewusst, dass ein Krankenwagen mit eingeschalteter Sirene vor der Villa stand.

Maurizio hob den Kopf. »Corinne. Sie hat sich die Pulsadern aufgeschnitten.«

Für einen Moment wurde ihr schwarz vor den Augen. »Corinne? Wartet!«

»Alessandro fährt im Krankenwagen mit. Zieh dir etwas an, dann fahren wir ihm hinterher.«

Etwas anziehen, schnell. Sie schlüpfte in die Jeans, die sie am Vorabend auf einen Stuhl gelegt hatte, und warf sich das erstbeste langärmelige T-Shirt über, das sie im Schrank fand. Völlig außer Atem zog sie ein Paar Schuhe an und lief nach unten. Maurizio und Denise warteten bereits im Auto. Denise bedeutete ihr mit einer Geste, sie solle sich beeilen, aber alles lief wie in Zeitlupe ab. Ihre Beine wollten ihr einfach nicht gehorchen.

Eleonora schloss die Autotür, die zentnerschwer zu sein schien, und erst in diesem Moment kam ihr in den Sinn, was noch vor wenigen Stunden geschehen war.

Corinne lebte. Sie war sehr schwach, lag mit geschlossenen Augen da, die Haut weißer als das Kopfkissen, aber sie lebte.

Eleonora drückte ihre Hand, ließ den Blick über den Schlauch, der zur Infusionsflasche führte, und das glänzende Metallgestell gleiten. Ihr Herz raste, und das Schuldgefühl krampfte ihr den Magen zusammen. Sie spürte bereits jetzt, dass ihr die aufgezwungene Nähe fehlte, obwohl sie genau das jahrelang herbeigesehnt hatte. Jeden Tag hatte sie sich gewünscht, Zeit mit ihrer Mutter zu verbringen, nur sie beide, dennoch versetzte es ihr jedes Mal vor Sorge einen Stich ins Herz, wenn Corinne sich verspätete.

Die Wahrheit erfasste sie unerwartet wie ein vorbeirasender Zug. Corinne war in doppelter Hinsicht ein Opfer. Zum einen Opfer des Desinteresses ihrer alkoholisierten Mutter, zum anderen der Unduldsamkeit ihrer Freundin, mit der sie ihre Tage verbrachte. Sie kämpfte mit allen Mitteln um Liebe, versuchte es sogar bei Eleonoras Freundinnen, bei den Jungen, mit denen Eleonora ausging, bei neuen Klassenkameraden. Sie wusste nicht, dass jede Schlacht von vornherein gewonnen war, nachdem sie Ritas Herz erobert hatte. Es war nicht Corinnes Schuld, wenn Eleonoras Mutter die stärkeren Gefühle und die größere Zärtlichkeit für ein Mädchen empfand, das nicht ihre Tochter war. Gewisse Mütter brauchen Töchter, die ihren eigenen Schwächen

Ausdruck verleihen, um sich nützlich zu fühlen, und Eleonora war daran gewöhnt, ihr Unbehagen hinunterzuschlucken und es tief in ihren Eingeweiden verrotten zu lassen.

»Verzeih mir«, sagte sie. Eine feige Bitte am Krankenbett. Sie hätte vorher für Corinne da sein sollen, als es noch nichts zu verzeihen gab.

Corinne murmelte etwas, und Eleonora näherte das Ohr ihrem Mund.

»Ich habe dich gesehen.«

Corinne sprach mit geschlossenen Augen, und es war schwierig, nur einer Stimme zu antworten. Eleonora konnte nicht anders, als aufrichtig und damit endgültig zu sein. Die aufsteigende Panik suggerierte ihr tausend Ausflüchte und sogar einen gemeinen Versuch zu leugnen. Aber sie fand nicht den Mut, ihrer Freundin Halluzinationen zu unterstellen. Nicht in dem Moment, nicht jetzt, während sie sich bereits vor Selbstvorwürfen verzehrte.

»Verzeih mir. Wird nicht wieder vorkommen.«

»Es ist unwichtig.«

»Denk jetzt nur an dich und daran, dass du gesund wirst. Wir werden in Florenz eine Wohnung für uns finden, okay?«

Corinne schüttelte kaum merklich den Kopf und erwiderte: »Bruges.«

Eleonora wollte gerade aufstehen, als Corinne erneut etwas sagte. Sie musste sich wieder hinunterbeugen, um sie zu verstehen.

»Was sagst du?«

»Es ist alles falsch. Alles Theater.«

»Was?«

Keine Antwort. Der Arzt betrat das Krankenzimmer, und Eleonora ging auf den Flur hinaus, trat zu Emanuele, der ein paar Minuten nach ihr angekommen war, vielleicht von

Maurizio benachrichtigt, und zu Denise, die durch ein großes Fenster hinausschaute. Ein paar Meter entfernt unterhielt sich Alessandro mit Maurizio.

Dass sie alle eine Rolle spielten, war von Anfang an klar gewesen. Eleonora musste nur herausfinden, was für ein Stück hier gespielt wurde und warum. Und ob es im Zusammenhang stand mit dem, was sie in dem Zeitungsartikel gelesen hatte.

»Wer bleibt heute Nacht bei ihr?«, fragte Alessandro, nachdem der Arzt sie über Corinnes Gesundheitszustand informiert und beruhigt hatte.

Eleonora hob die Hand wie in der Schule, weil es im Grunde selbstverständlich war, dass ihr diese Aufgabe zufiel. Wem sonst?

Denise widersprach vehement. »Nein, kehr du nur nach Bruges zurück. Ich bleibe hier.«

Zum ersten Mal verstand Eleonora, welche Strategie Denise verfolgte. Sie wollte die Zustimmung von Alessandro. Eleonora hatte sie genau beobachtet, wie sie mit geschwellter Brust vortrat und sich als Freiwillige meldete, wie sie überschwänglich »Ich bleibe hier« gesagt hatte. Diese ganze Leidenschaft galt allein Alessandro, nicht etwa dem nüchternen Raum, in dem Corinne schlief. Alessandro nickte, und Denise freute sich, als ob die Entscheidung nur von ihm abhängig wäre. Eleonora fragte sich, wie Denise Alessandros Bruder geheiratet hatte, wo sie doch in ihn verliebt war, aber sie ließ die Frage fallen, da es keine logische Antwort darauf gab.

Am Ausgang des Krankenhauses teilte sich die Gruppe. Rechts besprach Alessandro am Telefon aufgeregt geschäftliche Angelegenheiten, links stand Emanuele und rauchte, wobei er Eleonora aus schmalen Augen beobachtete. Sie ging auf Alessandro zu, der gerade sagte: »Ich bin gleich da, beginnt schon mal mit der Sitzung«, und damit auch für sie die Entscheidung traf.

Sie kehrte zu Emanuele zurück, der inzwischen fertig geraucht hatte.

»Gehen wir nach Hause?«, fragte sie, immer noch überaus angespannt.

»Was für ein autoritärer Ton. Ich fahre zu meinem Hof zurück. Kommst du mit?«

»Ja, gerne.«

Sie verabschiedete sich mit einem Nicken von Maurizio, während Alessandro hinter ihm herging, noch immer in das Telefongespräch vertieft. Ob es ihn störte, wenn sie mit seinem Bruder wegfuhr? Wer wusste schon, was ihm durch seinen komplizierten Kopf ging.

»Hat er ihn dir geschenkt?«, fragte Emanuele, als sie im Auto saßen.

Zunächst verstand Eleonora nicht, was er meinte. Dann begann der Anhänger mit dem Schmuckstein zwischen ihren Brüsten zu brennen, sie nahm ihn in die Hand und nickte.

»Den da? Ja, das war Alessandro.«

»Annalisa hat er den gleichen geschenkt.«

Er startete den Motor und fuhr los, den Blick starr auf die Straße gerichtet. Er wirkte nervös.

»Wer ist Annalisa?«

»Warum bist du nicht im Krankenhaus geblieben?«

»Denise wollte dableiben. Morgen Nacht werde ich Corinne beistehen, wenn sie sie nicht entlassen. Wer ist Annalisa?«

»Das Mädchen, das mich beschuldigt hat, es verletzt zu haben. Willst du denn nicht darüber reden, was mit Corinne passiert ist?«

Nein, das wollte sie nicht. Es war nichts *mit Corinne*

passiert, Corinne hatte vielmehr versucht, sich umzubringen. Eleonora wollte über diese schockierende Geste nachdenken, es hatte keinen Sinn, mit Emanuele darüber zu sprechen. Was wusste er schon über die Mission, die ihre Mutter ihr unabsichtlich zugewiesen hatte? Darüber, dass sie die Hälfte ihres Lebens damit zugebracht hatte, Corinne zu beschützen? Darüber, dass die Mission mit dem Selbstmordversuch gescheitert war?

»Nein, ich möchte jetzt nicht darüber reden.«

Eleonora versuchte sich abzulenken, indem sie an etwas anderes dachte, aber ihr gingen nur schreckliche Gedanken durch den Kopf, und so kam sie auf Annalisa zurück.

»Sie hat dich beschuldigt? Sagtest du nicht, du hättest dich damals gestellt?«

»Doch. Na ja. Du hast schon verstanden.«

Ganz und gar nicht. »Lebt sie immer noch in Borgo San Lorenzo?«

»Ja, mitten in der Stadt. Sie ist Apothekerin. Eine attraktive Frau. Es scheint ihr gut zu gehen. Ich glaube nicht, dass ich ihr Leben ruiniert habe.«

Seine zynische Bemerkung machte Eleonora zunächst wütend, aber dann verstand sie, dass er das Desinteresse nur vortäuschte. Sie war inzwischen überzeugt, dass Emanuele nicht das Monster war, als das er erscheinen wollte.

»Möchtest du mir erzählen, was damals vorgefallen ist?«

Emanuele umklammerte das Lenkrad so fest, dass seine Fingerknöchel weiß hervortraten.

»Ich habe dir bereits alles gesagt. Ich muss sie wie in Trance gestoßen haben, und keiner hat die Treppe bemerkt. Wir hatten ziemlich viel getrunken und auch ein paar Pillen eingeworfen. Sie lag einen Monat lang im Koma wegen der Kopfverletzung. Kaum konnte ich mich wieder an etwas erinnern, bin ich sofort zur Polizei gegangen und habe mich gestellt.«

»Wie war es, als sie wieder aufgewacht ist?«

»Sie konnte sich an kaum etwas erinnern, alles war verdrängt. Aber sie hat bei den Ermittlungsbehörden darauf bestanden, dass es sich um einen Unfall gehandelt hat.«

»Wo ist es geschehen?«

Emanuele machte eine abrupte Vollbremsung, der Sicherheitsgurt quetschte Eleonoras Brust ein und raubte ihr den Atem. Sie waren ganz allein auf der Landstraße zwischen Florenz und Borgo San Lorenzo, und die fiebrige Sonne brachte die Luft zum Glühen.

»Was zum Teufel ist das, ein Verhör?«

Eleonora presste sich in den Autositz, wobei sie sich an das schwarze Leder klammerte, um nicht darin zu verschwinden. Nun konnte sie nicht mehr zurück, sie wusste, dass sie den Mut nie mehr aufbringen würde.

»Nein, Emanuele. Entschuldige, wenn ich dich verärgert habe.«

Sein Gesichtsausdruck veränderte sich. Er griff in ihre Haare im Nacken und streichelte ihr mit dem Daumen übers Ohr.

»Wir waren bei Raffaele.«

Er näherte sein Gesicht dem ihren, presste die Lippen auf ihren Mund.

»Ich kann nicht anders«, sagte er leise.

Sie hatte ihn offenbar milde gestimmt. Sie brauchte nur ein entschuldigendes Wort zu sagen und den Kopf zu beugen, und schon war seine Wut verraucht, gar endgültig verflogen.

»Nachgiebigkeit ist mir fremd.« Es klang wie ein Bekenntnis. »Du entwaffnest mich, Eleonora.«

»Ich wollte dich weder verärgern noch entwaffnen. Ich muss es einfach wissen.«

»Was willst du wissen?« Ein neuer Kuss, seine Zunge auf ihren Lippen. »Sag.«

Es war der richtige Moment, und dafür waren die richtigen Worte nötig. Allerdings war es schwierig, einen klaren Gedanken zu fassen, während er ihren Nacken streichelte und an ihren Lippen knabberte. Emanuele war nur zweite Wahl, selbst an diesem Tag hätte sie es vorgezogen, mit Alessandro nach Bruges zurückzukehren, und dennoch verlor sie die Kontrolle, wenn sie mit Emanuele zusammen war. Es ergab keinen Sinn, da war etwas, das sie herausfinden musste, auch über sich selbst.

»Wer war Annalisa für euch?«

Die Antwort kam nicht sofort, was bedeutete, dass sie entscheidend war.

Emanuele betrachtete ihren Mund, dann entschied er, dass er sich konzentrieren musste. Er startete den Motor und fuhr weiter.

»Sie ist dir ähnlich«, murmelte er, und sein Tonfall klang anders als sonst. Er wirkte beinahe zahm. »Sehr sogar.«

»Körperlich?«

»Auch. Aber vor allem vom Charakter her. Sie war ein überaus lebensfroher Mensch. Sie stellte einen Haufen Fragen. Sie war neugierig, faszinierend. Alessandro und ich haben uns in sie verliebt. Beide, verstehst du?«

»Ja, aber war Alessandro zu der Zeit nicht in Los Angeles? Er hat zu mir gesagt, er sei wegen dieser Geschichte zurückgekommen.«

»Er ist nicht deswegen zurückgekommen. Er pendelte damals zwischen Los Angeles und Bruges hin und her. Wir haben Annalisa zusammen kennengelernt.«

Eleonora schluckte. »Habt ihr ihretwegen gestritten?«

»Oft sogar. An dem Abend, als es passierte, hatte sie zugesagt, bei Raffaele vorbeizukommen. Ich dachte, sie wollte mir mitteilen, dass sie sich für mich entschieden hatte. Stattdessen gestand sie mir, dass sie sich in Alessandro verliebt hatte. Ich trank zu viel und sie auch. Bei Raffaele stieg eine Party, auf allen Sofas vögelten die Paare miteinander. Annalisa billigte das Treiben nicht, trotzdem war sie erregt. Sie war eher konservativ erzogen. Irgendwann floh sie ins Obergeschoss, da bin ich ihr nachgerannt. Sie war so betrunken, dass sie nicht auf meinen Wutanfall reagieren konnte. An einem bestimmten Punkt hat sie mich angeschrien, ich solle sie in Ruhe lassen, sie würde Alessandro lieben und bald mit ihm in Bruges zusammenleben. Ich versuchte, sie zu umarmen und so auszulöschen, was sie gerade gesagt hatte. Aber mein Körpergewicht und das Ungestüm, mit dem ich sie an mich zu reißen versuchte, haben sie zu Fall gebracht. Ich weiß auch nicht, wie es passieren konnte. Ich war da, und trotzdem ist sie gefallen.«

Eleonora sagte nichts mehr. Sie hatte keine weiteren Fragen.

Sie wartete, bis Emanuele den Wagen im Hof geparkt hatte, sie bei der Hand nahm und ins Haus führte.

»Ich bin kein Monster«, sagte er, als er ihre Handgelenke hinter dem Rücken festhielt und sie auf das Bett legte. »Ich habe einen Fehler gemacht, und ich habe dafür bezahlt. Annalisa wollte mich nie mehr sehen.«

Die Worte blieben ihr im Hals stecken, von einem langen Kuss erstickt. Emanueles harter Körper erdrückte sie, was angenehm schmerzte. Dann spürte sie seine Hand zwischen ihren Beinen, direkt über dem Baumwollslip, den sie nicht mehr hatte wechseln können, weil ihr keine Zeit geblieben war. Sie versuchte sich zu wehren, wollte seine Finger wegschieben, die sich bereits einen Weg bahnten.

»Bitte …«

»Bitte was?«

Mühelos drang er mit den Fingern in sie ein. Es war schwierig, die Beine zusammenzupressen und ihn zu bitten aufzuhören.

»Willst du mich denn nicht?«

Sie brauchte nur zu sagen: »Nein, ich will dich nicht«, doch sie brachte es nicht über sich, die Lüge war zu groß für ihren kleinen Mund.

Er zog ihr den Slip bis zu den Knöcheln herunter und betrachtete sie eine Weile, wobei er ihre Beine gespreizt auf dem Bett festhielt. Eleonora wurde fast wahnsinnig.

»Bitte …«

»Ich warte. Sag es, Eleonora. Bitte …«

Hör auf. »Berühr mich.«

»Wie bitte?«

Lass mich los! »Berühr mich!«

Sie schrie auf und hielt sich den Mund zu, als er erneut tief in sie eindrang.

»Gut, Eleonora. Gut so?«

»Ja.«

»Jetzt ficke ich dich. Ich weiß, du hältst es nicht länger aus.«

Vermutlich erregten sie vor allem seine Nüchternheit sowie die damit einhergehende Beherrschung in jeder Geste und seiner Stimme, während sein Geschlecht bereits von innen gegen seine Hose drückte. Er hatte alles im Griff, sogar sich selbst.

Emanuele drang tief in sie ein und hielt sie dabei an den Handgelenken auf dem Bett fest. Er brauchte die Hände nicht, um ihre Beckenbewegungen zu lenken. Ihm reichte es, in sie einzudringen, um sie tun zu lassen, was er wollte. Die ersten langsamen Stöße sollten sie heiß machen. Je mehr sie sich in den Hüften wiegte, um ihm entgegenzukommen, desto mehr verweigerte er sich.

»Du bist unersättlich«, scherzte er und penetrierte sie mit einem einzigen tiefen Stoß. »Bleib ruhig liegen.«

Sie biss die Zähne zusammen und versuchte sich aus der Umklammerung zu winden. Ihre Wut war nicht groß genug, nicht so wild wie ihr Verlangen, und das empörte sie. Sie durchforstete ihr Gehirn nach einer treffsicheren Beleidigung, fand aber keine.

»Was ist? Möchtest du mir etwas sagen?«

»Hör auf!« Endlich.

Sofort zog er sich zurück und entlockte ihr damit einen erstickten Schrei. Sie packte ihn an den Schultern und zerrte ihn wieder auf sich.

»Ich bitte dich …«

»Ja, Liebling …«

Hatte er tatsächlich gerade »Ja, Liebling« gesagt? Sie hatte keine Zeit, in der Erinnerung nach dem Klang jeder einzelnen Silbe zu suchen, denn er nahm sie erneut, und diesmal vögelte er sie richtig, entschieden und so lange, bis sie schrie. Kurz darauf erreichte auch er den Höhepunkt, kündigte es mit einem Stöhnen an ihrem Ohr an. »Jetzt«, sagte er, wie um sie vorzubereiten, dann: »Oh Gott, ich komme.« Zum ersten Mal spürte sie ihn in den Worten verschwinden, in ihr drin, zusammen mit seinem Samen.

Sich loszumachen, war schwierig.

Zuerst rief Eleonora Denise an, noch nackt auf dem Bett ausgestreckt, den warmen Samen ihres Liebhabers zwischen den Beinen. Sie fühlte, dass sie den Groll ihrer Freundin verdiente. Corinne lag im Krankenhaus, weil sie hatte sterben wollen, und sie feierte das Leben im Bett eines Mannes. Eine Strafe war dringend nötig.

Denise sagte, dass es Corinne besser gehe, dass sie zur Sicherheit aber noch einen Tag im Krankenhaus bleiben müsse, danach werde sie entlassen.

Eleonora versicherte Denise, dass sie wie abgesprochen die folgende Nacht bei ihrer Freundin verbringen werde.

Nach dem Telefongespräch ging sie duschen. Sie wusch sich nur ungern. Emanueles Geruch auf ihrem Körper war berauschend. Alles an ihm war berauschend.

Er fütterte inzwischen die Pferde, danach machte er Kaffee. Sie tranken ihn gemeinsam, rauchten. Schauten sich in die Augen.

Wenn er nur gewollt hätte, wäre Eleonora bereit gewesen, sich noch einmal, noch hundert Mal von ihm besitzen zu lassen. Aber aus irgendeinem Grund wollte er nicht.

»Ich bringe dich zurück«, sagte er.

Eleonora dachte, er würde ihr vorschlagen, bei ihm zu übernachten. Er hatte es schon einmal getan. Aber nachdem sie ihm letztes Mal einen Korb gegeben hatte, fragte er sie vielleicht nicht mehr.

Es war an ihr, den ersten Schritt zu tun. Doch sie zog sich zurück.

18

Das Stimmengewirr der Schüler vor Unterrichtsbeginn war ihr vertraut, dennoch konnte Eleonora vor Anspannung kaum atmen. Wie ihre Stimme wohl klang, wenn sie sich gleich vorstellte? Ob sie es tatsächlich schaffte, das aggressive Geschrei und den undurchdringlichen Klangteppich zum Verstummen zu bringen?

Eleonora atmete tief durch und dachte an die Worte von Maurizio, mit dem sie am Morgen zur Schule gefahren war. Er unterrichtete hier bereits seit vier Jahren und wusste, dass die Schüler Veränderungen nicht schätzten. Ein neuer Lehrer, vor allem, wenn er jung ist, denkt optimistisch, er könne die Schulklasse mit Freundlichkeit zähmen, doch wenn er dann erkennt, dass er es nicht schafft, wird er unfreundlich. Ganz falsch. Mit den Schülern dieser Schule musste sie das unbedingt vermeiden, denn die Eltern würden es nicht erlauben, vor allem, wenn das Schulgeld fällig würde. Sie musste also vorsichtig sein.

Als sie eintrat, verstummte das Stimmengewirr. Eleonora wurde einer eingehenden Prüfung unterzogen und ertrug stoisch die Bemerkungen über ihr Aussehen. Daran war sie gewöhnt. Jungs zwischen vierzehn und achtzehn müssen zeigen, dass sie fähig sind, eine Frau zu besitzen, das liegt in ihrer DNA. Sie hatte zudem gelernt, dass die Jungen umso harmloser waren, je lauter sie sich äußerten. Die

Gefährlichen waren im Allgemeinen die Stillen, die in der hintersten Bankreihe saßen. Sie erzählten nicht in allen Einzelheiten von dem kräftezehrenden Sex, den sie mit ihrer Lehrerin haben würden.

Es war leichter, als Eleonora gedacht hatte. Sie erläuterte der Klasse die Lernziele und griff ein paar der Vorschläge auf, die eine Gruppe besonders eifriger Schülerinnen vorbrachten. Sie wähnten sich ganz offensichtlich am namhaftesten staatlichen Gymnasium von Florenz. Schade nur, dass sie schon zweimal sitzengeblieben und ihre Eltern deshalb gezwungen waren, zweitausend Euro Schulgeld pro Semester für ein Privatgymnasium zu bezahlen.

Bevor die Schulglocke läutete, zeigten einige Schüler sogar Interesse an ihrer Person. Sie fragten, warum Eleonora nach Florenz gezogen war und ob ihr die Toskana, der Chianti, die toskanischen Spezialitäten und George Clooney gefielen.

»Apropos«, rief eine kleine Blonde in der ersten Bankreihe und spitzte die Lippen zu einem Kussmund, »Johnny Depp steht in der Tür, mit einem Blumenstrauß.«

Die ganze Klasse grinste. Eleonora drehte sich um und sah ihn. Alessandro stand an den Türrahmen gelehnt da, einen Margeritenstrauß in der Hand.

»Guten Tag allerseits«, sagt er, schaute aber nur Eleonora an. »Darf ich euch eure Lehrerin für einen Augenblick entführen?«

In dem Moment läutete die Glocke, und alle stürmten hinaus, wobei sie Alessandro beinahe überrannten.

»So stürmisch war ich auch einmal«, sagte er, küsste sie auf die Wange und überreichte ihr den Blumenstrauß.

»Danke, das ist sehr …«

»Liebenswürdig, ich weiß. Gehen wir zusammen etwas essen?«

Er wartete nicht auf ihre Antwort, sondern lief einfach los. Sie gingen in eine Trattoria, die einen wunderbaren Duft von Fleisch und Gewürzen verströmte.

Sie setzten sich an einen kleinen Tisch mit einem blauweiß karierten Papiertischtuch. Eleonora legte die Margeriten auf einen der beiden freien Stühle und die Tasche auf den anderen. Sie war glücklich, mit Alessandro hier zu sein, auch wenn sie es eigentlich nicht wollte. Sie hatte sich eingebildet, ihre Gefühle für ihn zumindest ein wenig unter Kontrolle zu haben. Vergeblich.

»Na? Wie war's?«

Es schien ihn wirklich zu interessieren. Jedes ihr entgegengebrachte Interesse anzuzweifeln brachte nichts, deshalb gewährte sie sich das Vergnügen, ihm zu glauben.

»Gut, glaube ich. Eine lebhafte Klasse, aber aufmerksam. Bis jetzt jedenfalls.«

»Du wirst deine Sache sicher gut machen.«

Er bestellte für sie beide, wie üblich. Der Rotwein war würzig und duftend, aber leicht süß. Er stieg ihr sofort in den Kopf und schickte ein völlig unpassendes Glücksgefühl durch ihren Körper.

»Warum hast du mich abgeholt?«

»Meine Sitzung war früher als erwartet zu Ende. Irgendwann in diesen Tagen zeige ich dir einmal mein Büro. Es ist sehr schön, weißt du? Es befindet sich in einem antiken Palazzo in der Altstadt. Mein Vater war ein Liebhaber moderner Kunst, und im Flur sind Gemälde und Bronzeskulpturen ausgestellt, die heute ein Vermögen wert sind. Die hat er alle gekauft, als die Künstler noch unbekannt waren, in der Gewissheit, dass sie einmal berühmt werden würden. Und er hatte recht.«

»Wo sind sie? Ich meine, deine Eltern?«

»Meine Mutter ist nach dem Tod von Papa nach Frankreich zurückgekehrt. Weihnachten wird sie bei uns verbringen, dann werde ich euch bekannt machen.«

Bei uns.

»Ich war bei Corinne heute Morgen«, fuhr er fort, während er einen Teller Bandnudeln mit Steinpilzen aß.

Sie dufteten köstlich, doch Eleonora hatte keinen Hunger.

»Denise sagt, dass sie sich bereits erholt hätte.«

»Ja, sie ist noch etwas schwach. Morgen wird sie entlassen. Das Thema Umzug ist damit vorläufig auf Eis gelegt.«

Eleonora nickte und versuchte zu essen. Corinne würde für wer weiß wie lange in der Villa bleiben, während sie weiterhin versuchte, ihre Freundin zu vertreiben, in Gedanken und mit Taten. Es fiel ihr nicht leicht, die erneute Zurückweisung zu akzeptieren, aber ihr blieb nichts anderes übrig. Ein weiterer eventueller Selbstmord und die damit verbundene ewige Schuld brachten alle Rachegelüste zum Erliegen.

»Ich fahre jetzt erst einmal nach Bruges zurück, danach besuche ich sie«, sagte Eleonora, ihr war übel. »Die Nacht über bleibe ich bei ihr. Denise ist nicht zur Arbeit gegangen heute.«

»Sie hatte ja auch einen guten Grund. Macht es dir etwas aus, auf einen Sprung in meiner Wohnung vorbeizuschauen? Hier in Florenz, meine ich.«

»Nein, gar nicht.«

Ich liebe es, Dinge mit dir zu unternehmen, Alessandro. Ich liebe es, deine Orte aufzusuchen. Ich stelle mir gern vor dazuzugehören.

Sie beendeten das Mittagessen, tranken den Wein aus und gingen zu seinem Zufluchtsort in Florenz, der inzwischen eingerichtet und bezugsfertig war. Alessandro begann die Wände im Salon auszumessen, an denen noch keine Möbel standen.

Eleonora lehnte am Türrahmen und beobachtete ihn, wie er sorgfältig, konzentriert und langsam arbeitete. Sie hätte ihm stundenlang zuschauen können, ohne sich zu langweilen.

»Warum richtest du die Wohnung weiterhin ein? Wir werden doch sowieso alle in Bruges bleiben.«

Kaum hatte sie den Satz ausgesprochen, schlug sie sich die Hand vor den Mund. Im Grunde hatte Alessandro ihr nie angeboten, in der Villa zu bleiben. Er hatte ihr vorgeschlagen, mit ihnen in Florenz zu wohnen, während sie für die Aufführung am Teatro Verdi probten, aber nicht weiter in Bruges zu wohnen.

Prompt fragte er: »Tatsächlich?«

»Entschuldige. Ich wollte sagen ...«

»Ich weiß, komm schon. War nur ein Scherz.« Er schaute sie nicht an, während er weiter die Wände ausmaß. Besser so. »Mir gefällt die Wohnung hier sehr. Ich will sie eigentlich gar nicht vermieten. Dann können wir herkommen, wann immer wir wollen. Wir alle. Corinne kann hier wohnen, solange sie möchte, sobald es ihr besser geht, und du auch.«

»Corinne will dort sein, wo du bist.«

»Sie wird sich damit abfinden müssen. Mehr als das kann ich ihr nicht geben.«

Sein Handy klingelte, er legte den Zollstock ab, und sie konnte ihm wieder ins Gesicht sehen.

»Hallo, Michela. Nein, ich bin in Florenz. Jetzt gleich?« Er schaute auf die Uhr. »Das schaffe ich nicht, ich muss noch jemanden ins Krankenhaus fahren.«

Eleonora winkte ab und gab ihm stumm zu verstehen, dass sie nicht stören wollte. Gleichzeitig fand sie die Vorstellung, dass Alessandro sich mit Michela treffen würde, ungeheuerlich.

»Ja, sicher. Dann andermal. Ciao.« Er warf das Handy auf das Sofa. »Die kann mich mal.«

Die ungehaltenen Worte aus seinem Mund hörten sich seltsam an und verhallten nur langsam in der Wohnung.

»Was ist denn los?«

»Diese Frau macht mich fertig. Sie will einfach nicht verstehen, warum ich mit ihr Schluss gemacht habe.«

»Und du? Verstehst du es denn?«

Mit dieser Frage hatte Alessandro offensichtlich nicht gerechnet. Niemand stellte ihm je Fragen zu seiner Art zu leben, das war ebenso offensichtlich.

»Ich dachte, wir hätten das Thema vor ein paar Tagen abschließend behandelt. Ich habe Schwierigkeiten, meine Gefühle zu verstehen und damit umzugehen. Aber ich arbeite daran. Seit Längerem verspüre ich zum Beispiel den Wunsch, dir zu sagen, dass ich mich in dich verliebt habe. Doch ich tue es nicht. Ich warte. Aus verschiedenen Gründen.«

Augenblicklich war Eleonora wie gelähmt. Kein Wort kam mehr aus ihrer Kehle.

Alessandro fuhr fort. »Der erste Grund betrifft meine Grenzen. Ich kenne sie sehr gut. Wenn ich mich verliebe, wird die Frau zu einer fixen Idee in meinem Kopf, dann kann ich echte Liebe nicht mehr von Anziehung unterscheiden. Der zweite Grund ist Emanuele. Du bist mit meinem Bruder zusammen. Eine sexuelle Beziehung, nehme ich an. Solche Beziehungen pflegt Emanuele mit Vorliebe, und zwar auch mit Frauen, die er mag. Ja, die er mag, wie man einen Hund mag. Mit June zum Beispiel.«

Ihr Atem kehrte zurück, wenigstens das.

»Du bist erbarmungslos«, sagte sie mit dünner Stimme.

»Weil ich in dich verliebt bin oder weil ich dir gesagt habe, dass Emanuele dich nur flachlegen will?«

»Beides.«

Nein, Alessandro konnte unmöglich etwas für sie empfinden. Er war aus völlig anderem Holz geschnitzt. Ein anderer Typ Frau gehörte an seine Seite. Er musste erneut einer falschen Einschätzung erlegen sein, das stand außer Frage.

»Emanuele und ich …«

Alessandro hob die Hand. »Halt, ich will nichts davon wissen. Es ist mir zuwider.«

»Wir haben keine Beziehung.« *Was zum Teufel sagst du da?* »Ich meine, wir hatten mal kurz etwas miteinander.«

»Warum rechtfertigst du dich?«

»Weil auch ich etwas für dich empfinde, Alessandro.«

»*Etwas.* Etwas ist nicht genug.«

»Auch ich glaube, dass ich …«

Unfassbar, sie brachte es nicht über die Lippen. Es war ihr immer leicht gefallen, viel zu leicht, einem Mann zu sagen, dass sie sich in ihn verliebt hatte. Warum wollte ihr das jetzt bei Alessandro nicht gelingen? Warum hatte sie den Eindruck, immer demselben Drehbuch zu folgen? So als wäre es vorherbestimmt gewesen, dass sie ihn lieben würde.

»Auch ›ich glaube‹ ist nicht genug. Gehen wir.«

Er steckte die Blätter mit den Notizen in die Tasche seines Jacketts. Er schien jedes Interesse am Gespräch verloren zu haben. Eleonora folgte ihm in den Flur, und als er in der Tür stand, fasste sie ihn am Jackett und zog ihn an sich.

»Warum bist du so, Alessandro?«

»Wie denn?«

»Warum machst du immerzu den Eindruck, dass nichts, was passiert, dich wirklich berührt?«

»Weil es tatsächlich so ist.«

»Du warst es, nicht wahr? Du bist damals entführt worden, nicht Emanuele.«

Er nahm ihre Hand von dem Jackett, schaute sie lange an und schob sie von sich weg. »Du weißt nicht, was du da sagst.«

»Das ist der Grund, warum du eine Mauer um dich herum errichtest. Wegen dem, was dir vor Jahren angetan wurde.«

Alessandro antwortete nicht. Er tat dagegen etwas völlig Unerwartetes, er lachte. Zunächst leise, dann immer lauter.

Eleonora wich zurück, bis sie mit dem Rücken gegen die Wand stieß. »Wieso lachst du?«

»Weil du drollig bist. Hast du angefangen, uns auszuspionieren?«

»Nein …«

»Das war nicht nötig. Du hättest einfach fragen können. Vermutlich hast du den Artikel in der Lokalzeitung von Borgo San Lorenzo gelesen.«

Eleonora nickte beschämt.

»Darin ist ein Schreibfehler. Emanuele hat mich schon vor Jahren darauf aufmerksam gemacht, damals, als die Geschichte mit dem Vorfall in der Villa von Raffaele lief. Er sagte: ›Sie haben unsere Tragödien gleichmäßig unter uns aufgeteilt.‹ Mein Bruder hat einen etwas gewöhnungsbedürftigen Humor. Ist es das, was dir an ihm gefällt? Abgesehen davon, dass er gut im Bett ist?«

Was war das denn für eine Art? Wie konnte er so von seinem Bruder sprechen?

Und du? Wie kannst du ihn hier anschmachten, während Corinne sich beinahe umgebracht hätte?

»Ich bitte dich, Alessandro.«

»Gib mir einen Kuss und fertig. Wir müssen gehen.«

Er nahm sich den Kuss einfach und presste sie dabei gegen die Wand. Es war ein langer Kuss. Eleonora grub die Hände in seine Haare, bog den Rücken durch, bedacht auf möglichst viel Körperkontakt. Sie hatte es satt, sich ihm häppchenweise hinzugeben. Sie wollte das ganze Menü, wollte jeden einzelnen Gang kosten. Nur so würde sie – vielleicht – Ordnung schaffen können in ihrem Inneren. Alle ihre inneren Organe waren verschoben und drückten gegen das Zwerchfell, während ein angespannter Muskelstrang das Ganze zusammenhielt. Aus diesem Grund tappte sie im Dunkeln, ließ sich von Emanuele zu Alessandro treiben und von Alessandro zu Emanuele, wie ein vom Scheinwerferlicht eines Autos geblendeter Fuchs auf der Straße.

Sie begann ihm das Hemd aufzuknöpfen, aber er hielt ihre Hände fest.

»Was hast du vor, hm?«

»Lass uns miteinander schlafen …«

Er schob sie weg, wirkte unangenehm berührt. Eleonora wurde wütend. Vor allem auf sich selbst. Corinne lag im Krankenhaus, und sie versuchte Alessandro zu verführen. Und als wäre das nicht genug, wies der Heilige sie sogar zurück.

»Du küsst mich einfach, aber wenn ich dir sage, dass ich dich will, lässt du mich abblitzen? Fahr zur Hölle!«

»Ich kann nicht. Du gefällst mir. Bitte beruhige dich, ich muss die Tür aufmachen.«

»Ich will wissen, was du willst. Was du von mir willst.«

»Wenn du mich willst, musst du mit Emanuele Schluss machen, Eleonora. Entschuldige, aber das ist doch nachvollziehbar. Denkst du im Ernst, ich könnte mit einer Frau zusammen sein, die am Tag zuvor mit meinem Bruder im Bett war?«

»Was weißt du schon? Was weißt du von uns?«

»Jetzt beleidigst du mich, Eleonora. Ich bin nicht dumm. Alle haben es mitbekommen.«

»Egal, es ist sowieso zwecklos, darüber zu reden. Corinne liebt dich, und das hindert mich für immer daran, mich auf dich einzulassen.«

»Ach ja, klar. So wie eben. Du hast mich nicht gerade zufällig gebeten, mich mit dir zu vergnügen.«

»Dein Sarkasmus ist völlig fehl am Platz. Ich bin eben schwach geworden. Du streust Salz in die Wunde. Meinst du nicht, dass es für mich so schon schmerzlich genug ist?«

Alessandro öffnete die Tür und stürzte ins Treppenhaus, als müsste er Reißaus nehmen, als hätte er genug von Frauen, die seinetwegen litten. Eleonora schloss die Haustür ab, ehe sie ihm die Treppe hinunter und bis ins Auto folgte. Es war frustrierend, ihm hinterherzulaufen wie ein Hündchen, dennoch zögerte sie keinen Moment.

»Ich werde es ihm sagen, falls das nicht klar war«, sagte sie und starrte auf ihre Hände, die sie im Schoß knetete.

Alessandro hielt den Blick geradeaus auf die Straße gerichtet. »Was?«

»Dass ich in dich verliebt bin.«

»Was soll das bringen? Du sagtest doch, dass du auf mich verzichtest. Für Corinne.«

»Es bringt Klarheit.«

Alessandro nahm ihre Hand. Er hielt sie fest, sogar beim Schalten, und ließ sie nicht mehr los, bis sie in der Villa ankamen.

Corinne war zwar wach, aber sehr geschwächt. Man musste sich anstrengen, um zu verstehen, was sie sagte. Warum die Ärzte nur der Meinung waren, sie könnte nach Hause zurückkehren?

Vielleicht gefiel es Corinne, sich so zu zeigen. Vielleicht hoffte sie auch, Mitleid zu erregen, damit Alessandro es nicht übers Herz brachte, sie fortzuschicken. So ähnlich war es damals mit Rita gewesen, in den seltenen Momenten, in denen ihre Aufmerksamkeit ihrer eigenen Tochter gegolten hatte. Nach einer zärtlichen Geste, einem warmen Blick oder einem kurzen Gespräch zeigte Corinne Anzeichen von Unwohlsein. Sofort stürzte Rita dann zu ihr, weil Corinne keine richtige Mutter hatte und daher entschädigt werden musste.

Eleonora kümmerte sich aufmerksam und gewissenhaft um ihre Freundin. Das zumindest war sie ihr schuldig, da es ihr diesmal nicht gelungen war, sie zu beschützen. Der Entschluss, Corinne Alessandro nicht wegzunehmen, war nicht genug, es musste ihr darüber hinaus gelingen, ihn nicht zu berühren und nicht zu lieben.

Und dann war da noch Emanuele. Auch ihm gegenüber hatte sie ein schlechtes Gewissen. Sie wollte ihm durchaus gestehen, was sie für seinen Bruder empfand, allerdings nicht gleich. Sie wollte nicht, dass er sich ausgenutzt vorkam. Vor allem aber wollte sie nicht, dass er noch einmal die gleiche Enttäuschung erlebte, die ihn Jahre zuvor fast ins Gefängnis gebracht hätte. Ihr Verhalten musste tadellos sein. Keine Schuld, keine Irreführung. Nur ein kleines Missverständnis.

Beruhigt von dem Märchen, das sie sich selbst erzählte, setzte Eleonora sich auf einen Stuhl neben Corinne und stützte den Kopf auf dem Bettrand ab, in der Hoffnung, wenigstens ein paar Stunden zu schlafen. Das vage Gefühl eines Déjà-vus quälte sie noch immer, aber es war bloß die besorgte Anspannung, die ihr Überlebenswille bald zum Schweigen brachte. Es betraf die Beziehungen der Brüder Vannini zu den Frauen, insbesondere zu Annalisa. Ihre Geschichte war derjenigen Eleonoras extrem ähnlich, wie sie sich seit ihrem ersten Tag in der Villa Bruges abzeichnete.

Corinne war fast eingeschlafen, als Eleonora entschied,

ihr eine Frage zu stellen, die ihr seit dem vergangenen Tag nicht aus dem Kopf ging.

»Hey, Connie.«

»Hm.«

»Was hast du eigentlich gestern gemeint, als du sagtest, dass alle nur Theater spielen?«

»Habe ich das gesagt?« Eine Spur Missbilligung lag in Corinnes Stimme.

»Ja. Weißt du es denn nicht mehr?«

»Nein. Wahr ist es trotzdem.«

»Erklär's mir.«

Corinne seufzte. Sie seufzte dauernd. Dieses angestrengte Atmen nervte Eleonora.

»In der Vergangenheit sind ein paar Dinge geschehen, durch die alle Karten neu gemischt wurden. Ist alles lange her. Es waren Dinge, die die Zukunft für immer verändert haben.«

Eleonora ballte verärgert die Fäuste. »Ich habe die Schnauze voll von den ewigen Rätseln. Warum sagt ihr mir nicht einfach die Wahrheit? Ich will endlich wissen, wer die Guten und wer die Bösen sind in diesem verdammten Scheißfilm.«

»Wozu? Um dich zu entscheiden?« Corinnes Stimme wurde immer dünner, das Beruhigungsmittel tat seine Wirkung. Sie hatte einen Nervenzusammenbruch gehabt, nachdem Denise gegangen war. Sie war aufgebracht gewesen und hatte eine rasende Wut auf sich selbst und ihre Tat, dass niemand sie mehr beruhigen konnte.

»Wieso entscheiden?«

»Wenn du eine Landkarte brauchst, um den Weg zu finden, bedeutet das, dass du keinen von beiden wirklich liebst.«

Nachdem sie die Bombe hatte platzen lassen, schlief

Corinne ein. Sie wirkte völlig gelassen hinter ihren geschlossenen Augen, während die Welt um sie herum in Flammen stand.

Eleonora legte den Kopf auf ihre Arme auf dem schmalen Bett, das nach Desinfektionsmittel roch. Sie merkte erst, dass sie weinte, als ihre Hände nass wurden.

Sie dachte, dass sie in der ganzen Zeit im Krankenzimmer nicht einmal versucht hatte zu verstehen, warum Corinne sich umbringen wollte.

Sie dachte, dass sie tatsächlich an einem Scheideweg stand und dass sie nicht zwischen Liebe und Sex, sondern zwischen zwei Arten von Liebe entscheiden musste.

Sie dachte, dass sie jahrelang geglaubt hatte, es gebe nur eine Art von Liebe, und die müsse man mehr oder weniger gleichmäßig auf alle Menschen verteilen, die man mochte.

Sie dachte, wie komplex Gefühle dagegen in Wahrheit waren, und sah wieder den Margeritenstrauß auf dem Stuhl im Restaurant vor sich.

19

Eleonora hatte nur zwei Schulstunden am Dienstag, was bedeutete, dass sie noch vor Ladenschluss in Borgo San Lorenzo sein konnte.

Der Bus hielt an der Einfahrt zur Hauptstraße, nur wenige Schritte vom Stadtzentrum entfernt. Eleonora stieg aus, überquerte die Straße und ging zum Brunnen auf der Piazza. Von dort hatte sie die große Apotheke im Blick, die unmittelbar an den Bürgersteig grenzte und deren rotgrünes Ladenschild den antiken Palazzo verunstaltete.

Sie setzte sich auf eine Parkbank und wartete.

Annalisa verließ die Apotheke Punkt 13:30 Uhr. Eleonora zweifelte nicht einen Augenblick, dass sie es war. Hochgewachsen, sogar in dem weißen Kittel elegant, der ihr um die schmalen Hüften flatterte, dazu eng anliegende Jeans und Ballerinas. Sie hatte die Haare zu einem kecken Pferdeschwanz zusammengebunden, aus dem sich ein paar kupferrote Locken gelöst hatten.

Die junge Frau sah ihr in der Tat sehr ähnlich.

Obwohl sie in den letzten Tagen nicht mehr an den Zeitungsartikel gedacht hatte und die Enthüllung inzwischen für eine Verwechslung hielt, wie Alessandro es ihr nachsichtig erklärt hatte, hatte Eleonora an diesem Morgen spontan beschlossen, Annalisa aufzusuchen. Sie war getrieben von einem Bedürfnis, das sie um jeden Preis befriedigen musste. Es war ein Instinkt, der eine Veränderung herbeiführen würde, dessen war sie sich sicher.

Sogar ihr Körper sagte es ihr, die Art, wie sie sich mit Emanuele geliebt hatte, die Art, wie sie die Räume mehr und mehr in Besitz nahm. Obwohl sie sich dessen nicht bewusst war, hatte sie längst einen Weg eingeschlagen.

Eleonora folgte der Frau durch die Hauptstraße bis zu einem Obst- und Gemüseladen. Dort kaufte Annalisa vier reife Pfirsiche und eine Handvoll weiße Trauben. Sie zeigte mit Anmut auf das gewünschte Obst, wobei die Charms-Anhänger an ihrem Armband klimperten. Sie bemerkte erst nach geraumer Zeit, dass eine Unbekannte sie beobachtete, ging weiter und blieb dann abrupt vor der einzigen Gegensprechanlage unter den Arkaden stehen.

Sie drehte sich um. »Kann ich Ihnen helfen?«

Annalisas Stimme klang ganz anders als ihre, tief und bestimmt.

»Ja«, antwortete Eleonora. »Entschuldige bitte. Darf ich dich duzen? Du bist Annalisa, richtig?«

»Ich weiß nicht. Was willst du?«

»Ich möchte mit dir über Alessandro Vannini sprechen.«

Der Blick von Annalisa trübte sich. Ihre Finger umkrampften die Plastiktüte, sie dachte an wer weiß was, ohne ein Wort zu sagen.

»Ich bitte dich, Annalisa. Gib mir zehn Minuten. Nicht mehr.«

Die Frau schnaubte genervt. »Wer bist du überhaupt? Und worum geht es?«

»Ich kann nicht hier auf der Straße darüber reden.«

»Dann eben nicht. Ciao.«

Sie wandte sich um und steckte den Schlüssel in das Schloss an der schweren Haustür. Eleonora näherte sich ihr und tippte ihr mit dem Finger auf die Schulter.

»Fass mich nicht an! Wer zum Teufel bist du? Was willst du?«

Eleonora fuhr zusammen. Sie musste gegen einen starken Schwindel ankämpfen, bevor sie antworten konnte. »Ich will dir nichts tun, ich brauche bloß …«

Sie bekam einen Schwächeanfall und lehnte sich an die Mauer des Palazzo. Die verzweifelten Versuche, ihre Schuld zu verdrängen, der Gedanke, Corinne wehgetan zu haben, das Rätsel der beiden Brüder, alles stürzte auf einmal auf sie ein und drückte sie nieder. Annalisa merkte es sofort, ließ ihre Einkaufstasche zu Boden fallen und fing sie auf.

»Ist dir nicht gut?«

Eleonora versuchte, der Situation ihre Dramatik zu nehmen. »Es ist nichts, mir ist nur für einen Moment schwarz vor Augen geworden.«

Annalisa schnaubte erneut, diesmal allerdings nicht mehr genervt. »Komm.«

Sie betraten den Palazzo und dann eine Wohnung im Erdgeschoss. Dort zog Annalisa ihren weißen Kittel aus und hängte ihn hinter die Eingangstür.

»Ich mache uns einen Kaffee. Aber zuerst hole ich dir was für deinen Blutdruck.«

Eleonora setzte sich und wartete, bis Annalisa mit einem Energydrink zurückkam.

»Ich bitte noch einmal um Verzeihung. Ich möchte nur ein paar Dinge verstehen, sonst werde ich noch verrückt.«

»Schon gut. Trink.«

Eleonora hatte nicht mit so viel Fürsorge gerechnet. Vielleicht hatte Annalisa sie verstanden, weil sie sich genauso gefühlt hatte. Vielleicht war gar nicht sie abnormal, sondern die Welt, in der sie gelandet war.

»Warum hast du Emanuele damals nicht angezeigt?«, fragte Eleonora unvermittelt.

Annalisa zündete den Gasherd an, drehte sich um und schaute ihren Gast an. Sie wirkte ziemlich ungehalten. »Ich dachte, du willst mit mir über Alessandro sprechen.«

»Entschuldige, du hast recht.«

»Was willst du wissen?«

»Nichts allzu Persönliches, keine Angst.«

»Sag mir erst einmal, wer du bist.«

»Ich heiße Eleonora Contardi und bin eine Jugendfreundin von Corinne. Du kennst sie vielleicht.«

»Ja klar.«

»Es geht ihr nicht gut. Sie hat versucht, sich das Leben zu nehmen. Ich muss unbedingt herausfinden, ob Alessandro einen derart negativen Einfluss auf ihr Leben hat.«

»Du blickst nicht durch bei ihm, stimmt's? Das Problem hatte ich auch.« Annalisa begann Zutrauen zu fassen. »Er ist einer von den Menschen, die du nur von Weitem bewundern kannst, wie ein Hologramm. Sobald du dich ihm näherst, wirst du dir bewusst, dass er durchsichtig ist, du fängst an, Dinge hinter ihm zu sehen, gehst durch ihn hindurch.«

Das war in der Tat ein sehr treffendes Bild.

»Richtig. Es ist frustrierend.«

»Was willst du dann von mir? Ich habe ihn nie verstanden, weißt du?«

»Ich möchte, dass du mir von dem Abend damals erzählst … Natürlich nur, wenn es dir nichts ausmacht.«

Annalisa schaltete den Herd aus und goss den Kaffee in zwei weiße Tässchen. Ihre Hände zitterten ein wenig. Vielleicht bereute sie es bereits, eine Fremde hereingelassen zu haben. Ihr erlaubt zu haben, alte Wunden wieder aufzureißen.

»Kein Problem. Ich habe die Geschichte schon tausendmal erzählt, einer Unmenge von Leuten, Polizisten, Ärzten.

Da kann ich sie ruhig auch dir erzählen.« Sie setzte sich an den Tisch, wirkte völlig gelassen.

»Es war an einem Freitagabend. Ich hatte gerade etwas Wichtiges verstanden und wollte mit Alessandro reden. In der Villa Bruges war er allerdings nicht und ans Handy ging er auch nicht. Also rief ich Emanuele an, der mir sagte, ich solle zu Raffaele kommen, sie seien beide da. Ich nehme an, du kennst Raffaele.«

»Ich habe ihn kennengelernt, ja.«

»Ich hatte mir vorgenommen, nichts anzurühren. Als ich ankam, war gerade eine der üblichen Partys im Gange, mit Drogen und allem Pipapo. Raffaele saß auf seinem Thron und sah den Pärchen beim Flirten zu. Er genießt das Leiden. Für ihn ist es die höchste Form des Begehrens. Gerade er sagt das, der er … Na ja, lassen wir das.«

»Ich weiß alles. Erzähl weiter.«

»Kurzum, ich habe dann doch angefangen zu trinken. Ich musste Alessandro finden und ihm sagen, dass ich ihn nicht liebte, dass ich in Wahrheit in seinen Bruder verknallt war. Etwas Alkohol würde mir die Zunge lösen, hoffte ich. Emanuele wartete in einem der Zimmer auf mich. Zwei Frauen aus Borgo San Lorenzo waren bei ihm. Ich wurde sofort rasend eifersüchtig. Emanuele wird ständig belagert, er kann keinen Schritt tun, ohne gleich von einer Frau umgarnt zu werden. Als ich das meinen Freundinnen erzählte, haben sie mich ausgelacht. Aber du lachst nicht, stimmt's?«

Eleonora schüttelte den Kopf. Sie verstand nur zu gut, was Annalisa meinte.

»Lange Zeit war ich davon überzeugt, Alessandro zu lieben. Doch irgendwann habe ich es dann verstanden. Alessandro ist ein vollkommenes Gemälde. Man kann gar nicht anders, als ihn zu lieben, hab ich nicht recht? Er hält einem die Wagentür auf, zahlt die Rechnung im Restaurant und hat für jeden ein liebes Wort übrig. Er ist zu Verwandten und Fremden gleichermaßen großzügig, außerdem gebildet, überaus attraktiv und talentiert. Er managt dein Leben mit extremer Sorgfalt, dem Zufall überlässt er nur die Brosamen. So jemanden muss man einfach lieben. Schade nur, dass das, was du empfindest, nicht Liebe ist. Die Liebe nährt sich von kleinen Schwächen, nicht von Perfektion. Die Liebe braucht Zärtlichkeit, neben Bewunderung und Leidenschaft. Wie kann man für einen fehlerlosen Menschen Zärtlichkeit empfinden?«

Sie hatte recht. Eleonora trank den ersten Schluck Kaffee und staunte. Hätte sie doch bloß dieselbe Urteilsfähigkeit, dann wäre sie jetzt nicht in dieser Situation. Dann hätte sie genau gewusst, was zu tun war.

Jedenfalls ergaben sich aus der ganzen Geschichte zwei Tatsachen. Die erste: Emanuele log, und zwar ständig. Er hatte behauptet, Annalisa sei in Alessandro verliebt gewesen und zu Raffaele gekommen, um ihm das mitzuteilen. Die zweite hatte mit dem Theater zu tun, dem verdammten Theater, das alle Frauen mitspielten, die in den Personenkreis in der Villa Bruges eintraten.

»Was dann? Konntest du mit ihm sprechen?«

»Ja. Emanuele hat mir geholfen. Zusammen haben wir ihm gesagt, dass wir uns lieben. Daraufhin ist Alessandro total ausgerastet. Glaub mir, es war schockierend. Einen so beherrschten Mann derart ausflippen zu sehen …«

»Wie meinst du das? Was hat er denn getan?«

»Rumgeschrien wie ein Irrer. Emanuele aller möglichen Dinge beschuldigt. Zum ersten Mal hat er die Fassung verloren. Er war außer sich und rannte in den Flur. Die Villa war voller Leute. Er nahm ein Glas von einem Tablett und trank es in einem Zug aus. Mir wurde übel. Danach kann ich mich nur noch an eines erinnern, nämlich dass Emanuele zu mir kam und ich ihn wegstieß. Ich sagte, ich wolle ihn nie wieder sehen, weder ihn noch Alessandro. Dass er zu den Flittchen zurückkehren solle, mit denen ich ihn erwischt hatte. Dann nichts mehr.«

Eleonora hielt den Atem an. »Willst du damit sagen …«

»Dass ich mich an nichts erinnere, ja. Einen Monat später bin ich im Krankenhaus aufgewacht. Ich hatte Fieber, mein ganzer Körper schmerzte. Aber im Kopf hatte ich nur die Erinnerung an Alessandro, der rumschrie, und an Emanuele, der mir entgegenrannte.«

»Ja, aber dann …«

»Zu hören, dass es Emanuele gewesen war, war ein Schlag für mich. Als er sich gestellt hatte, lag ich bewusstlos im Krankenhaus. Ich habe es erst später erfahren. Ich konnte es nicht glauben. Aber eines stand für mich fest: Er konnte mich nicht absichtlich gestoßen haben, denn er liebte mich. Ihn zu verklagen, kam nicht in Frage.«

»Seit damals hast du nie wieder mit den beiden gesprochen?«

»Nein. Kein Wort.«

Der Kaffee war kalt geworden. Eleonora schaute in die dunkle Flüssigkeit, sämig wie die Augen von Alessandro, und dachte, dass die verschiedenen Puzzleteile sich zwar langsam ineinanderfügten, aber ein unverständliches Bild abgaben. Emanuele hatte behauptet, dass Annalisa in Alessandro verliebt sei. Warum? Warum log er, und wieso hatte er verschwiegen, dass Alessandro auch in Raffaeles Villa gewesen war? Verbarg er etwas, oder war er traumatisiert?

»Emanuele lebt in seiner eigenen Welt«, sagte Annalisa und schloss damit den Gedankenkreis.

»Was ihm damals zugestoßen ist, hat ihn für immer gezeichnet. Ich weiß nicht, warum ich dir das alles erzähle, vielleicht weil ich in deinen Augen die gleiche Verwirrung gesehen habe, die auch ich damals empfunden habe, die Verzweiflung, in einem Meer zu schwimmen, in dem ich nirgends Halt fand. Ich gebe dir einen guten Rat: Halt dich fern von den beiden. Lass dich nicht in ihre Leben hineinziehen. Es sind Fässer ohne Boden, du wirst dich nicht über Wasser halten können. Ich habe es nicht gewollt, für mich hat das Schicksal entschieden. Aber du solltest weggehen. Rette dich. Was Corinne betrifft, steht außer Zweifel, dass die Villa Bruges einen schädlichen Einfluss auf sie hat. Aber du wirst es nicht schaffen, sie von dem Ort und den Menschen dort fernzuhalten, wenn sie es nicht selbst will. Wenn sie es nach diesem Schmerz nicht tut, wird sie es nie schaffen. Ich kenne sie nicht gut, aber ich glaube, sie hat versucht, sich das Leben zu nehmen, weil sie dort bleiben und sich von Alessandro umsorgen lassen will.«

Eleonora erhob sich unruhig. Sie wusste, was zu tun war. Schleunigst die Flucht ergreifen, um der Villa Bruges und ihren Bewohnern zu entkommen. Aber sie wollte es nicht tun. Genauso wenig wie ihre Vorgängerin. Sie war noch eigensinniger als Corinne.

»Ich danke dir, Annalisa. Ich werde deinen Rat befolgen.«

Alessandro war traurig. Es war unerträglich, ihn in diesem Zustand zu sehen.

Sogar Mina merkte es. Sie streichelte ihm über die Wange, bevor sie ging, und sagte: »Du brauchst nicht die Last der gesamten Menschheit auf deinen Schultern zu tragen, glaub mir. Die Welt dreht sich auch ohne dich weiter.«

Der Widerspruch zwischen dem Bild, das alle von Alessandro hatten, und dem, was Annalisa erzählt hatte, wollte Eleonora nicht aus dem Kopf gehen.

Wenn sie es sich genau überlegte, hatte Annalisa unrecht mit der Behauptung, man könne keine Zärtlichkeit für Alessandro empfinden. An diesem Abend empfand Eleonora alle Zärtlichkeit der Welt für ihn. Vor allem, als sie unfreiwillig einen wilden Streit zwischen Denise und Maurizio mitbekamen, der als Vorwand diente, um die auf beiden Seiten aufgestaute Verbitterung loszuwerden. Für Eleonora war der Auslöser klar. Die Heirat mit Maurizio war für Denise eine Verlegenheitslösung gewesen, und es brauchte nur wenig, um ihre Bindung ins Wanken zu bringen.

»Es reicht«, sagte Alessandro mehr zu sich selbst und ging auf die Veranda hinaus, um zu rauchen.

Eleonora folgte ihm. Sie streichelte seinen Arm unter dem seidigen Stoff des Hemds. Er war glühend heiß. »Geht es dir gut?«

Er zündete sich eine Zigarette an, ohne Eleonora anzusehen. Er wich ihr immer noch aus, aber sie hatte sich inzwischen daran gewöhnt. Sie hatte verstanden, dass es nicht Desinteresse war, sondern nur ein wirksamer Schutzschild.

»Ich weiß es nicht.«

»Ist etwas vorgefallen?«

»Ich bin müde.«

Er stand mit dem Rücken zu ihr, daher umarmte Eleonora ihn von hinten und drückte die Wange an seinen heißen Rücken.

»Du fühlst dich an, als hättest du Fieber.«

Sie spürte, wie er ihre Hände auf seinem Bauch streichelte.

»Ich habe mich in dich verliebt«, gestand Eleonora und schämte sich nicht dafür. Sie hatte keine Angst mehr. Der zarte Schatten eines einzigen Fehlers hatte ausgereicht, damit Alessandro klarere Konturen erhielt. Damit konnte sie beinahe von einer schuldlosen Zukunft träumen, in der Corinne ihn nicht mehr lieben würde und Alessandro und sie ein Paar würden.

Er stieß ein kurzes Lachen aus. »Und das sagst du mir so leichthin? Nach dem Abendessen, ohne vorher getrunken zu haben, ohne ein ›vielleicht‹ oder ein ›ich glaube‹?«

»Genau. Recht so?«

Er drehte sich um, hielt ihre Hände weiterhin fest. Eleonoras Wange ruhte nun auf seiner Brust, sie spürte seinen Herzschlag.

»Recht so, ja. Doch jetzt geh bitte wieder hinein.«

Das hatte sie nicht erwartet. Ihr war zum Weinen zumute. Sie löste sich aus der Umarmung und blieb wie versteinert und zutiefst enttäuscht stehen.

»Warum schickst du mich weg?«

»Ich hatte schon einmal ein solches Problem mit meinem Bruder. Deshalb geh jetzt bitte ins Haus.«

»Ich …«

»Habe ich mich nicht klar genug ausgedrückt?«

Eine trotzige Träne löste sich von ihren Wimpern, und sie war gezwungen sich abzuwenden. Sie ging zwischen Maurizio und Denise hindurch, die immer noch in der Eingangshalle standen und stritten, und lief die Treppe hinauf in ihr Zimmer.

Eleonora riss sich die Kleider vom Leib, warf sich aufs Bett und schluckte die Tränen und die Wut herunter. Nach wenigen Minuten war sie eingeschlafen oder vielmehr besinnungslos geworden. Der Wunsch zu verschwinden war so stark, dass er sogar über unwillentliche Handlungen siegte.

Als Eleonora die Augen aufschlug, fiel ihr Blick auf den digitalen Wecker. Die Zahlen Drei, Null und Fünf waren zu sehen. Es war tiefe Nacht, ein Körper schmiegte sich an ihren Rücken. Ein Arm lag um ihre Taille, jemand atmete an ihrem Ohr.

Der Duft von Alessandro. Dabei war er gar nicht da.

»Was …«

»Bist du wach?«

Mit der linken Hand folgte Alessandro den Konturen ihrer Hüften, hielt zwischen dem Gummiband ihres Slips und dem Saum des Achselshirts inne, wo ein Streifen nackte Haut sichtbar war.

Eleonora stöhnte auf. Sie hasste sich, weil sie so vorhersehbar war. Alessandros Geschlecht an ihrem Rücken war steinhart.

»Verzeih mir«, sagte er. »Ich wollte dich nicht zum Weinen bringen.«

Eleonora öffnete den Mund, brachte jedoch keinen Ton heraus.

»Verzeihst du mir?«

Sie nickte. Hielt den Atem an, als sich Alessandros Hand unter ihr Shirt schob, ihr über die Brust strich, eine Brustwarze zwischen Daumen und Zeigefinger nahm und zudrückte. Sie stöhnte erneut auf.

»Ich will dich.«

Eleonora blieb stumm.

»Warum sagst du nichts?«

Immer noch Stille.

Er fuhr mit den Fingern ihren Bauch entlang und bahnte sich einen Weg unter das Gummiband. Er begann kleine Kreise zu zeichnen, ganz zart. »Ich wollte dich nicht anrühren. Nicht ehe ich es verstanden hatte.«

»Was verstanden?«

»Ob Emanuele sich in dich verliebt hat. Und du dich in ihn.«

»Ich nicht!«, entfuhr es ihr in hysterischem Ton, während Alessandro sanft den Zeigefinger in sie einführte. »Und er auch nicht.«

»Schsch … man kann uns hören.«

Eleonora errötete. Sie versuchte sich umzudrehen, doch er hielt sie zurück. Spontan öffnete sie die Beine, und seine Finger glitten in sie hinein.

»Ich wollte warten, Eleonora. Damals …«

»Ich weiß«, sagte sie und schluckte schwer, als er ihr Bein anhob und über das seine legte. »Aber ich bin nicht Annalisa.«

Er penetrierte sie mit der Hand. Eleonora drückte den Rücken durch, wollte ihn ganz in sich aufnehmen, sofort.

»Du bist ganz schön ungeduldig«, rügte er sie. »Ich will mir Zeit lassen. Ich will mir bewusst sein, was ich tue.«

Nein, das würde er nie sagen.

»Ich bitte dich.«

Eleonora drehte sich um, um sich auf ihn zu legen und damit alles umzukehren, Körper und Gedanken. Im Dunkeln suchte sie nach seinen Augen, fand jedoch nur zwei schwarze Höhlen, in deren Tiefe Liebe lag. Liebe zu ihr. Außerdem Zärtlichkeit, die ein befreiendes Weinen in ihr auslöste. Ein Leben lang hatte sie davon geträumt, das zu sehen, was sie nun in diesen Augen gefunden hatte. Die Süße einer Liebe ohne Vorbehalte, ohne vieldeutige Sätze, ohne »Ich liebe dich, obwohl du bist, wie du bist«.

»Nun gehörst du mir.«

Sie führte seinen Penis ein, ganz tief. Alessandros Blick verschleierte sich, um schließlich in der Dunkelheit zu verschwinden.

»Ich werde dich ewig lieben, Eleonora.«

Sie wollte schreien, als er sie nahm. Wollte seinen Namen rufen, ihn mit ihrer Stimme in seinen Körper einmeißeln, der endlich Gestalt annahm, brannte, sich enthüllte.

Als der Orgasmus sie überkam, drückte sie sich das Kissen auf den Mund, eine Hand zwischen den Beinen, die andere auf der Phantomhand, die ihre Beckenbewegungen lenkte.

Die ganze Zeit über, während sie sich berührt und dabei an Alessandro gedacht hatte, hatte sie sich nie sein Gesicht vorgestellt, sie wünschte sich, seine Augen besser zu sehen, die tiefen Höhlen.

Als er sich aus ihr zurückzog, schaltete sie deshalb die kleine Nachttischlampe an und betrachtete ihn.

»Ich liebe dich …«, sagte sie.

»Wir sind herzlos«, antwortete er mit der Stimme der Opfer. »Herzlos.«

Aber er ließ sich von ihr küssen und seine Gesten und sogar sein Geruch waren irgendwann nicht mehr ganz so unkörperlich. Sie schlief die ganze Nacht mit ihm, hungrig, wie besessen. Zwischendurch wachte sie unvermittelt auf und fuhr sich mit der Hand stürmisch zwischen die Beine.

Vielleicht hörte er sie ja stöhnen, spürte er, was sie sich ausmalte. Gut möglich, dass er sich ebenfalls in seinem Bett wälzte, auch er mit ihren Händen, die nur in seinen Gedanken existierten, auf seinem Körper. Sie bildete sich ein, dass es so war.

Dem Opfer gewährte man schließlich seit je wenigstens die Illusion.

20

Alessandro war schon aufgestanden, aber Eleonoras Bett war noch erfüllt von seinem Duft, die Leintücher waren durchdrungen von seiner Anwesenheit, als hätte er tatsächlich darin gelegen. Dieser Geruch machte sie ganz schwindlig.

Eleonora entfuhr ein leises Wehklagen, als sie sich aufsetzte. Die Enttäuschung über den Wachtraum nahm den ganzen Raum ein, zusammen mit einem neuen, durchdringenden Gefühl der Lächerlichkeit wegen all der Worte, die sie ihrem Liebhaber in den Mund gelegt hatte. Ihre erotischen Träume waren schon immer sehr wortreich gewesen.

Mit der flachen Hand drückte sie auf den Punkt oberhalb des Zwerchfells, dann glitt sie in einer schuldbewussten Liebkosung über den Bauchnabel weiter nach unten. Vergangene Nacht hatte sie sich vorgestellt, wie Alessandro sie in Besitz nahm. Ein selbstbeherrschter Mann wie er, der energisch in sie eindrang. Ein Mann, scheinbar ohne körperliches Begehren, war überraschend in ihr Bett und in ihren Körper eingedrungen. Es war der schönste Traum ihres Lebens.

Das leise Wehklagen verwandelte sich in ein Stöhnen. Eleonora fühlte sich wie eine Ketzerin, die einen Heiligen verführt hatte. Und sie war noch immer erregt.

Sie wusch sich das Gesicht, putzte sich die Zähne und

zwang sich zu überlegtem Handeln. Die Zügellosigkeit, die Eleonora erfasst hatte, brachte sicher nichts Gutes mit sich. In dieser Grauzone zwischen der ersten Verliebtheit und dem entscheidenden Wendepunkt machte man jede Menge Fehler. Sie musste wieder klar denken, und zwar so schnell wie möglich.

Als sie in ihrem weißen T-Shirt und den Shorts, in denen sie nicht mehr als ein paar Stunden geschlafen hatte, die Treppe hinunterstieg, hörte sie die Stimme von Corinne. Sie klang sehr matt, dennoch erfüllte sie den ganzen Raum.

Eleonora betrat den Salon und sah Corinne auf dem Sofa liegen, bleich und schön wie nur selten zuvor. Alessandro saß neben ihr und streichelte ihr über die Haare.

Ihr blieb keine Zeit herauszufinden, welches ihrer Gefühle stärker war, die Erleichterung oder die Verärgerung, denn in dem Moment kam Emanuele herein und nahm mit gewohnter Arroganz Besitz von Bruges. Eleonora dachte, es würde nicht viel übrig bleiben von Emanueles Macht, nachdem sie nun erkannt hatte, dass sie Alessandro liebte. Doch er war noch immer derselbe Blickfang, ein unwiderstehlicher Magnet.

Er stellte sich neben Eleonora in die Tür zum Salon und blickte auf die Gruppe besorgter Menschen. Maurizio und Denise kauerten zwischen dem Kristalltischchen und dem Sofa, Corinne lag ausgestreckt darauf, während Alessandro ihren Kopf hielt.

»Die Pietà von Michelangelo«, kommentierte er und suchte in der Tasche nach seinem Handy. »Und du? Geht's dir wenigstens gut?«

»Mir? Ja, mir schon.«

So nah bei ihm zu stehen, war ihr unangenehm, daher betrat Eleonora die Arena.

»Wie fühlst du dich?«, fragte sie und beugte sich über Corinne wie eine Mutter an der Wiege. Besorgt betrachtete sie den weißen Verband um die Handgelenke ihrer Freundin, schwankte zwischen Wut und Mitleid.

»Ich bin noch sehr schwach.«

»Mach nie wieder solchen Unsinn, Corinne. Wir sind fast gestorben vor Sorge.«

Es war vielleicht nicht der geeignete Moment für eine solche Bemerkung, aber niemand schien davon Kenntnis zu nehmen. Denise brachte ihr ein Glas Wasser und Alessandro stützte sie, damit sie eine Tablette nehmen konnte. Corinne wirkte glücklich. Als Kind war sie auch jedes Mal glücklich gewesen, wenn sie krank war, und hatte das Fieberthermometer mit einem frohlockenden Lächeln betrachtet.

»Wie wär's mit einem Spaziergang?«, schlug Emanuele ungeduldig vor und näherte sich dem Sofa.

Ja, ein Spaziergang war genau das Richtige. Eleonora musste dringend mit ihm sprechen.

»Gut. Ich komme gleich.« Sie wandte sich an Maurizio. »Geht ihr heute zur Arbeit?«

»Um zwölf, alle beide.«

»Dann bin ich bis elf zurück, damit Corinne nicht allein bleibt.«

Alessandro stand abrupt auf. »Kommst du mal bitte kurz?«, fragte er und ging in die Küche. Dort goss er Kaffee in zwei Tässchen und reichte ihr eines. »Du hast gar nicht gefrühstückt. Trink wenigstens einen Kaffee.«

An den mütterlichen Instinkt von Alessandro würde sie sich nie gewöhnen. Er war so fürsorglich und aufmerksam, dass es sie verlegen machte.

»Danke. Ich bin in einer knappen Stunde zurück. Ich muss mit Emanuele sprechen.«

Er nickte. Nachdem er den Kaffee getrunken hatte, stellte er die Tasse ins Spülbecken und gab ihr einen Kuss auf den Mund – genau in der Reihenfolge und alles mit derselben Intensität. Er war bereits meilenweit entfernt, was ihn nur noch begehrenswerter machte.

»Tut mir leid wegen gestern. Ich war sehr unfreundlich. Ich bin sicher, dass du mich verstehst. Bruges ist kein Nest mehr für mich, seit den ewigen Streitigkeiten zwischen Maurizio und Denise und der verrückten Tat von Corinne.«

»Ich weiß.«

»Wohin geht ihr?«

»Keine Ahnung. Eine Runde drehen.«

»Eine Runde drehen.«

»Ja, wieso? Beunruhigt dich das?«

Sie zwickte ihn in die Wange, und er erwiderte die Geste amüsiert. Sie hatten mühelos wieder zu einem Einverständnis zurückgefunden, und das in ihr aufsteigende Glücksgefühl machte sie ganz trunken, verwischte beinahe das schreckliche Gefühl, zurückgewiesen worden zu sein.

»Beunruhigt? Ich? Ach woher.«

»Oh, ich vergaß. Nichts kann dich ins Wanken bringen.«

»Veralberst du mich jetzt?«

»Möglich.« Sie drückte ihm ihrerseits einen Kuss auf die Wange, ein von vornherein besiegter Kuss. »Bist du noch da, wenn ich zurückkomme, oder verschwindest du wie die Grinsekatze?«

Er wirkte belustigt. »Gütiger Himmel, eine Grinsekatze! Von welchem Planeten kommst du denn?«

»Das musst du gerade sagen! Ich gehe jetzt, okay?«

»Ist gut. Ich bleibe solange bei Corinne. Obwohl die Zusammenstellung der Paare nicht gerade nach meinem Geschmack ist.«

»Ach ja?« Sie bremste den Impuls, ihn richtig zu küssen.

Es wäre zu schön, ihn in Fleisch und Blut zu verwandeln.
»Bis später.«

Emanuele war nervös. Man merkte es an seiner Art zu laufen, wie er die Zigaretten zwischen die Lippen klemmte, während seine Hand in der Jackentasche nach dem Feuerzeug suchte.

»Macht es dir etwas aus, wenn wir zu Fuß gehen?«

Außerdem redete er extrem schnell.

»Nein, im Gegenteil.«

Sie ließen das Eingangstor hinter sich und schlenderten die Allee hinunter, er ein paar Meter vor Eleonora. Es war nicht leicht, mit ihm Schritt zu halten, doch sie bemühte sich, zu ihm aufzuschließen. Sie durfte jetzt nicht aufgeben.

»Ich wollte dich anrufen«, sagte sie und versuchte ein Keuchen zu unterdrücken.

»Und? Warum hast du es nicht getan?«

»Könntest du nicht ganz so schnell gehen, bitte?«

Er verlangsamte seinen Schritt. Nun konnte sie ihm zwar folgen, aber die Atemnot blieb. Eine dünne Stimme in ihrem Kopf stieß Warnrufe aus. Als ob Eleonora im Begriff wäre, etwas Endgültiges zu tun. Endgültig und grausam, um genau zu sein.

»Komm, wir spazieren einmal um den See«, sagte Emanuele, vermied dabei jeden Kontakt, sowohl mit dem Körper als auch mit den Augen.

Sie näherten sich dem Ufer, einem schmalen Streifen aus Morast und verfaultem Gras, der das stehende Gewässer von der Waldlichtung trennte. Eleonora spürte den Lockruf des schweren Erdbodens und fühlte, wie sie einsank, kaum dass sie den Blick auf die Mitte des kleinen Sees heftete. Emanuele dagegen schaute darüber hinweg zu dem Wald auf der anderen Seite hin, wo die Villa von Raffaele lag.

»Was wolltest du mir sagen?«, fragte er.

Es war seltsam, dass Emanuele auf einer Frage beharrte, das sah ihm gar nicht ähnlich. Gewöhnlich schien er alle Antworten bereits zu kennen, zumindest diejenigen, die ihn betrafen.

»Wir haben uns geirrt.«

»Geirrt?«

Er brach in ein schallendes Gelächter aus. Es war ein schallendes, zorniges Lachen, das Eleonora erneut ihre eigene Unzulänglichkeit bewusst machte.

»Könntest du das bitte erklären?«

»Ich hätte nicht mit dir ins Bett gehen sollen.«

»Ach so, ich verstehe. Dann hast *du* also dich geirrt. Drück dich bitte etwas genauer aus.«

»Na gut. *Ich* habe mich geirrt.«

»Es geht um meinen Bruder, stimmt's?«

»Nein. Ich meine, ja. Auch.«

»Entscheide dich.«

»Es geht um ihn und um all deine Lügen.«

Er drehte sich zu ihr um, und für einen Augenblick hatte Eleonora fast den Eindruck, dass es ihr gelungen sei, ihn zu verblüffen.

»Meine Lügen? Ich glaub es nicht. Und die wären?«

Eleonora merkte, dass sie nicht wusste, was sie sagen sollte. Sie begann mit dem Vorfall in der Villa.

»Annalisa war in dich verliebt, nicht in Alessandro. Außerdem war er ebenfalls bei Raffaele an dem Abend.«

Damit hatte sie ihn nun tatsächlich verblüfft.

»Sind das die Ergebnisse deiner Voruntersuchung? Wo hast du die Indizien gefunden? Hast du dich am Tatort umgesehen, Sherlock Holmes? Oder ist dir die Wahrheit in den Schoß gefallen?«

»Ich habe mit Annalisa gesprochen.«

»Das ist jetzt aber nicht wahr!« Er zündete sich eine neue Zigarette an. »Du machst Witze, oder?«

»Findest du das denn so abwegig? Ich war verzweifelt.«

»Tatsächlich? Warum, wenn man fragen darf?«

»Weil ich mich in Alessandro verliebt habe. Und weil ich es verstehen wollte.«

So, jetzt habe ich es ausgesprochen.

Emanuele bot einen schrecklichen Anblick. Seine hängenden Gesichtszüge spiegelten eine weitaus größere Enttäuschung, als Eleonora dachte, wert zu sein.

»Du wolltest es verstehen. Was genau? Wer weiß und wer schwarz ist? Gut und Böse? Zweifellos gehörst du zu den Menschen, die genau wissen müssen, auf welcher Straße sie gehen, um die Reise zu genießen. Ich sage dir jetzt zwei Dinge, Eleonora. Erstens besteht die Welt nicht aus Schuldigen und Unschuldigen. Die meisten Taten werden in absoluter Unschuld begangen, und Unschuld um jeden Preis hat nicht selten Verbrechen zur Folge. Zweitens ist die allerschönste Straße jene, von der du nicht weißt, wohin sie führt. Kannst du dich bewusst entscheiden, ob du jemanden liebst? Ich behaupte, nein. Letztlich ist es mit meinem Bruder doch so: Ich kann mich nicht entscheiden, ihn nicht zu lieben. Das hat auch Annalisa gesagt, vor langer Zeit.«

Eleonora war nicht sicher, seine Worte verstanden zu haben, vielleicht war da ja auch etwas, das sie nur schwer zugeben konnte. Auf jeden Fall hatte sie getan, was sie tun musste. Nun blieb ihr nur noch eines, nämlich ihn um Verzeihung zu bitten, damit ihre Seele rein und frisch duftend aus dem Waschzuber stieg. Vielleicht.

»Verzeih mir, bitte. Ich habe mich … fühle mich noch immer sehr von dir angezogen. Aber …«

»Bitte lass uns das Trauerspiel beenden. Ich habe keine Lust auf das übliche Gesülze. Alles schon mal gehört.«

Er drehte sich um und lief in hohem Tempo voraus. Die beiden redeten kein Wort bis zum Tor der Villa, er wild entschlossen, sie den Tränen nahe. Die Tränen vernebelten ihr die Sicht, und Eleonora stolperte vorwärts in dem Bemühen, nicht hinzufallen. Wie lächerlich zu weinen, nachdem man das Richtige getan hat, noch dazu wenn es nicht einmal aus Erleichterung ist.

»Bitte hass mich jetzt nicht«, sagte sie hinter ihm, bevor sie ins Haus traten.

»Sei nicht albern. Natürlich hasse ich dich nicht, aber bitte halte dich in Zukunft von mir fern.«

»Also hasst du mich doch.«

Emanuele drehte sich abrupt um, gereizt, einen Fuß bereits auf der ersten Treppenstufe zur Veranda. »Hör zu, Eleonora. Du hast dich in meinen Bruder verliebt, okay, ihr habt meinen Segen. Aber komm mir bitte nicht ins Gehege, hast du verstanden? Am liebsten würde ich dich jetzt nämlich gegen eine Wand pressen.«

Alles Blut schoss zwischen ihre Beine, und sie wurde ganz schwach. Emanueles Macht war weit größer als die Zauberkünste seines Bruders. Sie wirkte auf einen Teil in ihrem Innern, den Eleonora nicht zu ermitteln vermochte, so sehr sie auch forschte, und zwar mit einer Verbissenheit, die an Masochismus grenzte. Diese magische Kraft erreichte allerdings nicht ihr Herz. Eleonoras Herz schlug ungestört in ihrer Brust, wie ein im Käfig aufgewachsenes Vögelchen.

»Keine Sorge, ich werde dir nicht zur Last fallen«, sagte sie, während ihre Füße über dem Abgrund schlenkerten.

Er legte den Kopf schief. »Verdammt noch mal, du rührst mich. Das ist mir noch nie passiert. Noch nie.«

Er machte eine Bewegung auf sie zu, dann überlegte er es sich anders und wandte sich ab.

Beim Abendessen galt alle Aufmerksamkeit Corinne. Dennoch war Alessandros Blick auf Eleonora geheftet. Er schenkte ihr Wein ein, reichte ihr das Brot, füllte ihren Teller. Eine bereits bekannte Szene.

Eleonora erschauerte. Vielleicht hatte sie Fieber. Oder Angst.

Später half sie Denise in der Küche beim Geschirrspülen. Mina war früh nach Hause gegangen. Alessandro stellte Salatschüssel und Besteck in das Spülbecken und beugte sich zu Eleonora, um sie auf die Lippen zu küssen, bevor er zu seinem Rotkreuz-Pflegedienst in den Salon zurückkehrte.

Weitere Kälteschauer. Anderer Art diesmal. Dazu eine Reizung wie ein Nadelstich, die Eleonora in Schach zu halten versuchte. Sie war überglücklich über Alessandros Aufmerksamkeiten und wollte die seltenen Momente intensiver Freude nicht mit dem Verdacht ruinieren, dass sein widersprüchliches Verhalten Teil des Drehbuchs in diesem grausamen, ausgeklügelten Spiel war.

Eleonora betrachtete Denise aus dem Augenwinkel, um sich zu vergewissern, ob sie den Kuss bemerkt hatte.

Zunächst wirkte sie ruhig, ahnungslos. Doch dann veränderte sich ihr Gesichtsausdruck. »Gut gemacht. Du stehst auf dem Siegerpodest.«

Eleonora ließ beinahe einen Teller fallen. »Wie meinst du das?«

»Die Goldmedaille. Alessandro Vannini. Hast du es der Silbermedaille schon gesagt?«

»Ich bitte dich, Denise. Das ist eine absurde Diskussion.«

»Ach so, verstehe. Du hast es Emanuele noch nicht gesagt. Ich weiß, es ist schwierig, wenn man sich zwischen zwei Hauptgerichten entscheiden muss. Für mich zumindest war es das.«

»Wieso dieser Sarkasmus, Denise?«

»Das ist kein Sarkasmus. Bloß unterhaltsam.«

»Ach, du amüsierst dich. Das freut mich.«

»Ich habe diese Szene schon tausend Mal erlebt, verstehst du? Er wird das Interesse an dir verlieren, und zwar sehr bald, genauso wie er das Interesse an Michela und vielen anderen verloren hat. Alessandro ist so. Aber ich verstehe es. Er hat immer leichtes Spiel mit den Frauen. Keine einzige, die den armen Kerl je ein bisschen leiden lässt.«

»Ich wünschte, ich hätte deine Gewissheit, Denise.«

»Wenn du Alessandro seit zehn Jahren kennen würdest, hättest du sie auch. Und statt beleidigt zu reagieren, wärst du mir dankbar, weil ich dich vorwarne.«

»Vielen Dank, aber ich weiß, was ich tue.«

»Nein, das weißt du nicht. Du weißt gar nichts, Eleonora.«

»Dann sag du es mir.«

»Das tu ich doch gerade, verdammt noch mal! Wenn du auch nur einen Funken Verstand im Leib hast, dann hau ab. Liebe ihn nicht. Das langweilt ihn sofort.«

»Er war vier Jahre lang mit Corinne zusammen!«

»Wenige Monate, Eleonora, nicht Jahre. Corinne ist einfach nur hiergeblieben und hat ihre ganze Würde verloren, hat ihn angefleht.«

»Er ist mehrmals zu ihr zurückgekehrt.«

»Das glaube ich gern! Wenn eine jede Nacht zu dir ins Bett hüpft, dann springt schon mal der eine oder andere Monat dabei raus.«

»Wie kannst du nur so reden?«

»Ich rede wie jemand, der ihn kennt. Aber ich muss ja niemanden überzeugen. Es ist nur … du tust mir leid. Ich würde dir gern den Kummer ersparen.«

Eleonora warf das Geschirrtuch ins Spülbecken und stemmte ungewohnt kämpferisch die Arme in die Seiten.

»Dein Mitleid kannst du dir sparen. Vielen Dank für die barmherzige Geste, aber ich brauche sie nicht, glaub mir. Ich bin nicht wie ihr. Corinne liebt Alessandro von ganzem Herzen, und das bedeutet mir sehr viel. In erster Linie: Er ist off limits.«

Denise zuckte mit den Schultern und räumte die Küche weiter auf, ruhig und gelassen, als wäre ihr gerade ein Stein vom Herzen gefallen.

Als Eleonora in den Salon zurückkam, warf Alessandro ihr vom Sofa, auf dem Corinne lag, einen Blick zu und lächelte sie an. Das schönste Lächeln der Welt verharrte in der Luft und wurde zu einem Gemälde. Es konnte einfach nicht unecht sein, denn es zog viel zu viel nach sich.

Nur leider konnte sich in wenigen Stunden wieder alles umkehren.

Alessandro zu lieben war wie eine Achterbahnfahrt. Stürmische Tage wechselten sich ab mit unverhofften Zärtlichkeiten. Eleonora stellte sich vor, wie sie Sonia erzählte, was mit ihr geschah, und wusste, dass ihre Freundin es missbilligen würde. Doch wie konnte sie ihr das Triumphgefühl erklären, das sie empfand, wenn Alessandro sich um sie kümmerte, wenn seine Scheinwerfer auf sie gerichtet waren? In diesen Momenten war sie die Königin der Welt, und selbst die Verzagtheit, die sie überkam, wenn die Scheinwerfer ausgingen und sich Dunkelheit über die Bühne legte, konnte sie nicht überzeugen, davon abzulassen.

21

Es war keine einfache Nacht gewesen. Alessandro war in Eleonoras Zimmer gekommen, kurz nachdem sie schlafen gegangen war. Ein seltsamer Ausdruck lag auf seinem Gesicht, er schien in Schwierigkeiten zu sein.

Er sagte, dass er Corinne bei sich untergebracht habe, als sei nichts geschehen. Dass er ihr in den ersten Tagen so wenig Kummer wie möglich bereiten wolle und dass sie um nichts auf der Welt argwöhnen durfte, dass er an einer anderen interessiert sei.

Dann hatte er sich erschöpft auf ihr Bett gelegt, so als hätte er ganz allein mit den Händen eine Welt erschaffen. Vielleicht war es ja sogar so und er brauchte tatsächlich ab und zu ein wenig Trost. Eine eigene Realität zu erschaffen, erforderte schließlich viel Zeit und war harte Arbeit.

Alessandro schlief vollständig angezogen auf dem viel zu schmalen Bett ein. Ohne sie um Erlaubnis zu fragen, ohne sie zu küssen. Vielleicht erwartete er, dass sie den ersten Schritt machte, um die Schuld gleichmäßig aufzuteilen, oder weil er es einfach so gewohnt war.

Eleonora war stark. Sie lag minutenlang reglos auf ihrer Seite des Betts, auf einem schmalen Streifen des weißen Leintuchs. Dann stand sie auf und bündelte ihre verbliebenen Kräfte, um ihn nicht anzuschauen.

Sie war erschüttert, jedoch nicht überrascht; für Corinne

hatte sie weit größere Opfer gebracht. Ihr Glück war mehrmals geopfert worden, deshalb war es zwar schwierig, ihr Verlangen nach Alessandro im Zaum zu halten, aber nicht unmöglich.

Als sie sich auf das Sofa im Salon legte, dufteten die Kissen nach ihm. Sie schlief mit ihm, indem sie sich erneut berührte, ganz langsam, in einem Durchgangszimmer. Zwischen ihr und dem Schlaflosen, der vom Sofa aufgestanden war und sich auf ihr Bett gelegt hatte, lag nur eine Fleecedecke, rot wie ein schrillender Alarm. Hungrig klammerte sich Eleonora an seine Hüften, woraufhin er sich noch langsamer bewegte. Es war nervtötend. Der Orgasmus kam verhalten, wie eine allmählich aufsteigende Welle, die abflaute, kaum dass sie das Ufer erreicht hatte. Jedes Mal war es, als wäre sie gar nicht gekommen. Alessandro war nie genug.

Eleonora schlief ein paar Stunden, die Hände zwischen den Knien eingeklemmt, die Beine an die Brust gezogen, ehe sie gegen drei Uhr in ihr Zimmer zurückkehrte. Sie betrachtete Alessandro stundenlang. Viele seiner Verhaltensweisen entbehrten jeder Logik. Er hatte gesagt, er wolle Corinnes Verdacht nicht erregen, und dennoch war er in ihrem Zimmermädchenbett eingeschlafen. Corinne würde sich bestimmt fragen, wo er die Nacht verbrachte.

Aber Eleonora schaute ihm gern zu, wie er schlief. Während sie die Bewegungen seiner Augen hinter den geschlossenen Lidern und die langen Wimpern auf seiner Wange beobachtete, gab sie sich der Illusion hin, ihn zu besitzen. Sie hätte alles mit ihm tun können, während er schlief, nachdem er endlich die Maske und seine Rolle abgelegt hatte. Natürlich würde sie nichts tun, doch allein der Gedanke erfüllte ihr Herz mit Liebe.

Um sechs Uhr döste sie ein, den Kopf auf den Armen,

zusammengerollt auf ihrer schmalen Bettseite, und als sie die Augen wieder aufschlug, war Alessandro weg. Das hatte sie erwartet. Nicht erwartet hatte sie dagegen das Fehlen seines Geruchs. Sie empfand es als ein unheilvolles Vorzeichen. Dazu kam noch eine andere seltsame Tatsache: Die Tür zur Küche war angelehnt.

In der Villa Bruges wurden nur im oberen Stock die Türen zugemacht. Unten in den Gemeinschaftsräumen durfte niemand ausgeschlossen werden, nie. Auch wenn heftige oder private Diskussionen stattfanden, standen die Türen immer weit offen.

An diesem Morgen jedoch war der Zugang zu einem der wichtigsten Räume der Villa versperrt von einer Tür aus Holz und Stahl.

Eleonora näherte sich lautlos. Aus der Küche drang eine ihr unbekannte Stimme.

»Sie gehört nun zur Familie.«

Darauf Maurizio: »Das dachte ich auch. Aber Emanuele sagt, sie hat angefangen, Nachforschungen anzustellen.«

»Seht ihr?« Der Tonfall dieser Frage half Eleonora, die Stimme einzuordnen. Es war die der Psychotherapeutin. »Ihr müsst es ihr sagen, andernfalls wird sie Verdacht schöpfen. Wir arbeiten seit vielen Jahren gemeinsam daran, ihm zu helfen, aber nun besteht das Risiko, dass sie ihm etwas Falsches sagt und damit mehrere Jahre Therapie zunichtemacht. Sie ist ein wandelndes Pulverfass, sie muss die Wahrheit erfahren.«

Eleonora hörte, wie ein Stuhl gerückt wurde, und lief in den Salon. Ihre Wangen glühten.

»Wir arbeiten seit vielen Jahren gemeinsam daran, ihm zu helfen.« Wem zu helfen? Maurizio hatte Emanuele erwähnt, also war möglicherweise er gemeint.

»Wir hören uns dann am Montag«, sagte die Psychotherapeutin, die wohl inzwischen in der Eingangshalle stand. »Haltet mich auf dem Laufenden.«

Sobald sie die Haustür ins Schloss fallen hörte, ging Eleonora zu den anderen in die Küche. Alessandro war nicht da. Corinne saß vor einer großen Tasse Milch mit Getreideflocken und verschlang ihr Müsli, als hätte sie seit Jahrhunderten nichts gegessen. Denise schüttete Zucker in ihren Kaffee, und Maurizio kehrte eben in die Küche zurück, nachdem er die Psychotherapeutin zur Tür begleitet hatte.

»Bist du fertig?«, fragte er Eleonora, ohne sie anzusehen.

Die Spannung zwischen ihnen war straff wie ein dünner Draht, und die Gefahr, sich daran zu verletzen, war so hoch wie nie.

»Ich bin fertig, ja.«

Sie tranken den Kaffee aus, dann gab Eleonora Corinne einen Kuss auf die Stirn und verließ mit Denise und Maurizio die Villa. Sie hoffte, die beiden würden unterwegs mit ihr sprechen.

Was nicht geschah. Sie unterhielten sich über Corinne, die für ihre Liebe zu sterben bereit war, und über Alessandro, der jetzt ganz sicher nicht mehr den Mut hatte, sie wegzuschicken.

Eleonora schämte sich doppelt. Zum einen wegen ihres Wunsches, Corinne mit einer einzigen Handbewegung verschwinden zu lassen. Es war niederträchtig, aber sie hätte sie nur zu gern dorthin geschickt, wo der Pfeffer wächst. Nicht ins Jenseits, Gott bewahre. Nur ganz weit weg. Sie sollte glücklich und zufrieden sein. Aber anderswo.

Zum anderen schämte sie sich für ihre erotischen Fantasien mit dem Hausheiligen. Sie schämte sich nicht, ihn zu lieben, sondern dafür, dass sie es vor den anderen verbergen musste. Ein albernes Verhalten für eine Frau in ihrem Alter. Doch was sollte sie sonst tun?

An all diese Dinge dachte sie auch während der Schulstunde und sogar in jenen Momenten, als sie ihren unaufmerksamen Schülern erläuterte, wie interessant es wäre, der Kultur einen Rahmen zu geben und sie in einzelne Kapitel zu unterteilen, um sie besser zugänglich und damit greifbarer zu machen.

Offen mit Corinne darüber zu sprechen, war undenkbar. Am Ende würde sie eine weitere Dummheit begehen, und dann würde Eleonora sich für alle Zeiten schuldig fühlen, eine Last, die sie unter den Trümmern von Bruges begraben hätte. Nichts wäre mehr wie vorher, alles wäre beeinflusst von dem anklagend erhobenen Zeigefinger der aus dem Grab emporsteigenden Corinne.

Zugeben, dass Eleonora für Corinne keine bedingungslose Liebe empfand, war nichts Neues, zwang sie aber, verschiedene Gewissheiten in Frage zu stellen. Sie hatte viele Jahre damit zugebracht, die Falschheit anderer zu verurteilen, doch jetzt musste sie erkennen, dass diese meist unbewusst agierten. Auch sie hatte die Rolle der liebevollen Schwester gespielt, obwohl sie in Wahrheit eine kaum wahrnehmbare, eher vage Zuneigung verspürte. Es war nicht leicht, jemanden vorbehaltlos zu lieben, der einem so viel wegnahm. Sie hatte es versucht, sie versuchte es noch immer, beschützte Corinne weiterhin und bemühte sich, ihr nicht wehzutun, aber die Ergebnisse waren dürftig.

Durfte man sie deswegen verurteilen? Niemand kann gezwungen werden, jemanden zu lieben, schon gar nicht aus einem Verantwortungsgefühl heraus, das einem die eigene unzufriedene Mutter eingetrichtert hatte.

Nach dem Unterricht wartete sie mit Maurizio auf Denise, die ihre Schicht an der Bar beenden musste, dann kehrten sie zusammen nach Bruges zurück.

Alessandro war bereits zu Hause und mit Corinnes Pflege voll beschäftigt. Während er für die Patientin eine Suppe zubereitete, streichelte sie ihm den Kopf.

»Heute Abend gehen wir ins *Bistrot*«, verkündete Alessandro und warf ein frisch duftendes weißes Tischtuch über den Mahagonitisch. »Wir haben was zu feiern.«

»Was denn?«, fragte Eleonora und kramte in der Schublade der Anrichte nach Gabeln.

»Emanuele hat heute Geburtstag.«

»Stimmt«, frohlockte Corinne und klatschte in die verbundenen Hände.

Sie wirkten alle so glücklich. Die Realität zog an ihnen vorbei und verschlang alles mit großen Bissen, während sie am Rande des Abgrunds entlangbalancierten wie perfekte Gleichgewichtskünstler.

Im *Bistrot* war es dunkel und stickig. Eine seltsame Wahl für die Bewohner von Bruges, die das Licht, weite Räume und die Einsamkeit mochten.

Hunderte von Menschen aßen und tanzten in dem engen, überfüllten Lokal, das vom Licht roter und orangefarbener Lämpchen aufgeheizt war. Eleonora ließ den Blick durch den Raum schweifen, bis sie ganz hinten neben der Toilette einen Balkon entdeckte, und atmete erleichtert auf.

Alle wirkten ganz normal an dem Abend, abgesehen von den Unmengen an Zauberstaub, die der Magier im Lokal verstreute. Alle Blicke waren auf ihn geheftet, einschließlich die der anwesenden Männer. Er war ein Star, als er zum Tresen ging, um eine Runde Prosecco zu bestellen. Dies machte ihn für Eleonora noch begehrenswerter, falls das überhaupt möglich war. Sie hätte den Frauen, die ihn kichernd musterten, am liebsten mit schriller, hysterischer Stimme zugerufen: »Er gehört mir!«

Mehr oder weniger dasselbe geschah, als Emanuele das Lokal betrat. Er war allerdings in Begleitung, daher verkniffen sich die Frauen allzu schamlose Blicke.

Seine Begleiterin trug ein Lamékleid, das golden schimmerte, nur knapp ihren Hintern bedeckte und ihre langen, muskulösen Beine zur Geltung brachte. Seine Begleiterin hatte die blonden Haare straff zusammengebunden, was ihre Augen zu den Schläfen hin langzog. Als sie Alessandro und niemanden sonst begrüßte, rümpfte sie die Nase, was sie in Eleonoras Augen gleich unausstehlich machte.

»Hallo, was für eine Überraschung!« Alessandro war hocherfreut. »Wie lange ist es her? Wo warst du die ganze Zeit?«

Die Frau setzte sich dem Rudelführer gegenüber, Emanuele, der niemanden begrüßt hatte, an ihrer Seite.

Am anderen Tischende formte Eleonora mit den Lippen ein stummes: »Herzlichen Glückwunsch!« Er antwortete nur mit einem Nicken.

»Ich war in London«, antwortete die junge Frau und schwang ihr Haar wie ein Pfauenrad. »Aber ich bin zurückgekommen, weil es meinem Vater nicht gut geht. Ich arbeite dort als Tennislehrerin. Unglaublich, nicht? Dreißig Jahre sitze ich über Büchern, um dann ins Ausland zu gehen und einen Job als Tennislehrerin zu finden.«

»Das erstaunt mich nicht. Aber erzähl von deinem Vater.«

»Da gibt es nicht viel zu erzählen. Wie alle älteren Menschen hat er seine Wehwehchen. Mir gegenüber hat er natürlich schwere Geschütze aufgefahren, das volle Programm von ›Du hast mich verlassen‹, bis hin zu ›Du lässt mich mutterseelenallein.‹«

Emanuele nickte amüsiert. Von ihm ignoriert zu werden,

war hingegen alles andere als amüsant. Eleonora schnaubte und hoffte, so bald wie möglich nach Hause zurückkehren zu können. Dann bemerkte sie, dass auch Denise genervt war, und das half ihr, diesem Abend etwas Positives abzugewinnen. Es ist nicht angenehm, zugeben zu müssen, dass man unbedeutend ist.

Sich zu benehmen, als würde sie sich wohlfühlen, war nicht gerade leicht. Eleonora kam sich aus irgendeinem Grund ausgeschlossen vor. Emanuele vermied jeden Blickkontakt mit ihr, und Alessandro saß neben Corinne, schließlich erschafft ein Heiliger und obendrein brillanter Magier bei Bedarf Parallelwelten, in denen alles möglich ist, um sein Publikum zufriedenzustellen. In diesem Moment überzeugte er Corinne davon, dass sich nichts verändert hatte und dass keine Veranlassung bestand, sich die Pulsadern aufzuschneiden, da er einzig und allein Augen für sie hatte. Es gelang ihm perfekt.

Plötzlich war Eleonora aus Bruges ausgeschlossen, und das machte sie nervös und wütend über ihre eigene Nervosität. Als Emanuele aufstand, um eine Zigarette zu rauchen, folgte sie ihm kurz entschlossen. Emanuele war die einfachste Zielscheibe gewesen, zumindest für eine Weile.

»Kann ich bitte auch eine haben?«, fragte sie und versuchte weder nachtragend noch sauertöpfisch zu wirken.

Er reichte ihr eine Zigarette und gab ihr Feuer.

»Danke. Wie alt bist du heute geworden?«

»Sechsunddreißig.«

»Ah.«

Schweigen.

Dann: »Du kannst mich ruhig ansehen. Ich mache dir keine Avancen, versprochen.«

Er wandte ihr den Blick zu, ohne den Kopf zu drehen, und betrachtete die Frau neben sich, die nervös rauchte.

Kein Lächeln, kein Stirnrunzeln. Er schaute sie bloß an, weiter nichts.

»Wie läuft es so?«, fragte sie.

»Gut. Und bei dir?«

»Gut. Vielleicht. Ich weiß nicht.«

»Mmh, klar.«

»Tja.« Sie nahm einen langen Zug und drückte die Zigarette in einem Aschenbecher neben dem Balkongeländer aus. »Ich dachte …«

Sie wurde unterbrochen, weil Emanueles Begleiterin auf den Balkon trat und sich ihm an den Hals warf.

»Liebling, ich bin schon ganz beschwipst!«, rief sie lachend und küsste ihn auf den Mund.

Liebling. Blöde Tussi.

Emanuele schenkte ihr ein Lachen und legte die Hand um ihre Taille. Plaudernd gingen sie wieder hinein und ließen Eleonora draußen stehen, als ob sie durchsichtig wäre.

Als sie endlich nach Hause kamen, war Eleonora ein Nervenbündel.

Sie blieb bis um zwei Uhr nachts in der Küche und rauchte eine Zigarette nach der anderen, aus dem Fenster gelehnt.

Alessandro kam zu ihr, als sie gerade zu Bett gehen wollte. Er trug eine Pyjamahose und sah schläfrig aus, aber irgendwie auch wieder zu wach für jemanden, der mitten in der Nacht aufgestanden war. Er hatte offenbar ebenfalls noch kein Auge zugetan.

Eleonora konnte sich nicht länger zurückhalten. »Vielleicht finden wir aus demselben Grund keinen Schlaf«, meinte sie und biss sich gleich danach auf die Lippen.

Er setzte sich auf einen Stuhl. »Ich bin müde, Eleonora.«

»Was ermüdet dich? Die Rolle des Guten zu spielen? Das

kann ich verstehen, die Nummer würde mich auch ermüden. Du könntest dir zwischen einem Akt und dem nächsten wenigstens eine Pause gönnen, auf die Straße gehen und ein paar Passanten zur Hölle schicken, zum Beispiel.«

Er griff nach ihrem Handgelenk und zog sie an sich. Dabei riss er sie mit einer Vehemenz in die unerwartete Umarmung, die ihr übertrieben vorkam. Vor allem nach all der vorausgegangenen Gleichgültigkeit.

Eleonora versuchte sich aus der Umarmung zu lösen, aber Alessandro hielt ihre Hände hinter dem Rücken fest. Dann beugte er sich zu ihr und küsste sie auf den Hals.

»Was hast du, Eleonora? Worüber regst du dich so auf?«

»Über dich! Du regst mich auf.«

Er hob den Kopf und schaute ihr in die Augen. »Habe ich etwas getan, das dich verletzt hat? Wenn ja, bitte ich um Verzeihung. Ich versichere dir, ich habe es nicht absichtlich getan.«

»Du ignorierst mich.«

»Ich ignoriere dich?«

»Ja. Den ganzen Abend bist du nur um Corinne herumscharwenzelt, wie so eine Scheißkrankenschwester.«

Er musste lachen, verdammt.

»Bist du eifersüchtig?«

»Nein!«, sagte sie schnell, viel zu schnell. »Aber ich verstehe es nicht. Sagtest du nicht, zwischen euch beiden sei alles vorbei?«

Er musste ihr zustimmen. »Manchmal ist es schwierig, Eleonora. Ich mag sie eben. Ich bin nicht dumm, ich erkenne, wenn jemand mich emotional erpresst, auch wenn es nicht absichtlich geschieht. Aber Corinne hat sich beinahe umgebracht. Mir kommt es so vor, als wolltest du das irgendwie nicht akzeptieren.«

Natürlich wollte sie das nicht, auch das war eine Niederlage. Sie hätte am liebsten alles gelöscht. Ihm von ihren Ängsten erzählt, von der Unsicherheit, in der sie versank, von dem unerträglichen Gefühl, ihn nicht zu fassen zu bekommen, nicht einmal wenn sie ihn berührte. Sie wollte ihm sagen, dass sie jede Nacht davon träumte, mit ihm zu schlafen, dass sie ihn liebte, ja, sogar das. Aber ihr Mitleid mit Corinne war wie ein Knebel im Mund. Ein stramm gezogener Knebel.

Sie reckte den Hals und berührte seine Lippen mit einem zarten Kuss. Das gestand sie sich zu, weil ihr eigener Verzicht sie rührte. So zu tun, als würde sie nicht verstehen, dass er sie zurückgewiesen hatte, war ein weiteres Geschenk für ihn, der ihr in Sachen Verzicht nicht nachstand.

Nur in der Lust lagen Antwort und Trost, nur unerhörte Gesten hielten ihn lebendig, schenkten ihn ihr wenigstens für ein paar Augenblicke.

Alessandro umarmte sie noch fester und schob sanft ihr Nachthemd hoch. Keine seiner Gesten war plump oder zögernd oder hektisch – alles an ihm war perfekt.

»Du kannst mir nicht gehören«, sagte sie und meinte etwas anderes als Sex.

Doch er holte sie wieder auf die Erde zurück. Fuhr mit den Fingern zart über ihre Brüste, schloss die Hände darum. Seine beschleunigte Atmung war unglaublich, ebenso wie die Finger auf ihrer Haut.

»Ich will dich auch«, sagte er, die Lippen noch auf ihrem Mund, ohne sich zu bewegen. »Meinst du, dass …«

»Nein.«

Eleonora löste sich von ihm mit eisernem Willen, wozu sie all ihre Energie aufwenden musste, damit der Kraftakt nicht lächerlich oder vergeblich wäre. Sie staunte, wie viel Kraft sie aus der Entschlossenheit zog, Corinne kein Leid zuzufügen, und wie hartnäckig sie die Rolle beibehielt, die ihre Mutter ihr auf den Leib geschneidert hatte.

»Ich warte, bis es Corinne besser geht«, sagte sie. »Du auch?«

Alessandro war verblüfft. Er ergriff nicht nur selten die Initiative, sondern konnte sich offenbar auch nicht vorstellen, dass jemand ihn zurückweisen könnte. »Gewiss«, antwortete er widerwillig.

Zärtlich streckte Eleonora die Hand aus, doch er wandte sich ab und ging.

Dass er die zärtliche Geste abgelehnt hatte, tat ihr weh, denn es bedeutete vielerlei. Allem voran die Möglichkeit, sich von ihm zu lösen.

22

An der Schule lief alles wie am Schnürchen, entgegen ihrer katastrophalen Prognosen. Die Schüler waren zwar nicht sonderlich motiviert, aber sie stammten aus guten Familien und waren wohlerzogen. Es waren keine schwierigen, aggressiven oder unanständigen Schüler darunter. Diejenigen, die nur wenig sagten und unvorhersehbar reagierten, machten Eleonora am meisten Angst, weil sie nicht fähig war, ihnen mit Autorität und der entsprechenden Körpersprache zu begegnen. Jugendlichen dieses Schlags reichte eine Kleinigkeit, um ihre Schwäche zu erkennen und sie zu ihrem Vorteil zu nutzen.

Als Eleonora mit Maurizio nach Unterrichtsschluss in die Villa zurückkehrte, stand Corinne mit Mina in der Küche. Die beiden schwatzten und kochten Pilzrisotto. Mina zerkleinerte mit einem beängstigend großen Messer das Gemüse auf einem Küchenbrett, während Corinne in einer lächerlichen rosa Küchenschürze Olivenöl in einer Pfanne erhitzte.

»Denise?«, fragte Corinne gut gelaunt, nachdem sie Maurizio begrüßt hatte, der gleich nach oben verschwunden war.

»Sie kommt heute nicht zum Mittagessen, sie muss für eine Freundin an der Bar einspringen.«

»Oh, wie schade! Mein Risotto hätte ihr sicher geschmeckt!«

Sie war auf einmal wieder die alte Corinne, die ihr Leben mit Schwung und Leichtigkeit lebte, der alles gelang, weil sie die Augen vor der Realität verschloss und jedes Anzeichen leugnete.

Irgendetwas hatte sich verändert.

Nachdenklich deckte Eleonora den Tisch. Alessandro hatte gesagt, er würde nicht vor vierzehn Uhr nach Hause kommen, weil er noch einen wichtigen Kunden treffen musste, der trotz der Krise in den Immobilienmarkt investieren wollte. Sie fragte sich, wie ein so weicher Mensch wie Alessandro sich mit derart handfesten irdischen Dingen beschäftigen konnte. Vielleicht weil seine Tätigkeit im Grunde mit nichts Materiellem zu tun hatte; es war, als würde er bloß die Illusion von Geld verkaufen und kaufen.

Mina ließ Corinne allein in der Küche zurück und ging nach oben, um die begehbaren Kleiderschränke aufzuräumen, woraufhin Eleonora beschloss, ihrer Freundin Gesellschaft zu leisten und dabei vielleicht sogar etwas über ihre Pläne zu erfahren. Corinne konnte schließlich nicht ewig in der Villa bleiben. Die finanziellen Mittel, um sich eine Wohnung in Borgo San Lorenzo zu kaufen, hatte sie bestimmt. All das Geld, das sie im Fremdenverkehrsbüro verdiente, musste irgendwo deponiert sein, da sie seit Jahren nichts für ihren Lebensunterhalt ausgab.

Sie würde Corinne nicht im Stich lassen, das schwor sie sich. Nur an einem anderen Ort sollte sie sein. Oder wenigstens etwas auf Distanz. Die brauchten sie alle beide, dessen war sich Eleonora sicher.

»Du bist gut drauf, wie ich sehe«, sagte sie und zupfte eine Traube aus der Schale mit dem frischen Obst.

Corinne drehte sich um und nahm die Reisschüssel in die Hand.

»Oh ja, das bin ich.«

Sie gab den Reis in die Pfanne und rührte mit einem Holzlöffel um, dann löschte sie ihn mit Wein ab.

»Seit wann kannst du eigentlich kochen?«

Corinne lachte leise, nichts schien ihre gute Laune trüben zu können an diesem Tag. »Seit Kurzem. In letzter Zeit war ich viel allein zu Hause mit Mina, da habe ich sämtliche Geheimnisse der Kochkunst gelernt.«

»Unglaublich!«

»Mach dich nicht lustig über mich. Wir sind kluge Mädchen«, sagte sie, zwinkerte Eleonora zu und gab etwas Brühe zum Reis, wobei sie weiterrührte. »Wie läuft's bei dir?«

»In der Schule, meinst du? Besser als erwartet.«

»Hast du dir überlegt, was du machen willst?«

»Wie meinst du das?«

»Willst du in Florenz eine Wohnung mieten oder hier in Borgo San Lorenzo?«

»Vorerst werde ich gar nichts tun.«

Corinne versuchte, ihre Missbilligung zu verbergen, aber es gelang ihr nicht. »Du solltest es dir gut überlegen, Julia. Du kannst nicht ewig in Bruges bleiben. Wir haben schon einmal darüber gesprochen, dies hier ist nur eine Übergangslösung.«

Ein schriller Ton stieg in ihrer Kehle auf, doch Eleonora schluckte ihn hinunter. »Das hat doch auch mal für dich gegolten. Oder irre ich mich da?«

»Stimmt. Aber jetzt ist es anders.«

»Ach ja?«

»Ja. Alessandro hat mir einen Heiratsantrag gemacht.«

Eleonora lachte. Ein trockener, brutaler Lachanfall wie ein Husten. War Corinne verrückt geworden oder Alessandro? Was zum Teufel ging hier vor?

»Heirat? Und wann?«

»Im nächsten Frühjahr.«

»Ich meine, wann hat er dir den Antrag gemacht?«

»Heute Morgen, nachdem er mir den hier geschenkt hat.« Sie streckte ihrer Freundin den Ringfinger entgegen, an dem ein großer Diamantring prangte.

Eleonora erwiderte nichts, ihre Zunge fühlte sich an wie eine Zementplatte, die in der Kehle feststeckte. Vielleicht war sie noch gar nicht aufgewacht, sondern noch im Bett unter der Decke, und der Durst hatte ihre Kehle ausgetrocknet und ihr den Traum einer Parallelwelt aufgezwungen, in der ihr alles versperrt war. Vielleicht war aber auch genau das hier die Realität, denn sie wies in der Tat alle typischen Merkmale auf: Täuschung, Verwirrung, Enttäuschung, und zwar in perfekter Folge.

»Gratuliere«, sagte sie mit dem bisschen Luft, das zwischen ihrem Hals und der Zementplatte durchströmte. »Ich muss mal kurz vor die Tür. Bis später.«

Sie zwang sich sogar, nicht zu rennen, während sie die Küche verließ. Das Lied, das Corinne zu trällern begann, durchbohrte ihr das Trommelfell. Sie hatte nicht schlecht Lust, den Terrakottablumentopf am Eingang gegen die Küchenwand zu schleudern. Dann hätte Corinne wenigstens aufgehört zu singen, um die Scherben zusammenzukehren.

Eleonora ging über den Innenhof und um die Ecke bis zu der Holzbank, die in dem noch blühenden kleinen Blumengarten stand, inmitten all der Dinge, die nie gebraucht wurden: Schaufeln, Eimer, große Kupferlöffel, rostige Harken. Sie ließ sich auf die Bank fallen und brach in Tränen aus. Sie weinte nicht etwa wegen dem, was Corinne gesagt hatte. Möglicherweise waren es alles Lügen, einschließlich des Diamantrings, und das war vielleicht die unbeugsamste aller Illusionen. Sie weinte aus Beklemmung und Verwirrung, weil sie im Grunde wusste, dass sie nicht wirklich gelebt hatte, seit sie in Bruges angekommen war. Vielmehr hatte sie ein Theater nach der Pause betreten und war vom Zuschauerraum auf die Bühne gestiegen, ohne den Text zu kennen.

Eleonora weinte, weil sich hinter ihrem Entschluss, sich Alessandro nicht hinzugeben, zwangsläufig ein klein wenig Liebe sowie eine uneigennützige und nicht erwiderte Großzügigkeit verbargen. Vor allem aber quälte sie wie üblich die Erkenntnis, keine Liebe zu verdienen, und das verzehrende Gefühl, nie zu genügen. Die Ausrede, die für alle ihre Fluchten herhalten musste.

Erst mehrere Minuten später merkte sie, dass noch jemand im Garten war. Eine dünne Frau schaute sie unter einem breitkrempigen Hut hervor an. Sie trug eine graue Gärtnerschürze und grobe Handschuhe. Eleonora hielt den Atem an und errötete bis zu den Haarwurzeln, während sie versuchte, sich die Tränen abzuwischen.

»Schau mal, wie dieser Garten aussieht«, sagte die Frau und breitete in einer theatralischen Geste die Arme aus.

Als sie näher kam, konnte Eleonora ihr Gesicht sehen. Sie war um die sechzig und noch eine wunderschöne Frau. Zwei lebhafte grüne Augen musterten sie, und ein pfirsichfarbenes Lächeln formte sich zwischen zwei Lachfältchen.

»Ich bin Greta, und du?«

Jetzt, da sie so nah war, erkannte Eleonora sofort, wer die Frau war. Alessandro war ihr wie aus dem Gesicht geschnitten. Dieselben Augen, dieselbe gerade und schmale Nase, der volle Mund. Dieselben Farbtupfen in den Pupillen.

»Freut mich, Eleonora«, sagte sie rasch und gab ihr die Hand. »Ich bin eine Freundin von Corinne.«

Die Frau nickte. »Ich weiß, ich weiß. Emanuele hat dich sehr gut beschrieben.«

»Ach ja? Was hat er denn gesagt?«

»Dass du wunderschön bist. Unverfälscht, und sehr erotisch. Und dass du einen Haufen Fragen stellst, weil du neugierig bist wie ein Kiebitz.«

Waren das Dinge, die man seiner Mutter erzählte?

»Großer Gott. Na ja, danke. Ist das ein Kompliment?«

Die Frau lachte. Es war ein schönes Lachen, wie Kristallkugeln, die wegrollten und mehrmals irgendwo abprallten.

»Na sicher. Neugier ist etwas Positives. Wenn man zynisch und verroht ist, stellt man keine Fragen mehr.«

»Ich wusste gar nicht, dass Sie uns besuchen kommen. Ich meine, dass Sie sie besuchen kommen.«

»Es war ein spontaner Entschluss. Ich wollte eigentlich erst an Weihnachten herfahren, doch dann ist diese absurde Sache mit Corinne passiert. Dem Mädchen geht es leider nicht gut. Und vor zwei Tagen ruft mich Emanuele an und sagt: ›Mama, du musst herkommen und unser Jesuskind zur Vernunft bringen. Er sagt, er will Corinne heiraten.‹«

Vor zwei Tagen? Vor zwei Tagen? Wann hatte er das nur entschieden?

Greta wusste nicht, dass sie gerade eine Bombe hatte platzen lassen. Der Schock über die Enthüllung raubte Eleonora den Atem.

»Mein Gott, ich liebe meinen ältesten Sohn«, sagte Greta gerade. »Er hat viel Humor und ist sehr intelligent. Er ist der einzige Mensch, den ich kenne, der abscheuliche Dinge sagen kann und mich damit zum Lachen bringt … Es sei mir verziehen.«

»Ich wusste nicht, dass Alessandro im Sinn hatte, Corinne zu heiraten.«

»Aber ja doch, er ist ein Mistkerl. Corinne schneidet sich die Pulsadern auf, und er opfert sich. Entschuldige, Eleonora, ich kenne eure Vergangenheit und weiß, dass du Corinne wie eine Schwester liebst. Daher verstehe ich, dass ich nicht in diesem Ton über sie sprechen sollte. Aber glaub mir, der wahre Selbstmord besteht darin, Alessandro zu heiraten – von wegen Rasierklinge und Messer!«

»Ich weiß, was Sie meinen.«

Eleonora musste erneut die Tränen zurückhalten, was ihr nicht ganz gelang. Eine einzelne entwich und rann ihr über die Wange, fiel auf die Bank, auf der sie sitzen blieb.

»Bist du traurig? Sag bloß nicht, du bist ebenfalls in ihn verliebt. Trockne deine Tränen, es sind schon viel zu viele für diesen Mistkerl vergossen worden. Ihr solltet ihm alle ins Gesicht lachen. Dann würde er endlich die Miene des tragischen Helden ablegen, dem ständig eine Katze um die Beine streicht.«

Eleonora war sprachlos. Greta fuhr ihr mütterlich über das Gesicht, nachdem sie sich die Handschuhe ausgezogen hatte.

»Ich kann offen mit dir sprechen. Die Psychotherapeutin ist offenbar der Meinung, dass du die Wahrheit erfahren solltest. Denise wollte es dir auch schon sagen, aber ich habe sie zurückgehalten. Denise ist manchmal sehr schroff. Sie hat nicht das nötige Feingefühl. Nicht umsonst hat sie meinen Sohn Maurizio geheiratet, denn nur er ist in der Lage, eine solche Frau auf Dauer zu ertragen.«

Eleonoras Herz begann zu hämmern. Vielleicht war ganz unerwartet, so wie alle Dinge, die das Leben verändern, der Moment gekommen, die Wahrheit zu erfahren.

»Ich wusste, dass es ein Geheimnis gibt«, sagte sie, als Greta sich auf eine Stufe rechts von ihr setzte. Die Mutter der drei Männer wirkte gelassen, und das beruhigte sie.

»In der Tat, ja. Das, was damals passiert ist, als sie noch kleine Jungen waren, hat ihr Leben für immer beeinflusst. Der Schicksalsfaden hat sie miteinander verbunden, wenn auch falschherum.«

»Erklären Sie mir das bitte.«

Greta zündete sich eine Zigarette an. Sie wirkte nicht besorgt, sondern schien sich eher damit abgefunden zu haben, einmal mehr dieselbe Geschichte zu erzählen.

»Alessandro wurde am achtzehnten August neunzehnhundertneunundachtzig entführt. Er war damals zehn Jahre alt.«

Erneut stockte Eleonora der Atem, als sie den Namen hörte.

»Alessandro?«

»Ja. Sie haben ihn vier Monate lang in einem Keller gefangen gehalten. Bis mein Mann, ohne den Behörden auch nur ein Wort zu sagen, das Lösegeld bezahlt hat. Die Banditen setzten ihn daraufhin auf einer Müllhalde am Stadtrand von Paris aus. Er war schmutzig, unterernährt und zeigte Spuren körperlicher Misshandlungen. Er war stumm und apathisch, und er schien die Erinnerung verloren zu haben.«

Eleonora schlug die Hand vor den Mund, um einen erschrockenen Aufschrei zu unterdrücken. Sie wollte etwas sagen, aber sie konnte nicht.

»Im Laufe der Zeit und dank der Hilfe eines Psychiaters hat er die Sprache wiedergefunden. Aber für ihn ist die Zeit mit seiner Entführung stehen geblieben und hat erst ein paar Tage nach der Befreiung wieder eingesetzt. Das Erste, was er sagte, war: ›Wie geht es Emanuele?‹ Anfangs hielten wir das für einen Ausdruck brüderlicher Zuneigung. Nach allem, was ihm zugestoßen war, dachte Alessandro an seinen Bruder und fragte nach ihm. Dann erst haben wir es realisiert. Er war davon überzeugt, dass sein Bruder das Entführungsopfer gewesen sei.«

Eleonora begann langsam zu verstehen. Seit Jahren beschützten die Bewohner der Villa Bruges Alessandro vor der Wahrheit. Nur war das wirklich das Richtige?

»Er ist also noch heute davon überzeugt ...?«

Greta nickte. »Ja. Ein paar Monate später sind wir hierher in die Toskana gezogen. Meine Söhne sprechen drei Sprachen, unter anderem Italienisch, da mein Mann aus der Toskana stammt. Sie hatten keine Schwierigkeiten, in eine italienische Schule zu wechseln. Der Psychiater hat uns damals an eine Psychotherapeutin in Florenz verwiesen, die ihn heute noch begleitet. Sie treffen sich ab und zu, damit sie die Situation überwacht.«

»Und Sie halten es für richtig, ihm die Wahrheit vorzuenthalten?«

»Ja. Sieh mal, Alessandro ist ein ganz besonderer Mensch. Er ist sehr sensibel und feinfühlig – auf seine eigene komplizierte Art. Er hat alles verdrängt, was ihm zugestoßen ist, um zu überleben. Die Ärzte sind der Ansicht, dass er die Wahrheit nicht ertragen würde, selbst heute nicht.«

»Wie ist das möglich? Ich dachte, dass der Heilungsprozess in der Psychologie auch beinhaltet, dass einem das erlittene Trauma bewusst wird.«

»Er wird irgendwann so weit sein, aber er braucht Zeit. Viel Zeit, Eleonora. Deshalb bitte ich dich, ihn jetzt nicht retten zu wollen. Du würdest ihn umbringen.«

Eleonora konnte all das nachvollziehen, doch sie war durchdrungen von einem Gefühl der Unruhe. Es war, als würde sie sich, statt der Wahrheit näher zu kommen, von ihr entfernen. Sie war überzeugt, dass Greta ihr ein Trostpflaster verpasst hatte, indem sie ihr von der Entführung erzählte. Als ob sie ihr nur das Allernötigste verraten hätte, um ihre Neugier zu befriedigen und zu verhindern, dass sie weitere Nachforschungen anstellte oder mit Alessandro redete und so den Ärzten in die Quere kam.

»Nun ja, dann ... muss man ihn zur Vernunft bringen«, sagte sie flüsternd, quasi zu sich selbst.

»Du meinst, was Corinne betrifft?«

»Ja.«

»Er kann sie nicht heiraten. Er tut es aus Mitleid. Weil er ein Schuldgefühl verspürt, dessen Ursache er sich nicht erklären kann. Die meisten Opfer von Misshandlungen, vor allem Kinder, empfinden tiefe Schuld, weil sie denken, dass sie verdient hätten, was ihnen angetan wurde. Alessandro kümmert sich nicht deshalb um andere, weil er in ihnen Opfer erkennt, wie er selbst eines war, sondern um zu büßen. Er opfert sich beständig, und zwar im Namen dieses Schuldgefühls. Es rührt von der Gewalt her, die man ihm angetan hat, die sich bei jeder Gelegenheit bemerkbar macht, da er sie in den hintersten Winkel seines Unterbewusstseins gesperrt hat. Verstehst du, was ich dir sagen möchte, meine Liebe?«

Eleonora streckte die Hand aus und streichelte Gretas Arm, was diese verblüffte.

Deshalb wollte die Ältere ihr noch etwas mitgeben.

»Du darfst ihn nicht lieben, Eleonora. Jegliche Fähigkeit zu lieben ist ihm mit zehn Jahren genommen worden. Erkennst du denn nicht, was er da tut? Er verliebt sich, oder es scheint zumindest so. Dieser Mechanismus funktioniert. Jedes Mal vergehen ein paar Tage, manchmal auch Monate, bis die Leere kommt. In seinem Kopf ist eine Mauer oder ein Abgrund, auf den er zugeht, und jenseits davon ist nichts. So ist es ihm vor nicht allzu langer Zeit mit Michela ergangen, dann mit Corinne, und sicher würde es ihm auch mit dir so ergehen.«

»Es ist längst passiert«, gestand Eleonora und kämpfte erneut gegen die Tränen an.

Leicht verlegen tätschelte Greta ihre Hand. »Tut mir leid, meine Liebe. Es wird vorbeigehen.«

Es war eine Lüge, aber beide taten so, als würden sie es

glauben. Dann gingen sie zur Villa zurück und legten ihre Masken wieder an.

Eleonora beobachtete Alessandro eine ganze Weile. Er aß, trank und plauderte, als wäre nichts.

Am Morgen hatte er Corinne einen Verlobungsring geschenkt.

Wenige Nächte zuvor hatte er mit ihr schlafen wollen, ohne sich bewusst zu sein, was für eine Katastrophe er damit ausgelöst hätte. Einzig die Andeutung eines Verzichts und die Teilnahmslosigkeit, die Eleonora gespürt, aber gleich wieder verdrängt hatte, verrieten ihn.

Verdrängung ist kein Mechanismus, der ausschließlich Menschen nach einem Trauma betrifft. Alessandro war nicht der Einzige, der die Dinge nicht sehen wollte.

Eleonora ertrug nur mit Mühe, wie Denise ihrer Schwiegermutter gefällig zu sein versuchte und ihr anbot, sie am nächsten Tag zum Flughafen zu fahren, als wäre dies eine immens großherzige Geste.

Sie fragte sich, nicht ohne einen Funken hartnäckiger Hoffnung, ob Greta mit Alessandro gesprochen hatte, ob sie ihn hatte überzeugen können, seine Wahnsinnsidee aufzugeben. Doch im Grunde war das Verhalten von Corinne Antwort genug.

Nach dem Abendessen rauchte Eleonora allein eine Zigarette auf ihrem Balkon und hoffte insgeheim, Alessandro würde zu ihr heraufkommen. Aber er blieb im Salon und plauderte mit seiner Mutter und Corinne. Daher sagte sie ihm, bevor sie zu Bett ging, sie wolle mit ihm sprechen.

Sie ging ihm voraus in die Küche, wo Mina erst kurz zuvor das Geschirr gespült hatte. Sie lehnte sich an das Spülbecken und verschränkte die Arme über dem Felsblock in ihrer Brust.

»Ist alles in Ordnung, Alessandro?«

»Ja. Warum?«

»Was bedeute ich dir?«

Er antwortete nicht sofort. Sein Blick wurde hart. Dann sagte er: »Du gefällst mir sehr.«

»Vor nicht allzu langer Zeit hast du noch gesagt, du seist dabei, dich in mich zu verlieben.«

»Ja, das habe ich.«

»Ist dem noch immer so? Oder war mein Verfallsdatum noch kürzer als das von Michela?«

Er schaute sie nur an, und ihm war klar, dass er auf die Wahrheit nicht mit Ironie antworten konnte.

»Ich habe Schwierigkeiten …«

»… mit deinen Gefühlen umzugehen, ich weiß.«

»Genau.«

Eleonora trat näher und küsste ihn sanft auf den Mund. Er ließ es zu, daher zog sie ihn an sich, als wäre es ein Abschied. Mit den Fingerspitzen zeichnete sie die Linie seines langen Halses nach, die Muskeln seiner Brust, die Beine. Er war schön wie ein junger Gott. Die gläserne Statue einer Gottheit.

»Kommst du zu mir heute Nacht?«, fragte sie und verfluchte sich dafür, bereute es sofort.

Irgendetwas drängte sie zu einem letzten Versuch, obwohl sie inzwischen wusste, dass es vergeblich war. Dass sie verloren war, ebenso wie Corinne verloren war. Jede Frau wäre es gewesen.

Er sagte Nein und nahm ihr damit die letzte Illusion.

Greta war es also nicht gelungen, ihn zu überzeugen.

23

Eleonora verbrachte den folgenden Tag wie in Trance.

Was sie in der Lokalzeitung entdeckt und was Greta bestätigt hatte, band sie noch enger an Alessandro und hinderte sie daran, klug zu handeln. Sie wusste genau, was sie hätte tun sollen: ihre Habseligkeiten packen und fortgehen. Doch diese Lösung erschien ihr undurchführbar. Zum ersten Mal war die Flucht nicht selbstverständlich.

Wenn sie sich zwischen einer Erläuterung des *Dekameron* und dem Korrigieren der Klassenarbeiten vorstellte, wie sie ihre Kleider in den Koffer packte, tauchten sofort Emanuele und Alessandro vor ihrem inneren Auge auf, einer beharrlicher als der andere. Sogar die Räume der Villa Bruges mischten sich unter die T-Shirts und Schuhe, kamen näher und näher, überfielen sie.

Ich werde es schaffen zu gehen, sagte sie zu sich selbst, während Maurizio auf der Rückfahrt von der Schule in ein Gespräch mit seiner Frau vertieft war, von dem Eleonora nicht ein Wort mitbekam. Sie musste es schaffen, wenigstens um zu beweisen, dass sie anders war als Corinne. Ihr halbes Leben hatte sie sich gewünscht, Corinne zu sein, um so geliebt zu werden wie sie, doch nun war es an der Zeit, sich damit abzufinden, dass sie anders war, sich sogar darüber zu freuen. Es ging um Gerechtigkeit.

Am Abend würden sie alle zusammen essen. Das war die

Gelegenheit, um ihre Stärke zu beweisen, das Weinglas zu erheben und Adieu zu sagen. An dem Punkt würden, jedenfalls in einer gerechten Welt, alle versuchen, sie von ihrem Vorhaben abzubringen. Alessandro würde ihr sagen, dass er sie in Wahrheit liebe, wie er noch keine andere geliebt habe, und dass er sich für sie ändern werde. Die eine Ausnahme zu sein, war die größte aller Illusionen, aber wo steht geschrieben, dass die Realität systematisch jede Hoffnung zerstören muss, wie lächerlich sie auch erscheinen mag?

Hör auf zu träumen, befahl Eleonora sich, als sie später in ihrem Zimmer immer noch wie angewurzelt vor dem kleinen Schrank stand, aus dem ihr schlaffe Jeans und Etuikleider entgegenstarrten.

Ein leises Klopfen riss sie aus ihren traurigen Betrachtungen.

»Eleonora, bist du da?«

Es war Alessandro. Seltsam, dass er nach dem Anklopfen nicht einfach eingetreten war. Normalerweise reichte ihm sein Pochen als Erlaubnis, ihre Welt zu betreten.

»Komm rein.«

Er sah sie am Boden sitzen, vor dem leeren Koffer. Er war noch attraktiver, jetzt, da der lächerliche Traum von einem gemeinsamen Leben geplatzt war. Nicht einmal die Möglichkeit, einen seiner Vorzüge auszukosten, hatte er ihr zugestanden. Dieser ganzen Perfektion überdrüssig zu werden.

»Was tust du da?«

»Ich versuche, meinen Mut da reinzupacken.«

Alessandro setzte sich im Schneidersitz neben sie, den Blick auf die gähnende Leere des Koffers geheftet.

»Wenn du ihn lange genug anstarrst, füllt er sich dann?«, fragte er und strich ihr zärtlich über die Wange.

»Keine Ahnung, ich versuche es.« Sie drehte sich zu ihm

um und unterdrückte einen zornigen Unterton, der nur pathetisch gewirkt hätte. Wie bei allen Frauen vor ihr. »Warum bist du hier?«

»Ich wollte dir etwas sagen.«

»Du brauchst dich nicht zu rechtfertigen, Alessandro. Du hattest mir von Anfang an gesagt, dass du Schwierigkeiten hast, Beziehungen einzugehen. Davon abgesehen bin ich nicht Corinne.«

Er nickte und verzog die Lippen zu einer Grimasse, die tiefes Verständnis ausdrückte. Es war klar, dass er sich über sie lustig machte. »Mit Corinne verglichen zu werden, gefällt dir gar nicht.«

»Ich bettele nicht um Liebe.«

Nicht mehr, zumindest.

»Sie ist bis über beide Ohren verliebt, Eleonora. Sei nicht so streng mit ihr.«

»Und du? Wie viel liegt dir an ihr?«

»Genug, um sie zufriedenzustellen.«

Es war ein furchtbarer Satz, bei dem sein Mund von Sanftheit überfloss.

»Das heißt, du opferst dich für sie?«

»Es ist kein großes Opfer. Ich werde nie lieben, Eleonora. Corinne akzeptiert mich so, wie ich bin, sie wünscht sich nichts weiter als einen Ort, an dem sie Wurzeln schlagen kann. Wir sind in jeder Hinsicht ein ideales Paar. Und ich sollte besser nicht mehr vom Leben verlangen, wenn ich nicht weiter Leid verursachen will.«

»Mein Gott, was für ein Blödsinn!«

»Auch deshalb bin ich hier. Um dich um Verzeihung zu bitten. Ich hätte dem Verlangen, das ich für dich empfinde, nicht nachgeben dürfen. Ich hätte dich Emanuele überlassen sollen, ohne dir zu verstehen zu geben, dass ich dich begehre.«

Diese Gewissheit irritierte Eleonora. Sie wollte ihm sagen, dass Emanuele nicht auf seinen barmherzigen Verzicht angewiesen war, dass jede Frau alles tun würde, um mit Emanuele zusammen zu sein, dass er sich nicht mit der Ausschussware seines Bruders zufriedengeben musste. Aber die flammende Verteidigungsrede kam ihr nicht über die Lippen, erstens weil Alessandro gar nicht gewusst hätte, was er damit anfangen sollte, und zweitens weil sie es leid war, unwillkommene Geschenke zu verteilen.

»Das hier ist kein Wettkampf zwischen dir und ihm, weißt du.«

»Klar weiß ich das, aber darum geht's gar nicht. Verzeihst du mir, Eleonora?«

Was sollte sie darauf schon antworten? »Nein, ich verzeihe dir nicht, das wirst du mir büßen?« Oder etwa: »Nein, ich verzeihe dir nicht, jetzt werde ich dir zeigen, was du verpasst?«

»Natürlich, ja.«

Er schenkte ihr eines seiner entwaffnenden Lächeln, wie immer zwischen zwei Grübchen und von perfekten weißen Zähnen eingerahmt. Ein Lächeln, wie es im Drehbuch steht, genau wie seine Bitte um Verzeihung.

»Dann warte ich unten auf dich, die anderen sind schon alle da. Und lass das mit dem Koffer bleiben, wo willst du denn hin um diese Zeit? Ich suche dir eine Wohnung in Florenz, wenn du nicht bei mir bleiben willst. Denn du willst nicht in meiner Wohnung leben, richtig? Sonst könnte ich …«

»Nein, das möchte ich nicht.«

»Ich wusste es. Dann mieten wir dir eben eine Wohnung in der Nähe der Schule, was meinst du?«

»Hör zu, Alessandro. Du brauchst mir nicht das Leben zu erleichtern. Morgen nach Unterrichtsschluss gehe ich zu einem Immobilienmakler und suche mir eine kleine Mietwohnung. Das ist nicht weiter schwierig.«

»Wie du willst. Aber du sollst wissen, dass ich dir jederzeit gern helfe.«

»Das weiß ich doch. Geh jetzt.«

Er kam ihrem Wunsch nach, und kaum hatte er das Zimmer verlassen, fing Eleonora an zu weinen.

Sie konnte es sich auch nicht erklären, wieso ständig die Tränen flossen, denn im Grunde liebte sie Alessandro nicht wie Corinne seit Jahren unerwidert. Sie war in ihn verliebt, das stimmte, aber sie würde gewiss nicht sterben ohne ihn.

Emanuele kam mit seiner neuen Flamme, die an diesem Abend statt des golden schimmernden Kleids einen Minirock aus schwarzem Leder und Stiefel mit Absätzen trug, die so hoch waren, dass sie ebenso groß war wie er.

Eleonora konnte es noch immer nicht glauben, plötzlich war alles in sich zusammengestürzt. Eine Minute zuvor hatte sie noch eine riesige Kugel mit einer strahlenden Zukunft in den Händen gehalten und hätte nur wählen müssen, und einen Augenblick später wurde sie ihr bereits entrissen.

Alessandro liebkoste die arme Corinne, und der muskulöse Arm von Emanuele lag um die schmale Taille seiner Begleiterin, zwischen den Spitzen ihrer blonden Haare und jener Stelle, wo ihr Rücken in den üppigen Hintern überging.

Eleonora begann zu trinken. Es gab nicht viel anderes zu tun vor dem Weggehen, außer durchzuhalten und zu trinken.

Während des Abendessens erhielt Emanuele Dutzende Kurznachrichten und mindestens sechs Telefonanrufe, denen er jedoch keine Beachtung schenkte. Bis er sich irgendwann genervt erhob und auf die Veranda hinausging, um ungestört zu telefonieren.

Eleonora trank den letzten Schluck Wein und versuchte zu verstehen, was die Blondine sagte – vergeblich.

»Entschuldige, ich habe dich nicht ganz verstanden«, raffte sie sich auf und schielte durch das dunkle Glas der Weinflasche. Leider enthielt sie keinen Tropfen mehr.

»Ich sagte, er wird ständig belagert.«

»Wer?«

»Emanuele!«

»Ach so. Entschuldige.«

Eleonora stand auf und musste sich ungeheuer anstrengen, um nicht zu schwanken. Sie ging zu Emanuele auf die Veranda hinaus. Er hatte das Telefongespräch gerade beendet und rauchte eine Marlboro. Er warf ihr einen kurzen Blick zu, dann konzentrierte er sich wieder auf einen unbestimmten Punkt im Garten.

Ich bin aus dem Kreis raus, sagte sich Eleonora, *sie haben mich rausgeworfen.*

»Wer hat dich genervt?«, fragte sie, zog eine Zigarette aus dem Päckchen in der Brusttasche seines Hemdes und steckte es wieder hinein. Sie zögerte. Sie wäre ihm gern um den Hals gefallen. Hätte seine Haut mit den Lippen liebkost und dabei seinen Geruch tief eingeatmet.

Ob er merkte, wie sehr sie ihn noch immer begehrte?

»June«, antwortete er zerstreut.

»Hätte ich mir denken können.«

»Ach ja? Ich hatte es nicht erwartet. Nicht so, jedenfalls. Ich dachte, Corinne hält den Weltrekord in Sachen Dickköpfigkeit.«

»Es ist nicht leicht, euch ziehen zu lassen.«

Er machte ein Gesicht wie so oft, wenn sie zusammen waren, das Gesicht eines Mannes, der nicht mit Zärtlichkeit rechnete, weder mit der eigenen noch mit der von anderen. Er warf die Zigarette über die Brüstung und steckte die Hände in die Hosentaschen, machte aber keine Anstalten hineinzugehen.

Eleonora war ihm dankbar dafür. Wenigstens einer blickte nicht durch sie hindurch, als wäre sie gläsern.

»Übrigens, ich gehe«, sagte sie.

Für einen Moment wirkte er überrascht. »Ach komm, red keinen Unsinn.«

»Warum nimmst du mich nicht ernst? Gibt es einen Grund, warum ich nicht gehen sollte?«

»Es gab auch keinen Grund zu bleiben«, sagte er. »So lange zu bleiben, meine ich.«

»Ich dachte, dass ich ihn liebe.«

»Schau einer an. Du bist genau wie er. Das ist sein Lieblingssatz.«

Eleonora wurde nervös. Sie war zu betrunken, um etwas anderem Ausdruck zu verleihen als ihrem Instinkt. Und Emanuele gegenüber war dieser leider sehr eindeutig. »Ich wollte sagen: Ich dachte, ich hätte Zeit, um ihn zu lieben.«

»Ihr verliebt euch, ihr entliebt euch«, fuhr Emanuele fort, als hätte er ihren letzten Satz nicht gehört. »Ihr seid wie blinde Tiere, die im Dunkeln herumtappen.«

»Gütiger Himmel, du bist ja ein Dichter!«

Mit Sarkasmus hatte er nicht gerechnet, und er lachte, um nicht wütend zu werden. »Du bist ziemlich bissig, weißt du das? Doch an dem, was geschehen ist, bist du ganz allein schuld. Wir haben es dir alle gesagt, wie Alessandro ist.«

»Ist ja gut, erspar mir die Moralpredigt.«

»Scheiße, bist du betrunken! Wie viel hast du denn in dich hineingeschüttet?«

»Nur das Allernötigste, würde ich sagen, nach dem, was mir in den letzten Tagen passiert ist. Ich habe erkannt, dass ich nach einem fertigen Drehbuch gespielt habe, ich bin mit einer ziemlich schockierenden Wahrheit konfrontiert worden, und ich habe euch alle beide verloren. Reicht das?«

Ihre Aufrichtigkeit würde ihr nicht weiterhelfen, das wusste sie. Aber im Grunde hatte sie nichts mehr zu verlieren, nachdem sie an jeder Abzweigung den falschen Weg eingeschlagen hatte.

»Ich … komme nicht von dir los«, endete sie und entledigte sich so der letzten Barriere. »Sogar als ich mich für Alessandro entschieden hatte, habe ich noch von dir geträumt. Davon, dass du mich besitzt.«

Er wurde sehr ernst. »Du solltest nicht solche Sachen sagen, wenn du getrunken hast.«

»Ich sage sie, gerade weil ich getrunken habe.«

»Eben.«

»Wir verstehen uns nicht. Egal. Wer ist eigentlich die Tusse? Ich habe dich für wählerischer gehalten, weißt du? June hatte einen gewissen Stil. Die da drinnen ist bloß eine dämliche Ziege.«

»Da irrst du dich. Aber wenn du dich besser fühlst bei dem Gedanken, dass ich mit einer dämlichen Ziege ins Bett gehe, dann ist das okay für mich.«

Sie schaute ihm fest in die Augen, wollte ihm die abscheulichsten Beschimpfungen an den Kopf werfen. Aber sie lachte nur. »Du bist einfach nur ein Scheißkerl.«

»Komm her.«

Er zog sie hinter ein Metallgestell, das den Balkon abschirmte, und drückte sie gegen eine Ablage aus Aluminium.

»Ich habe dir gesagt, dass du dich von mir fernhalten sollst, aber nein, du bist schlimmer als June.«

Es war klar, dass er scherzte, aber sein Satz nervte sie trotzdem.

Hinter Emanueles Kopf tobte ein Sturm. Es war seltsam, dass Bruges davon unberührt blieb. Die Bäume bogen sich in der Ferne. Auf der Veranda herrschte dagegen Windstille.

»Ich bin ...«

»... betrunken, ja.«

»Ich kapiere gar nichts mehr.«

Sie spreizte die Knie, so dass seine Hüften ganz dicht vor ihr waren. Der metallene Reißverschluss seiner Jeans kratzte auf ihren Beinen, die trotz des Herbstes noch nackt waren. Schwere Steine rumpelten in ihrem Bauch herum, bis sie bleischwer in ihrem Unterleib landeten.

Emanuele neigte den Kopf und suchte ihren Mund. Erst jetzt zerzauste ein leichter Wind ihm die Haare auf der Stirn.

»Ein Sturm kommt auf«, sagte er, den Mund auf ihren Lippen. Während der warme Wind sie erreichte, hob er ihren Rock an.

»Du darfst mich ruhig küssen, weißt du? Du tust niemandem unrecht damit. Na ja, der dämlichen Ziege vielleicht, aber das kümmert mich einen Scheiß.«

Der Hauch seines Lachens drang durch ihre Lippen, durch die halb geschlossenen Zähne. Eleonora leckte ihm über den Mund, ließ ihre Zunge hineingleiten und suchte die seine. Es war unnötig, die Rolle weiterzuspielen. Sie war von der Bühne längst wieder in den Zuschauerraum hinabgestiegen und würde das Theater jeden Moment verlassen. Da konnte sie sich genauso gut noch nehmen, was sich ihr von dem herrlichen Spektakel darbot. Es würde keine weitere Aufführung geben.

»Ich will dich in mir spüren«, wagte sie zu sagen, vom Alkohol ermutigt.

»Fordere mich nicht heraus, Eleonora.«

»Doch, genau das tue ich. Glaubst du etwa, ich hätte den Mut nicht dazu?«

Er stützte eine Hand neben ihrem Kopf ab, mit der anderen öffnete er den Reißverschluss.

»Niemand hat mir zu sagen, was ich tun soll«, unterstrich er. »Ich gebe hier die Befehle.«

Eleonora entfuhr ein Stöhnen, als er den schmalen Streifen ihres Tangas zur Seite schob, sich vor sie hinstellte und ganz wenig in sie eindrang. Sie musste vorsichtig sein. Es lohnte sich, die Brosamen aufzupicken, aber sie wollte nicht entdeckt werden. »Wenn man einen Ort verlässt, muss man dafür sorgen, dass man in bester Erinnerung bleibt«, hatte ihre Mutter immer gesagt, wenn sie am Ende des Sommers den Urlaubsort verließen. Sie hatte jeweils eine Liste von allen Dingen zusammengestellt, die den Nachbarn gefielen, und jedem etwas geschenkt, eine Stunde ihrer Zeit, eine Torte, eine Blume, ein freundliches Wort.

Eleonora hielt sich den Mund zu, als Emanuele tief in sie eindrang. Die metallene Ablage schepperte laut, weil sie gegen die Mauer schlug. Die anderen würden sie hören. Daher zog Emanuele sie in seine Arme und vögelte sie im Stehen.

»Du tust ja doch, was ich dir befohlen habe«, neckte sie ihn, flüsterte es ganz nah an seinem Ohr mit einer rauen Stimme, die ihr fremd war. »Du gehorchst mir.«

Sie war selber verblüfft darüber. Irgendetwas veränderte sich gerade, und wieder war es ihr Körper, der ihr sagte, in welche Richtung sie gehen sollte.

»Ich bin verrückt nach dir«, sagte er. »Total verrückt. Und jetzt sei still, denn ich kann nicht mehr.«

Er kam nach wenigen Sekunden, mit zwei tiefen Stößen, während sie sich an ihn klammerte. Sie wollte ihn nicht loslassen. Sie wollte nicht gehen. Es war alles falsch und dennoch verdammt schön.

Kaum hatte er sich von ihr gelöst, traten Denise und die Blondine in den Innenhof.

Die beiden sahen sie nicht sofort. Sie zündeten sich einen Joint an und unterhielten sich. Eleonora hatte gerade noch Zeit, sich wieder herzurichten, und Emanuele zog rasch den Reißverschluss seiner Jeans hoch.

Als die Blondine sie kurz darauf bemerkte, wusste sie trotzdem sofort Bescheid.

»Ach, hier bist du«, sagte sie, auf ihrem Gesicht ein Anflug von Enttäuschung, der ihr sogar gut stand.

»Wieso, wo sollte ich denn sonst sein? In Tokio?«

»Sehr witzig.« Sie sah zu Denise hinüber, als suchte sie eine Bestätigung für ihren Verdacht, dann heftete sie den Blick auf Eleonora. »Während du hier draußen warst«, sagte sie, »hatte Corinne einen Schwächeanfall. Du solltest vielleicht mal nach ihr sehen.«

Alle anderen wussten ganz genau, wie man ein Messer in ein Herz rammen musste, damit es möglichst wehtat. Nur sie hatte nicht die geringste Ahnung.

Eleonora wusste nicht, was richtig und was falsch war, weiß und schwarz, gut und schlecht. Sie wusste nicht, ob es klug war zu bleiben oder zu fliehen. Sie wusste weder, wie sie gewinnen noch wie sie verlieren sollte, sie kannte die Schwachpunkte der anderen nicht und wusste nicht, wie sie sie treffen konnte.

Aber an jenem Abend hatte sie eines ganz klar verstanden: Man trifft nicht alle Entscheidungen nach dem eigenen Willen. Sehr häufig folgt man einer viel befahrenen Straße und tut, wozu die Umstände einen drängen.

Sie war nicht daran gewöhnt, Fehler zu beheben. Sie hatte in ihrem Leben schon viele Fehler begangen, wie jeder

Mensch. Doch im Gegensatz zu den andern war sie danach immer weggelaufen und hatte damit von vornherein aufgegeben. Nie war es ihr gelungen, sich zu entschuldigen, ein Unrecht wiedergutzumachen, ein Wort zurückzunehmen. Jedes Mal war das der Zeitpunkt gewesen zu gehen. Das Schlimmste daran war, dass sie sich dessen stets erst bewusst wurde, wenn es bereits zu spät war, wenn sie sich umdrehte und durch die Heckscheibe eines Taxis zu dem Haus zurückschaute, dem sie gerade entfloh.

24

Eleonora erhielt zwei Telefonanrufe aus ihrem alten Leben, während sie die Wohnung besichtigte, die Corinne ihr mit großer Begeisterung beschrieben hatte. Das Fremdenverkehrsbüro, in dem sie arbeitete, betreute vor allem Touristen, aber sie hatten auch eine Liste mit freistehenden Mietwohnungen in und um Florenz. Als Eleonora halbherzig erwähnt hatte, dass sie umziehen wolle, hatte Corinne ihr eine Einzimmerwohnung, die nur wenige Schritte von der Schule entfernt lag, auf dem Silbertablett präsentiert.

»Da musst du zugreifen, Eleonora!«, hatte sie fröhlich begeistert gesagt. »Sie wollen nur dreihundertfünfzig Euro plus Nebenkosten.«

Als Erstes rief ihre Mutter an, die ihr mitteilen wollte, dass sie von Spanien die Nase voll habe und nach Italien zurückkehren werde. Sie könnten sich ja vielleicht in Neapel sehen.

Eleonora brauchte eine Weile, um die Aufregung niederzukämpfen, welche die Stimme ihrer Mutter in ihr auslöste. Gleiches galt für das unangenehme Gefühl, weil ihre Mutter einen ganz normalen Ton anschlug, obwohl sie sich seit Monaten nicht gesprochen hatten.

»In Neapel?«

»Ja, mein Schatz. Ich werde eine Zeit lang dort leben.«

»Aber ich bin in Florenz, Mama.«

»Och, was macht das schon. Mit diesen modernen Hochgeschwindigkeitszügen bist du doch in zwei oder drei Stunden in Neapel.«

»Gut, ich überlege es mir und gebe dir Bescheid.«

»Bring bitte Corinne mit. Dann machen wir ein schönes Familientreffen.«

Ein Familientreffen, ja klar. »Entschuldige, Mama, aber ich besichtige gerade eine Wohnung. Wir hören uns dann.«

»Okay, Liebling, ich rufe dich an, sobald ich in Neapel bin.«

Ja, ja, ja.

»Wer war das?«, fragte Corinne und öffnete die Fenster, um ihr zu zeigen, wie viel Licht in die Wohnung fiel. »Als der Besitzer mir die Schlüssel gegeben hat, sagte er, dass dies die hellste Wohnung im ganzen Viertel ist. Das will ich jetzt sehen!«

»Es war Mama.«

Corinne drehte sich überrascht um. »Mama? Sie geht seit drei Tagen nicht ans Telefon, ich habe mir schon Sorgen gemacht.«

»Wieso das, rufst du sie ab und zu an?«

»Natürlich!«, rief Corinne entsetzt. »Du etwa nicht?«

»Nein.«

Corinne schüttelte mitleidig den Kopf, ganz die geliebte und liebende Tochter. »Du hast einfach keine Wurzeln.«

»Ach. Wer ist daran wohl schuld?«

Der zweite Anruf kam, als sie das Bad begutachtete. Corinne achtete sehr auf die Details und erklärte ihr gerade, dass die Duschkabine gut abgedichtet sei. Das war offenbar ein wichtiger Aspekt.

Die Nummer auf dem Display gehörte Roberto. Ihr altes Leben hatte vielleicht bemerkt, dass sie nicht mehr als Geisel in Bruges festgehalten wurde.

»Ja?«

»Hallo, Eleonora.«

Sie hätte das Handy am liebsten wieder zugeklappt. Sofort. Plötzlich fühlte sie sich Roberto gegenüber sehr stark. Jetzt, da sie alles verloren hatte, konnte er sie nicht mehr demütigen. Was hatte sich verändert?

Ich habe mich verändert.

»Was willst du, Roberto?«

»*Mamma mia,* mir ist gerade das Ohr abgefroren.«

»Fass dich bitte kurz. Ich habe viel zu tun.«

»Du bist unfair. Das ist jetzt das zweite Mal, dass ich versuche mit dir zu sprechen. Ein bisschen Dankbarkeit wäre wohl angebracht.«

»Dankbarkeit? *Dankbarkeit?*«, schrie sie und riss Corinne aus ihrer aufmerksamen Betrachtung des Silikonstreifens der Dusche. »Tu mir einen Gefallen, Roberto. Vergiss meine Nummer. Such dir eine Frau, die du formen kannst, kauf ihr die richtigen Kleider, dressiere sie und führe sie aus. Du wirst sehen, das ist viel zufriedenstellender als eine Versöhnung zwischen uns. Viel Glück!«

Eleonora klappte das Handy tatsächlich zu. Sie fühlte sich euphorisch. Zuerst Mama, dann Roberto. Zwei Plagen. Nun war die Reihe an Corinne.

»Okay, danke. Ich nehme die Wohnung«, sagte sie, warf das Handy in ihre Tasche und zündete sich eine Zigarette an.

»Julia, du darfst hier nicht rauchen!«

»Ich habe gesagt, dass ich sie nehme. Du kannst also beruhigt sein, sowohl was die Zigarette als auch was Alessandro betrifft.«

Corinne blieb wie angewurzelt stehen. »Wie meinst du das?«, zischte sie und bewegte dabei kaum die Lippen.

»Dass du beruhigt sein kannst. Du bist total aufgeregt,

schau dich doch an. Du brauchst mich nicht zu überzeugen, die Wohnung zu nehmen und sobald wie möglich aus der Villa auszuziehen. Sie gefällt mir, ich will sie.«

»Ich wollte dich nicht wegschicken«, sagte Corinne. Sie schien ehrlich zu sein. Auch sich selbst gegenüber.

»Wirklich? Schwör es.«

»Julia, was ist los?«

»Hör auf, mich ständig Julia zu nennen!«

Corinne begann zu weinen. Eleonora schaute sie an, wie man ein wildes Tier im Zoo betrachtet.

Ihre Tränen waren echt, ihr Schmerz war authentisch.

»Corinne …«

»Ich weiß einfach nicht, was ich mit dir tun soll«, schluchzte ihre Freundin mit der Stimme eines kleinen Mädchens. »Ich wusste es noch nie.« Sie putzte sich die Nase und setzte sich mit dem Rücken zu Eleonora auf das Sofa.

»Ich wollte nicht viel von dir, nur dass du mich liebst. Aber nein. Du warst viel zu sehr damit beschäftigt, an all die Dinge zu denken, die du gern für dich allein gehabt hättest, wenn ich nicht da gewesen wäre. Viel zu beschäftigt, mir ständig unter die Nase zu reiben, dass ich nicht deine Schwester war, jedenfalls nicht deine echte.«

»So war es nicht, du irrst dich. Du warst es, die alles für sich wollte. Mamas Liebe, die Jungs, die mir gefielen, meine Freundinnen.«

»Was konnte ich denn dafür, dass mich alle mochten? Du warst dauerwütend, deshalb haben sich auch alle von dir abgewendet.«

Eleonora starrte auf den unbedeckten Nacken von Corinne, auf die dünnen Haarsträhnen, die sich aus dem Pferdeschwanz gelöst hatten und auf den Halswirbeln kleine Wellen formten.

»Ich war dauerwütend, weil …«

Es gab kein Weil. Als Jugendliche hatte der Zorn keinen Grund. Nicht einmal die Enttäuschung auf dem Gesicht ihrer Mutter machte sie wütend. Sie war an die Gleichgültigkeit gewöhnt. Gewiss, die Folgen waren spürbar, wie bei Corinne, aber völlig unbewusst.

In dem Moment war für sie alles klar. Einige ihrer Freundinnen schleuderten diesen Zorn, der keiner Logik folgte, ihren geschiedenen Eltern an den Kopf. Andere der beliebtesten Mitschülerin in der Klasse. Wieder andere der alten Tante. Und sie ging auf ihre beste Freundin los, die unverhofft quasi eine Adoptivschwester geworden war. Denjenigen zu lieben, der dir die Liebe deiner Mutter streitig macht, ist nicht leicht, und zwar in jedem Alter. Liebe und Hass hatten sich allzu früh vermischt, als dass sie auch nur annähernd damit hätte umgehen können.

Warum nur hatte jener Zorn Folgen gehabt, die bis zum heutigen Tag nachwirkten? Vielleicht war es niemandes Schuld, vielleicht hatten ihre Niederlagen die Saat des Zorns genährt und giftige Früchte hervorgebracht. Manchmal geschieht es genau so. Bloß um irgendetwas hervorzubringen sät man Leid.

»Tut mir leid«, sagte Eleonora, als wäre sie Corinne gerade auf den Fuß getreten. Mehr brachte sie nicht über sich.

»Macht nichts. Ich gehe jetzt in die Agentur und sage den anderen, die Wohnung sei vermietet.«

Corinne erhob sich, zog die Nase hoch und ging über die Traurigkeit hinweg, wie nur sie es fertigbrachte.

Sie trennten sich grußlos an der Haustür.

Eleonora trug ihren Koffer in die Eingangshalle, während Denise Mina beim Abräumen half.

Die neue Wohnung war noch nicht bezugsbereit, sie

würde in frühestens zwei Tagen einziehen können, daher hatte sie sich entschieden, in einem Bed & Breakfast zu übernachten.

Alles, um nur nicht das perfekte Gemälde ansehen zu müssen, das sie auf den Mauern der Villa Bruges entdeckt hatte, als sie angekommen war.

Das Leben in dem goldenen Rahmen, das Corinne führte, Alessandro, der den duftenden Pfirsichen hinterherrannte, um sie irgendwo zu verstecken, der aufgesetzte Frieden und das bedrückende Schweigen.

Sie wäre gern geblieben, um das Geheimnis dieses Ortes zu lüften. Aber sie wusste inzwischen, was in der Vergangenheit geschehen war, auch wenn sie die Einzelheiten nicht kannte. Gewisse Details machen ein Geheimnis erträglicher als andere, eine Erklärung leichter, wenngleich nicht weniger schmerzlich.

Keiner der Bewohner der Villa hatte sie für würdig befunden, die Einzelheiten zu erfahren. Die erzählt man nur denjenigen, die man mag.

»Ich mache einen Spaziergang«, sagte sie zu Denise, die sie nicht weiter beachtete.

Eleonora durchquerte den Garten, schritt durch das Tor und schlug den Weg in den Wald ein, der zum Gutshof von Emanuele führte. Es war unglaublich, wie Alessandro sofort wieder die Gestalt eines Engels und Fantasiegebildes angenommen hatte, kaum dass er sie nicht mehr umworben hatte. Sie dachte an ihn als eine zweidimensionale Figur auf einem Heiligenbildchen, einen Heiligenschein über dem Kopf, die Augen ekstatisch zum Himmel gerichtet. Dieses Bild, das anderen lächerlich vorkommen mochte, beunruhigte Eleonora. Es erinnerte sie daran, dass das einzige menschliche Wesen aus Fleisch und Blut Emanuele war. Er hatte sich als Einziger wirklich geopfert, indem er bis heute die Rolle des entführten Jungen spielte, um seinem Bruder zu helfen.

Sie war überzeugt, dass da noch etwas anderes war, außer der Entführungsgeschichte. Alessandro hatte in seinem Schockzustand die komplette Gefangenschaft aus seinem Gedächtnis gelöscht und Emanuele an seine Stelle gesetzt. Dann, Jahre später, rastete Emanuele aus und verletzte die Frau, die er liebte.

Da stimmte etwas nicht, und zwar ganz und gar nicht.

Eleonora sah ihn schon von Weitem, als sie aus dem Wald trat. Er lehnte am Zaun und telefonierte. Auf seinem Gesicht lag der ironische Ausdruck, der ihr so gut gefiel und sie zugleich zur Weißglut brachte, sie konnte ihn sogar auf die Distanz erkennen.

Als sie näher trat, war er immer noch in das Telefongespräch vertieft.

»Sagen wir am Dreizehnten? Einverstanden, für mich passt es so. Bring aber diesmal bitte deinen Bruder nicht mit, letztes Jahr musste ich mich für ihn schämen, er war eine Schande für das männliche Geschlecht.« Dann bemerkte er sie und lächelte. »Okay, ruf mich morgen an. Ciao.« Er steckte das Handy in die Tasche. »Oh, Alice. Was verschafft mir das Vergnügen?«

»Der Abfahrtswind, Cowboy.«

Er wurde ernst. »Komm schon, das ist doch ein Scherz.«

»Lädst du mich auf ein Bier ein?«

»Klar.«

Er trat zu ihr und küsste sie auf die Lippen. Sein weicher Mund war alles, was sie wollte. Nun ja, fast alles.

Eleonora lehnte am Spülbecken, während er das Bier aus dem Kühlschrank nahm. Sie erinnerte sich, wie er sie genau an der Stelle berührt hatte, an ihren Körper zwischen dem kalten Chromstahl und seinen warmen Händen.

»Ich habe eine Einzimmerwohnung ganz in der Nähe der Schule gefunden«, fuhr sie fort und hoffte, so gelassen zu klingen, dass sie überzeugend war. Es war schwierig geworden, keine Rolle zu spielen. Einfach nur man selbst zu sein, war in Bruges nie ausreichend. »Aber vorerst ziehe ich in ein Bed & Breakfast in Borgo San Lorenzo.«

»Du scheinst es eilig zu haben.«

Emanuele öffnete die Flaschen und reichte ihr ein Bier. Das eiskalte Getränk löste ihre Zunge.

»Ja, ich muss.«

»Kannst du die beiden nicht mehr zusammen ertragen?«

»Das ist es nicht.«

»Was denn?«

Er näherte sich ihr wieder, um sie zu küssen. Es war, als wollte er sie zum Bleiben auffordern. Als könnte er sie überzeugen, dass doch etwas Reales auf jener Bühne stattfand.

»Ich habe ein Problem, Eleonora …«

Sie betrachtete seinen Mund und reckte den Hals, um ihn noch einmal zu küssen.

»Sag.«

»Ich bin es leid, allen etwas vorzumachen.«

Herrgott, endlich ein Bekenntnis.

»Was denn vorzumachen?«

»Einen Haufen Dinge. So zu tun, als würde ich dich nicht lieben, zum Beispiel.«

Ihr Herz purzelte davon, das Vögelchen schlug mit den Flügeln gegen den Käfig. Was für ein seltsames Gefühl, diese plötzliche Mattigkeit. Mit sechzehn oder achtzehn hatte sie sich oft so gefühlt, irgendwann hatte es dann aufgehört, warum auch immer. Vielleicht weil man sich nur in dem Alter wirklich verliebt, während man später, wenn man erwachsen wird, kaum mehr zulässt, dass einen jemand wirklich tief berührt.

»Du bist seit Neuestem ganz schön aufdringlich, weißt du das?« Da war sie wieder, die verdammte Ironie. »Ich wache auf, und schon stürzt du dich auf mich und reitest mit offenen Haaren auf mir. Dabei rutscht dir dein Nachthemd über eine Schulter. Ich esse, und du berührst mich. Deine Hand reibt ihn mir, bis er hart ist, während ich versuche, den Bissen runterzuschlucken. Die Nacht führt mir eine Frau ins Haus. Ich werfe sie auf mein Bett, spreize ihre Beine und lecke dich.«

Auch Eleonora konnte nicht schlucken. Sie musste all ihre Willenskraft aufbieten.

»Hör zu, ich …«

»Ja, ja, ich weiß.« Er nahm sie auf den Arm und trug sie ins Schlafzimmer. »Du bist in Alessandro verliebt.«

»Das wollte ich nicht sagen.«

»Nein?«

Er legte sich auf sie und fuhr mit den Lippen über ihre Brustwarzen, die gegen ihr Shirt drückten.

»Ich kann dir einfach nicht widerstehen. Ich möchte dich respektieren, ich hätte gern die Kraft, dir zu sagen, dass ich nicht mit dir ins Bett gehen kann, nachdem ich dich für deinen Bruder verlassen habe.«

»Aber?« Er schob ihr das Shirt hoch und leckte die hart gewordenen Brustwarzen.

»Aber ich schaffe es nicht.«

Er griff nach ihrem Handgelenk und führte es an seine Lippen. Auf die Stelle, wo die Zeichnung der Rose mit der langen Narbe verflochten war, drückte er zwei Küsse.

»Eines Tages wirst du mir erzählen, wer dir das angetan hat«, sagte er.

Eleonora konnte nicht antworten, noch nicht. Sie entwand ihm das Handgelenk, griff mit den Fingern in sein Haar und zog ihn zu sich, um ihn zu küssen.

Emanuele wehrte sich nicht, dann küsste er ihren Hals. Seine Zunge hinterließ eine feuchte Spur zwischen ihren Brüsten, auf dem Bauch, im zitternden Bauchnabel. Mit zwei Handgriffen zog er ihr die Jeans aus. Es war alles so selbstverständlich, wenn sie mit ihm zusammen war. Keine unpassende Geste, keine ungelenke Bewegung, kein unbeabsichtigter Schmerz, alles wirkte ausgewogen und perfekt.

Dennoch war es nicht einstudiert. Irgendwie sehr seltsam. Obwohl, vermutlich musste es so sein, wenn zwei Seelenverwandte sich fanden.

Seine Zunge glitt zwischen ihre Beine und ließ sie heftig zusammenzucken. Eleonora spürte den Hauch seines Lachens, dann wieder seine saugenden Lippen. Sie schleuderte einen spitzen Schrei zur Decke. Ihre Haut brannte, die Kehle brannte. Der Raum stand in Flammen, ebenso wie ihr Leben.

»Himmel, du kommst gleich. Warte«, murmelte Emanuele, der sich aufsetzte und seine Hose aufmachte. »Lass dich vögeln, solange du dieses Verlangen hast.«

Er nahm ihr Gesicht in die Hände und verschlang es stürmisch mit seinem Mund. Was hatte dieser Mann, das sie so wehrlos machte, dass ihr jedes Mal glühende Lava durch die Eingeweide rann, wenn er sie penetrierte?

»Dieses Verlangen, besessen zu werden … Keine Frau ist wie du. Keine.«

Er drehte sie auf den Bauch und legte sich mit seinem ganzen Gewicht auf Eleonora, als könnte sie es aushalten. Dann drang er mit einem einzigen Hüftstoß tief in sie ein und entlockte ihr einen unterdrückten Schrei, der alles auslöschte. Alessandro, Bruges, die Vergangenheit, die Zukunft – nichts hatte mehr Bedeutung.

»Emanuele …« Sein Name in ihrem Mund, so oft ausgesprochen, dass die Vokale an der Zunge klebten und die

Konsonanten die Kehle hinunterrannen, zähflüssig wie Honig.

Kurz vor dem Höhepunkt löste er ihre Hände, mit denen sie sich am Bett festklammerte, küsste die weißen Fingerknöchel und die Spuren der Fingernägel in der Handfläche. Dann drehte er sie wieder um, um ihr in die Augen zu sehen, und nahm sie noch einmal, wobei er mit seinem Geschlecht und seinem Blick gleichermaßen von ihr Besitz ergriff.

»Du gehörst mir.«

Du gehörst mir.

Zu jemandem, zu etwas gehören.

Eleonora verfolgte die Zeichnungen der Schatten an der Decke mit weit aufgerissenen Augen, während Emanuele auf ihrer Brust schlief, die sich noch immer vor Erstaunen schwer hob und senkte.

Zu einem Mann gehören, zu einem Flecken Erde, zu einem Raum.

Sie fuhr ihm zärtlich durch die Haare und war so tief ergriffen, dass sie sich zusammenreißen musste, um den Tränen nicht freien Lauf zu lassen und ihn zu benetzen.

Sie wusste nicht, was mit ihr geschah, nur über eines hatte sie Gewissheit: Es war Zeit zu gehen.

Das, was sie Corinne vor gefühlten Jahrmillionen geraten hatte, galt nun auch für sie. Sie musste sich ein Leben in Florenz aufbauen, einen Ort für sich finden, bevor sie jemandem erlauben durfte, in ihn einzudringen. Sie musste die Leere in ihrem Leben begrenzen, mit Dingen füllen, um sie anschließend dem Mann anzubieten, den sie liebte.

Nur zu gern hätte Elenora erfahren, was tatsächlich geschehen war, bevor sie ging. Nur zu gern hätte sie verstanden, warum sich Emanuele und Alessandro eine Bühne teilten und beide eine Rolle spielten, statt einfach zu leben. Doch sie hatte nicht den Mut, den Mann zu fragen, der auf ihr lag und schlief, nicht jetzt, da sie verstanden hatte, wie wichtig er war.

Das Drehbuch sah vor, Alessandro zu lieben. Er war liebenswürdig, gutherzig, nett und großzügig. Sein Talent machte ihn ungreifbar wie einen Filmstar und rechtfertigte jede seiner anmaßenden Handlungen.

Das Drehbuch sah außerdem vor, sich von Emanuele angezogen zu fühlen. So war es vor ihr Corinne, Denise und Annalisa ergangen.

Doch jetzt, da Eleonora von der Bühne herabgestiegen war, sah sie alles mit größerer Klarheit. Sie würde nicht zulassen, dass sich die Ereignisse wiederholten.

Sie würde eine andere Entscheidung treffen.

25

Als sie nach Bruges zurückkehrte, um ihren Koffer zu holen, wartete Alessandro auf sie.

An eine Wand gelehnt, stand er da, die Hände in den Taschen, den Blick auf den Hauseingang gerichtet.

Er war so attraktiv, dass es ihr den Atem raubte. Zart, freundlich, tragisch. Wer ihm Leid angetan hatte, hatte sich der Ketzerei, einer Verfehlung schuldig gemacht.

»Was tust du hier?«, fragte sie und versuchte, ihn nicht zu sehr anzustarren.

»Maurizio hat mich angerufen. Er sagte, dass du ausziehst. Das hättest du mir ruhig sagen können. Sagen müssen.«

Es fiel Eleonora schwer, nicht ungehalten zu reagieren. Sie war nicht wütend geworden, als er ihren Verlockungen gegenüber gleichgültig geblieben war, sie war auch nicht wütend geworden, als er sie verführt und danach sitzengelassen hatte. Nun aber wurde sie wütend, weil er offenbar für selbstverständlich hielt, dass sie ihn im Voraus über ihr Tun und Lassen informierte.

Sie nahm den Koffer und trat in den Innenhof hinaus.

»Wärst du tatsächlich einfach so abgehauen, ohne dich von mir zu verabschieden?«, fragte er hinter ihr. Seine Stimme war ruhig, aber der Ton ein Schrei. Es war seltsam, ihn so sprechen zu hören.

»Ich wandere ja nicht nach Alaska aus. Ich hätte dich schon noch angerufen.«

»Ach ja?«

»Sicher.«

»Bleib stehen, verdammt noch mal. Ich begleite dich nach Florenz. Wie willst du denn da hinkommen?«

»Mit dem Bus.«

»Aber erst musst du mal nach Borgo San Lorenzo, und das mit dem Koffer ...«

Eleonora blieb vor dem Tor zur Allee abrupt stehen. Sie drehte sich um, bebte am ganzen Körper. »Du brauchst dich nicht um mich zu kümmern. Es ist alles okay.«

Traurig schüttelte Alessandro den Kopf. Sein Gesichtsausdruck brach ihr das Herz.

»Nein, es ist nicht okay. Bitte erlaube mir, dass ich mich um dich kümmere, Eleonora.«

»Hör zu. Du hast erleichtert gewirkt, als ich dir gesagt habe, dass ich eine Wohnung suche. Genauso erleichtert warst du, als du kapiert hast, dass ich kein weiterer Geier bin, der für immer und ewig auf deiner Schulter hockt.«

»Nein, das war ich nicht. Ich muss wissen, dass ich mich um dich kümmern darf.«

»Aber warum?«

»Weil es allen Menschen, die in mein Leben treten, gut gehen soll. Ich will es so.«

»Was ist mit Michela?«

»Sie hat die Rechnung beglichen, indem sie meinen Traum zerstörte.«

Eleonora ließ den Koffer zu Boden fallen, verwirrt, entkräftet. »Und ich? Wie kann ich die Rechnung begleichen und dich befreien?«

»Ich will nicht, dass du mich befreist. Mir liegt sehr viel an dir.«

»Offenbar nicht genug.«

»Was hätte ich denn tun sollen? Zulassen, dass Corinne aus Liebe vor die Hunde geht?«

»Was ist so besonders an ihr, etwa, dass sie keinen Liebeskummer haben darf, im Gegensatz zu neunundneunzig Prozent der Weltbevölkerung?«

»Sie hat sich fast umgebracht, Eleonora.«

»Ja, ich weiß, ich weiß. Ich habe dieselbe Entscheidung getroffen wie du. Wir wollten sie alle beide beschützen, und wir haben es auch getan. Aber nun lass mich gehen, bitte. Du bist frei.«

Damit wandte sie sich wieder um, während ihr ungehörigerweise Tränen in die Augen stiegen. Sie hatte es so satt. Der Koffer wog schwer, aber die Wut verlieh ihr ungeahnte Kräfte. Wut auf Alessandro, der um jeden Preis sein Gewissen erleichtern wollte, und Wut auf sich selbst, weil sie wünschte, er möge ihr folgen, sie umarmen und ihr sagen: »Du bist die große Ausnahme.«

Er tat es nicht. Eleonora merkte, dass sie ihre Schritte verlangsamte, und stieß fast einen Schrei aus, als sie innehielt und sich umdrehte.

Alessandro stand noch immer da, zehn Schritte von ihr entfernt.

»Eins noch: Danke für den Job«, sagte sie und ging ein paar Schritte zurück in seine Richtung. »Ich möchte nicht undankbar erscheinen. Ich weiß zu schätzen, was du alles für mich getan hast.«

Was zum Teufel tust du da? Hau ab.

»Ich gehe, weil ich leide. Verstehst du das? Nicht weil ich dich nicht mehr sehen will.«

Er antwortete nicht, blieb reglos stehen. Eleonora versuchte, sich zu beherrschen, aber vergeblich. Sie machte sich wieder auf den Weg, ihre Wangen glühten, die Augen brannten.

Sie ging den Pfad entlang, ohne sich noch einmal umzudrehen, und kam bald nach Borgo San Lorenzo. Verschwitzt und mit zitternden Knien löste sie ein Ticket nach Florenz.

Kurz bevor der Bus kam, wurde sie zwischen einem älteren Ehepaar und einem jungen Mädchen ohnmächtig.

»Was ist geschehen, Herr Doktor?«

Eine dünne, vertraute Stimme.

»Ihr Blutdruck ist plötzlich abgefallen. Nichts Ernstes. Wissen Sie, ob die Patientin in letzter Zeit besonderem Stress ausgesetzt war?«

»Vielleicht.«

An dem »vielleicht« erkannte sie Corinne. Eleonora schlug die Augen auf und sah Emanuele, der auf einem Plastikstuhl an ihrem Bett saß. Dann blicke sie auf Corinne, die mit einem Mann im weißen Kittel sprach.

»Sie ist aufgewacht.« Die besorgte Stimme von Alessandro.

»Lasst mich mit ihr allein, bitte«, ertönte eine andere Stimme aus einer Ecke des Raums außerhalb ihres Blickfelds. Ihr Hals war durch irgendetwas in seiner Beweglichkeit eingeschränkt. Wenn sie ihn berührte, spürte sie jedoch nichts.

Eleonora folgte Emanuele beim Verlassen des Raums mit den Augen. Ihn gehen zu sehen, bekümmerte sie, ohne dass sie sagen konnte, warum. Von allen dreien war er der Einzige, den sie tröstend an ihrer Seite haben wollte, dennoch verließ er den Raum als Erster. Die anderen folgten ihm zögerlich.

Sie dachte, es sei an der Zeit, endlich aufzuhören, an das Offensichtliche zu glauben. Wer sich besonders pflichtbewusst zeigte, war womöglich nicht mehr an ihr interessiert als derjenige, der den Raum allzu früh verließ.

»Hallo, erinnerst du dich an mich? Ich bin Antonella Zanetti. Die Psychotherapeutin von Alessandro.«

Eleonora richtete die Augen auf die dunkelhaarige, kräftige Frau, die sich auf den Stuhl von Emanuele gesetzt hatte.

»Wie fühlst du dich?«

»Ja, ich erinnere mich.« Eleonoras Stimme war rau und schwach. »Ich fühle mich so lala. Das war jetzt das zweite Mal innerhalb weniger Wochen, dass ich ohnmächtig werde.«

»Ich dachte, du möchtest vielleicht darüber reden.«

»Nein, danke, ist nicht nötig. Sobald ich aufstehen kann, gehe ich nach Florenz.«

»Ach, du ziehst um? Warum denn?«

»Bruges ist nicht mein Zuhause. Ich kann nicht ewig dort bleiben.«

»Wärst du denn gern geblieben?«

»Was wird das, eine Analysesitzung?«, fragte sie mit neuer Energie.

Die Psychotherapeutin ließ sich nicht entmutigen, sie war sicher an ganz andere Feindseligkeiten gewöhnt.

»Ich arbeite hier im Krankenhaus, und als du eingeliefert wurdest, war ich gerade zufällig in der Notaufnahme. Ich dachte, ich könnte dir helfen. Ich weiß genau, wie schwierig es ist, mit komplexen Familienverhältnissen wie bei den Brüdern Vannini umzugehen. Vor allem, wenn man emotional involviert ist.«

»Wer hat es Ihnen gesagt?«

»Was?«

»Dass ich weiß, was geschehen ist.«

»Denise. Aber ich selbst habe ihnen geraten, dich einzuweihen. Ich nehme an, sie haben dir erklärt, warum.«

Eleonora nickte, sie fühlte sich müder als vorher, obwohl sie fest entschlossen war, noch am selben Abend nach Florenz zu gehen.

»Ich verstehe sehr gut, warum du fliehen willst. Wenn du möchtest, können wir darüber reden.«

»Da gibt es nicht viel zu reden. Ehrlich gesagt verstehe ich nicht ganz, warum Sie sich so sehr für mich interessieren.«

»Ich begleite die Familie Vannini nun schon seit vielen Jahren. Sie haben ein kompliziertes Verhältnis. Davon abgesehen ist es mir ein Vergnügen, jemandem zu helfen, der Alessandro mag. Du magst ihn doch, oder?«

»Ja. Sehr sogar. Wie alle. Nicht?«

»Stimmt. Es ist schwierig, ihn nicht zu lieben.«

»Mir war klar, dass ich einen Mann wie ihn nicht an mich binden könnte. Trotzdem habe ich es versucht. Ich bin eine dumme Gans. Vielleicht liebe ich ihn nicht einmal wirklich, sondern fand es einfach nur richtig, ihn zu lieben.«

Der Ausdruck auf Antonellas Gesicht veränderte sich, war nun weniger beruhigend. »Sei nicht so streng mit dir selbst. Männer wie Alessandro haben ein ganz besonderes Charisma. Dazu kommt noch seine Attraktivität. Da sagst du dir eben: ›Wie könnte ich einen solchen Mann nicht lieben?‹«

»Ja, vielleicht ist es so. Ich muss jetzt los. Ich bin sicher, Sie können mich verstehen.«

»Sehr gut sogar. Davon abgesehen weiß ich, dass Alessandro große Mühe haben wird, dich gehen zu lassen, obwohl er dich nicht liebt. Er leidet unter einem für Misshandelte sehr typischen Schuldgefühl, er verabscheut offene Rechnungen. Er will sich um alle kümmern, um Menschen, die er mag, ebenso wie um Fremde. Nur so kann er die innere Beklemmung zum Schweigen bringen.«

»Ich … verstehe die Entscheidung, ihn um jeden Preis zu beschützen, nur bis zu einem gewissen Grad. Ich würde gern wissen, was damals wirklich geschehen ist.«

»Sie haben es dir doch erzählt, oder nicht?«

»Ja, aber ich habe den Eindruck, dass da noch etwas ist. Außer der Entführung und dem Transfer.«

Antonella nickte nachdenklich. Vermutlich dachte sie an etwas Bestimmtes und fragte sich, ob es richtig wäre, es Eleonora zu sagen. Doch das Berufsgeheimnis gestattete keine Ausnahme, auch nicht aus Erbarmen.

»Nun, dann lasse ich dich jetzt in Ruhe«, sagte sie, erhob sich unvermittelt und legte eine Visitenkarte auf das Nachttischchen. »Hier ist meine Handynummer. Ruf mich an, wenn du mich brauchst.«

»Gut.«

Sie würde es nicht tun. Nicht sie brauchte psychologischen Beistand. Noch nicht.

»Wo muss ich unterschreiben?«, fragte Eleonora den diensthabenden Arzt, der seine Brille ablegte und ihr entgegenkam.

»Aber was tun Sie denn da? Sie haben sich wieder angezogen?«

»Ich möchte das Krankenhaus verlassen. Mir geht es gut.«

»Signora, ich rate Ihnen …«

»Ich brauche keine Ratschläge. Ich will den Entlassungsschein unterschreiben.«

Eleonora setzte sich durch. Sie war noch nie so entschlossen aufgetreten. Es war fast acht Uhr abends, und sie würde den letzten Bus nach Florenz noch erwischen.

Sie nahm den Aufzug und eilte aus dem Krankenhaus, wobei sie mit dem Koffer auf den Stufen stolperte. Ein Mann kam ihr zu Hilfe.

»Das Weiße Kaninchen kehrt nach Hause zurück«, sagte Emanuele und zog sie hoch. »Du kannst jetzt das Tempo drosseln, Alice.«

Eleonora schaute ihn streng an. Er war verflucht attraktiv, das musste sie sogar durch den Nebel ihrer Entschlossenheit hindurch zugeben.

»Was tust du hier?«

»Ich bin hergefahren, um mich nach dir zu erkundigen. Ich war besorgt. Stört dich das?«

»Nein. Aber es geht mir gut, wie du siehst. Aber jetzt entschuldige mich bitte, ich muss zur Bushaltestelle.«

Wieder dieses ironische Lachen. Das konnte er sich sonst wo hinstecken.

»Was gibt's denn da zu lachen?«

»Du bist so was von stur. Nun komm schon, ich nehme dich mit zu mir.«

»Wer hat euch eigentlich eingeredet, dass ich ständig alles tun muss, was ihr mir sagt? Dass ihr mich wie eine Marionette herumkommandieren könnt?«

»Niemand. Alles Einzelinitiative.« Er nahm ihr den Koffer aus der Hand und ging zu dem SUV, der unweit vom Eingang des Krankenhauses auf dem Bürgersteig geparkt war.

»Na gut, du kannst mich zur Bushaltestelle fahren, okay?«

»Ja, ja, sicher.«

Er nahm gleich die Umgehungsstraße. Eleonora lehnte den Kopf an die Rückenlehne, zu müde, um sich aufzuregen. Sie schloss die Augen und atmete Emanueles Duft tief ein, der sich spiralförmig im Innenraum ausbreitete, sie in der Nase kitzelte, sich auf ihr niederließ.

»Du bist wirklich eine harte Nuss«, sagte er und wechselte zum Automatikgetriebe. Er streckte die Beine aus und lehnte den Kopf gegen die Kopfstütze. Er musste sehr erschöpft sein.

»Ich bin nicht sterbenskrank. Ich bin nur ohnmächtig geworden.«

»Kiebig bist du geworden. Du brauchst mehr Disziplin.«

Eleonora erschauerte. Ihr war kalt. Sie sehnte sich nach Bettwäsche, nach Decken. Nach dem warmen Körper von Emanuele in ihr drin. Gegen diese Krankheit gab es kein Heilmittel.

»Disziplin, wie du sie den Mädels von Raffaele beibringst?«

Er wandte den Kopf und schaute sie mit weit aufgerissenen Augen an. Dann richtete er den Blick wieder auf die Straße, ein erheiterter Ausdruck auf dem Gesicht. Er war bezaubernd.

»Den Mädels von Raffaele? Wo hast du denn den Scheiß her?«

»Ich weiß genau, dass du sie vögelst. Hat mir Denise gesagt.«

»Ach so, Denise. Eine zuverlässige Quelle, ja.«

»Lass die Ironie bleiben.«

»Glaub mir, es ist besser, darüber zu lachen. Über mich kursieren einige Legenden. Ich kann ja verstehen, warum.«

»Das selbstgefällige Getue kannst du gleich mit lassen. Du bist ein egozentrischer Macho.«

»Sonst noch was?«

»Nein, für den Moment nicht.«

Emanuele reckte den Kopf, um ihr einen Kuss zu geben. Er wirkte glücklich, und Eleonora ließ sich von seiner guten Laune anstecken. Bis ihnen kurz vor dem Gutshof ein Wagen entgegenkam. Als er langsam an Emanueles SUV vorbeifuhr, konnte sie die Umrisse einer Frau hinterm Steuer erkennen. Eleonora schrak zusammen.

»Alles in Ordnung?«, fragte er und parkte vor dem Hof.

»Ja, klar.«

Dabei war gar nichts in Ordnung. Sie meinte, in dem Wagen die junge Frau erkannt zu haben, die sie damals bei dem Theaterfestival ins Krankenhaus gebracht hatten. Wie hieß sie noch mal? Signorina Astolfi, hatte der Arzt sie genannt. Sie schien von Emanueles Hof zu kommen. Was hatte sie dort gemacht? War sie mit Emanuele zusammen? War Emanuele damals ins Krankenhaus zurückgekehrt, ohne ihr etwas zu sagen? Hatten die beiden sich so kennengelernt?

Das kannst du mir nicht antun. Nicht noch ein Geheimnis, noch eine Frau, noch ein Labyrinth.

»Magst du Salat mit Thunfisch? Ich habe nicht viel im Kühlschrank.«

Eleonora nickte und schaute sich um. Sie war noch immer da, mit ihm, mit den Bewohnern der Villa Bruges. Inmitten all der Lügen. All der Puzzleteile, die einfach nicht zusammenpassten. Dieser Nebel war ihr schon fast vertraut. Mit einem Mal kam es ihr so vor, als würde es zu einer Gewohnheit werden, einer Trost bringenden zudem. Es war absurd.

Sie setzte sich an den Tisch, aß jedoch nur wenig.

Emanuele sah sie lange und besorgt an. »Dir geht es noch überhaupt nicht gut.«

Sie ließ die Gabel in den Teller fallen, trank einen Schluck Wasser. Wer war die Frau im Auto?, wollte sie fragen. Stattdessen sagte sie: »Warum hast du mich hergebracht, Emanuele?«

»Ich konnte dich unmöglich allein nach Florenz fahren lassen. Nicht nach dem, was passiert ist.«

»Und?«

»Und was?«

»Warum noch?«

»Weil ich dich liebe. Aber das versteht sich von selbst.«

Das Vögelchen in ihrer Brust bebte, entdeckte kleine Ritzen zwischen den Rippen. Trotz allem, trotz der x-ten Lüge oder Unterlassung, was auch immer. Aber vielleicht war sie auch paranoid oder einfach nur erschöpft und sah deshalb Dinge, die gar nicht existierten. Die Frau war irgendeine Fremde, die gar nicht bei Emanuele gewesen war. Die Zeit in der Villa, in der sie in die Geheimnisse von Bruges eingetaucht war, hatte ihre Urteilsfähigkeit getrübt. Sie musste endlich wieder klar sehen, und zwar sofort.

Eleonora räumte den Tisch ab, ohne ein Wort zu sagen, dann öffnete sie den Koffer, um ihre Zahnbürste herauszuholen, und verschwand im Bad. Emanuele brachte ihr ein großes Handtuch und einen Föhn.

»Sei ein braves Mädchen und geh duschen. Und danach ab ins Bett mit dir. Ach ja, und zieh dir nichts an.« Es war ein klarer Befehl.

Gehorchen war tröstlich, wenn nicht sogar befriedigend.

Sie duschte wie in Trance, ehe sie nackt und mit feuchten Haaren in Emanueles Bett schlüpfte, ohne sich darum zu kümmern, dass das Kopfkissen nass wurde.

Er kam wenig später nach und zog ihr als Erstes die Decke weg. Sein Blick ruhte auf ihren Brüsten, zwischen ihren Beinen, auf ihren Füßen. Er setzte sich neben sie und zog sich aus.

»Wo wolltest du überhaupt hin, hm?«, fragte er leise.

Eleonora konnte nicht antworten. Ihr Verlangen schnürte ihr die Kehle zu, sie atmete schwer.

»Du gehörst mir.«

Er drückte ihre Knie auseinander, umfasste mit den Fingern ihre Schamlippen und spreizte sie.

»Schau her. Du gehörst mir.«

Erst mit der Zunge, dann mit den Fingern glitt er in sie hinein, bis sie aufstöhnte.

»Dir«, ergab sie sich. »Bitte nimm mich.«

»Du bittest mich darum?« Er lächelte. Verflucht sollte er

sein. Dann legte er sich auf sie und drang in sie ein, ohne die Hände zu Hilfe zu nehmen. Es war leicht. »Du bittest mich darum?«

»Ja.«

»Dann ist es gut.«

Endlich füllte er sie aus. Zufrieden legte Eleonora ihm die Beine um die Hüften. Die Angst war verschwunden, ebenso das Staunen. Die Selbstverständlichkeit, mit der alles geschah, hatte etwas von Schicksal. Bei wichtigen Angelegenheiten bewies der Zufall seine Intelligenz und zeigte sich in den spontanen Ereignissen.

»Bleib hier«, bat er, während er mit aller Kraft in sie hineinstieß und sich nicht länger zurückhalten konnte. »Bleib bei mir.«

Eleonora kam kurz vor ihm, keuchend, den Mund, das Geschlecht und die Hände weit geöffnet, die Fingernägel in seine Schultern gekrallt. Ihrem Herzen waren neue, schwirrende kleine Flügel gewachsen, die ihr die Rippen sprengten.

26

Eleonora wurde bewusst, dass sie von der mündlichen Prüfung eines ihrer besten Schüler im Grunde nichts mitbekommen hatte. Sie hätte ihm trotzdem eine gute Note geben können, aber ihr Pflichtbewusstsein ließ es nicht zu. Sie stellte ihm eine letzte Frage, um sich zu vergewissern, dass er den Stoff wie üblich wirklich gelernt hatte.

Eleonora war völlig erschöpft nach der fast schlaflosen Nacht. Mehrmals war sie aufgewacht, um gleich darauf Emanueles Hände auf ihr und seinen Körper zwischen ihren Beinen zu spüren. Im Halbschlaf waren ihre Sinne geschärft, ein winziges bisschen reichte ihr zu einem Orgasmus. Emanuele kam voll auf seine Kosten.

Doch dann, als es schon fast dämmerte, war etwas geschehen. Eleonora war unvermittelt aufgewacht, ohne dass sie etwas Bestimmtes geweckt hätte. Sie war noch immer benommen von den unzähligen Malen, die sie sich geliebt hatten, dennoch wuchs tief in ihr drin ein neues Verlangen heran. Es ging eindeutig ums Besitzen.

Sie setzte sich auf Emanuele und führte sich seinen Penis ein, während er unter den noch geschlossenen Lidern gerade erwachte.

Emanuele öffnete die Augen erst, als er in sie eindrang. Er ließ sie gewähren und hielt sich mit Mühe zurück, als Eleonora das Becken anhob und den Rücken durchdrückte, um ihn tief in sich aufzunehmen, um den Höhepunkt zu erreichen, ohne dass er es gewollt hatte, ohne jeden Befehl und ohne Erlaubnis.

Der Orgasmus überrollte sie, während er sich an ihren Hüften festhielt und sich zwang, sie nicht zu lenken. Als sie spürte, wie er mit seinen großen Händen ihre Taille umfasste, wusste sie, dass sie ihn wirklich besaß. Dass sie ihn verrückt machte. Sie schauten sich in die Augen, während Eleonora stöhnte und er sich in sie ergoss. Dabei erkannten sie, dass sie diesen Moment niemals vergessen würden, auch wenn sie noch nicht wussten, warum.

Um halb acht hatte Maurizio sie abgeholt. Emanuele hatte ihn angerufen, und es fiel Eleonora nicht leicht, den beengten Raum des Wagens mit ihm, Denise und in dem Wissen um ihre auf Emanueles Hof verbrachte Nacht zu teilen.

Nach Schulschluss gingen sie zu Denise in die Bar. Normalerweise kam Denise zur Schule, doch an dem Tag dauerte ihre Schicht eine halbe Stunde länger, weil eine der Kellnerinnen mit Fieber im Bett lag.

Denise mit ihren leicht zerzausten Haaren beim Bedienen an den Tischchen zuzusehen, mutete Eleonora seltsam an. Sie hatten Maurizios Frau schon öfter abgeholt, doch an diesem Tag betrachtete Eleonora die Welt mit neuen Augen. Es war, als ob sie Denise zum ersten Mal sähe, als ob Denise unvermittelt aufgehört hätte, eine Schauspielerin zu sein und auf der Bühne zu stehen und sich stattdessen in eine Frau aus Fleisch und Blut verwandelt hätte, mit all ihren Problemen und Alltagsschwierigkeiten.

Eleonora sagte sich, dass sie Denise unrecht getan hatte. Gewiss, sie hatte in ihrem Leben einige fragwürdige Entscheidungen getroffen. Sie hatte sich in Alessandro verliebt, war dann mit seinem älteren Bruder im Bett gelandet und hatte schließlich den jüngeren Bruder geheiratet. Maurizio dagegen musste vom ersten Moment an in sie verliebt gewesen sein. Vermutlich hatte er sie genau in dieser Bar kennengelernt, während sie sich zwischen den Tischen durchschlängelte. Ihre blonden Locken, die schmalen Hände, mit denen sie Tassen und Tässchen umhertrug, und die mädchenhafte Magerkeit, die sie verschmitzt aussehen ließen, während ihr trauriger Blick ihrem Gesicht eine ungewöhnliche Schönheit verlieh.

Später im Auto kündigte ein drückendes Schweigen die Frage von Denise an.

»Sollen wir dich zu Emanuele bringen?«

Eleonora hatte damit gerechnet. Sie hatte lange darüber nachgedacht, was sie darauf antworten sollte, und war zu keinem Ergebnis gekommen. Daher entschied sie sich dafür, Zeit zu gewinnen, für sich selbst und die anderen.

»Ja, danke. Ich habe meinen Koffer noch dort. Sobald die Wohnung fertig ist, ziehe ich nach Florenz.«

»Entschuldige, aber dann hättest du auch genauso gut in Bruges bleiben können.« Maurizio wirkte aufrichtig. »Warum bist du wie vom Affen gebissen davongestürmt?«

»Es war ein Missverständnis, ich dachte, ich könnte sofort einziehen. Ich hatte es ein bisschen eilig, das stimmt. Aber nicht, weil es mir bei euch nicht gefallen hat. Ich habe mich nur allmählich wie eine Schmarotzerin gefühlt.«

»So ein Blödsinn!«

Maurizio war ein guter Mensch. Denise dagegen hob mit skeptischer Miene eine Augenbraue. Sie konnte sich den Grund für Eleonoras Flucht gut vorstellen und wusste sicher auch, was auf dem Hof von Emanuele vorgefallen war.

Eleonora winkte mit beiden Armen zum Abschied, nachdem sie ausgestiegen war, und als sie vor der Haustür stand, sah sie einen Zettel, der mit Tesafilm an der Klinke befestigt war.

> Ich bin auf dem Weg zum Tierarzt, einem der Fohlen geht es nicht gut. Wir sehen uns später.
> E.

Lieb von Emanuele, ihr eine Mitteilung zu hinterlassen. Als fühlte er sich verpflichtet, seine Abwesenheit zu rechtfertigen. Wie ein Lebenspartner.

Die Sache beruhigte und beunruhigte Eleonora gleichermaßen, denn Zweifel hinderten sie daran, die Dinge einfach laufen zu lassen.

Reglos blieb sie vor der verschlossenen Tür stehen und überlegte, was sie tun sollte. Emanuele würde sicher bald zurückkommen, sie könnte sich auf die Treppenstufe setzen, auf ihn warten und dabei eine Zigarette rauchen oder Corinne anrufen … oder sogar ihre Mutter. Sie könnte auch zu den Pferden gehen und nachsehen, welchem Fohlen es schlecht ging.

Oder zu Raffaele hinübergehen.

Das war eine verlockende Option, die ihr schon seit einigen Tagen im Kopf herumschwirrte. Inzwischen war ihr klar, dass alles ausgesprochen war, was sie wissen durfte. Alle, die über die Vergangenheit der Brüder Bescheid wussten, hatten ihr ein Stückchen Wahrheit enthüllt, die einzige, die sie ihr gewährten.

Abgesehen von Raffaele.

Mit Sicherheit würde sie nichts erreichen, wenn sie ihm einfach Fragen stellte, so viel war sicher. Aber Raffaele war ihre letzte Chance. Sie musste es auf die krumme Tour versuchen, um etwas aus ihm herauszubekommen. Sie musste so tun, als wäre sie eingeweiht. Nur so konnte sie darauf hoffen, vielleicht etwas Neues herauszufinden.

Vorausgesetzt natürlich, dass Raffaele etwas wusste.

Zielstrebig marschierte Eleonora in Richtung der dekadenten Villa des Professors los, fest entschlossen, ihm eine glaubwürdige Geschichte aufzutischen. Aber sie war aufgeregt und brachte in Gedanken keinen einzigen vollständigen Satz zusammen, einfach nichts, was Hand und Fuß hatte. Sie unternahm zwei oder drei Versuche, dann gab sie auf. Ohne eine Strategie bei Raffaele zu erscheinen, war dumm, denn er war ihre letzte Chance. Dennoch lief sie weiter stur geradeaus, bis sie den alten Mann über einen Rosenbusch gebeugt entdeckte.

Zögerlich näherte sie sich ihm und versuchte sich durch Geräusche bemerkbar zu machen, damit er sich nicht erschreckte.

Raffaele richtete sich auf und massierte sich die Nierengegend, als er Eleonora erblickte und zusammenfuhr.

»Herrgott, Mädchen, willst du mich umbringen?«

Seine grünen Augen waren heiter und gelassen, trotz des Schreckens. Er war als junger Mann sicher sehr attraktiv gewesen.

»Ich bitte um Verzeihung.«

»Wollten wir uns nicht duzen?«

»Stimmt. Entschuldige.«

»Gut. Komm, wir gehen rein. Ich bringe dir etwas zu trinken.«

Sie folgte ihm ins Haus, und er plauderte über seine Rosen, die von irgendwelchen südamerikanischen Parasiten befallen waren.

»Verdammte Einwanderer. Aber ›eine Rose ist eine Rose ist eine Rose ist eine Rose‹, und ich muss endlich aufhören, in diesen Befall irgendwelche mysteriösen Anzeichen hineinzuinterpretieren.«

Sie setzten sich in den barocken Salon, diesmal ohne musikalische Untermalung, der von einem Duft aus Moschus und Vanille erfüllt war.

»Mysteriöse Anzeichen?«

Als Eleonora überall runde bernsteinfarbene Schalen mit getrockneten Blumen bemerkte, war ihr klar, woher der Duft kam.

»Ich sehe Verfall in allem, was mich umgibt. Ich war immer schon ein egozentrischer Mensch. Das Maß aller Dinge bin ich. Doch jetzt, da ich alt werde, scheint alles zu vergehen.«

»Mir kommst du jünger vor als mancher meiner Schüler, um ehrlich zu sein.«

»Sehr lieb, danke. Aber in meinem Alter kann man den Gedanken an den Tod nicht mehr verscheuchen.«

»Das solltest du aber. Er ist abscheulich und könnte sogar einem Mann wie dir die Freude an den Dingen nehmen.«

»Ja, er ist wirklich abscheulich.« Raffaele schlug sich kräftig auf die Knie. Eleonora war erstaunt. »Schluss jetzt mit dem Geschwätz! Was verschafft mir die Ehre deines Besuchs?«

»Also, ich …« Was sollte sie bloß sagen, um die Enthüllung vorwegzunehmen? Nichts, denn kein Filter wollte passen. »Ich habe die Wahrheit erfahren.«

Das Lächeln erstarb ihm auf den Lippen, verwandelte sich in einen Schatten. Auf einmal wirkte Raffaele alt.

»Die Wahrheit?«

»Über Alessandro.«

»Ach so, *die* Wahrheit. Alles klar.«

»Du kannst dir sicher vorstellen, dass mich das zutiefst erschüttert hat.«

»Gewiss. Die Inszenierung ist erstklassig, aber grausam. Vor allem für Emanuele.«

»Eben. Ich würde nur gerne verstehen, wie er damit umgeht.«

Raffaeles Augen begannen zu leuchten. Er war überrascht und wirkte glücklich. »Tatsächlich?«

»Ja, wieso? Kommt dir das so seltsam vor?«

»Na ja, normalerweise interessiert sich niemand für Emanueles Gemütszustand, nicht einmal seine Verwandten. Alle halten ihn für den Fels in der Brandung.«

»Das dachte ich anfangs auch. Aber seit ich die ganze Geschichte kenne, ist mir klar, wie sehr er leidet. Obwohl ich längst nicht alles verstehe ...«

Raffaele schüttelte den Kopf, mit einem Mal wirkte er verärgert.

»Was kann man daran nicht verstehen? Er ist von Schuldgefühlen zerfressen. Es spielt keine Rolle, dass er erst elf war, es ist allein ihm zuzuschreiben, dass sein Bruder an seiner Stelle entführt wurde. Das wird er sich nie verzeihen.«

Die Zeit blieb stehen, während sich die Worte von Raffaele im Raum ausbreiteten, sie am Atmen hinderten. Dieses »an seiner Stelle« presste Eleonora gegen die Lehne des Sofas. Was war geschehen? Wie konnte ein elfjähriger Junge verhindern, entführt zu werden, und den Tätern dafür seinen Bruder ausliefern?

»Eleonora? Geht es dir gut?«

Ihr war schwindlig, und sie war bleich wie ein Gespenst.

»Nein, ehrlich gesagt, nicht besonders. Könnte ich bitte ein Glas Wasser haben?«

»Natürlich.«

Raffaele erhob sich und ging in die Küche. Kaum war er aus dem Raum, nahm Eleonora ihre Schulmappe mit den Klassenarbeiten und stürzte aus dem Haus.

Sie rannte bis zu Emanueles Hof, wo sie verschwitzt und keuchend ankam.

Emanuele und der Tierarzt waren mit einem der Pferde beschäftigt, das in einer Ecke des Stalls auf dem Boden lag. Er bedachte sie daher nur mit einem raschen fragenden Blick.

»Was hat es?«, fragte Eleonora und versuchte, den besorgten Tonfall in ihrer Stimme zu verbergen.

»Es könnte sich um Leptospirose handeln. Die Krankheit ist ansteckend und vom Tier auf den Menschen übertragbar. Ich empfehle Ihnen daher, nicht näher zu kommen«, erwiderte der Arzt.

Eleonora nickte und nahm die Schlüssel, die Emanuele ihr brachte.

Noch immer völlig aufgelöst trat sie ins Haus. Sie beschloss zu duschen, doch dann überlegte sie es sich anders und ging in die Küche. Sie setzte sich an den Küchentisch und wartete auf Emanuele, die Schulmappe zu ihren Füßen, die Hände im Schoß gefaltet. Ihr blieb nichts anderes übrig, als mit ihm zu sprechen, was sie letztlich nicht erst seit heute wusste. Wenn tatsächlich ein Band zwischen ihnen entstehen sollte, durfte es keine Hindernisse geben, zumindest nicht in der Vergangenheit, die weiterhin erbarmungslos auf die Gegenwart einwirkte.

Als Emanuele fast eine Stunde später hereinkam, wunderte er sich, dass sie so steif in der Küche saß, genau wie damals, als sie angekommen war.

Er öffnete zwei Bierflaschen, reichte ihr eine und setzte sich zu ihr an den Tisch.

»Ich muss es nicht einschläfern lassen«, sagte er. »Zum Glück. Es ist mein bestes Stutfohlen.«

»Gut.«

»Und du? Anstrengenden Tag gehabt?«

Es fiel Eleonora schwer, ihm in die Augen zu schauen. Emanuele sah mitgenommen aus. Er wirkte praktisch nie müde, und dass er sich ihr jetzt von seiner schwachen Seite zeigte, rührte sie.

»Ja. Du auch, kann ich mir vorstellen.«

»Tja, ich habe eben einiges an Gewicht auf meinen Schultern zu tragen. Wenn dann auch nur eine Feder darauf fällt, gerate ich ins Wanken.«

Eleonora musste sich beherrschen, um ihn nicht zu umarmen. Seinen Kopf an ihre Brust zu betten, ihn zu liebkosen, ihm den richtigen Rhythmus für die Atmung vorzugeben, damit er sich endlich entspannen könnte.

»Mir liegt sehr viel an dir, Emanuele«, sagte sie.

»Oh, danke.«

Die Ironie musste ihm schon so manches Mal das Leben gerettet haben.

»Ich meine es wirklich so. Bitte sei auch du ernst.«

»Wie kommst du darauf, dass ich es nicht bin?«

»Du stellst einen Haufen Fragen, weißt du das?«, sagte sie und streckte eine Hand über den Tisch.

Er drückte sie. »Ich dagegen liebe dich, Eleonora«, sagte er. »Und ich will mit dir zusammenleben. Du brauchst mir nicht sofort zu antworten. Es reicht auch in zehn Minuten.«

Er brach in Lachen aus, und Eleonora kam es beinahe vor, als sehe sie einen Teil des Gewichts von seinen Schultern purzeln.

»Ich möchte auch gern mit dir zusammen sein«, sagte sie. »Aber hier ist es schwierig. Ich meine, hier zu leben.«

»Du würdest dich bestimmt wohlfühlen.«

»Ich weiß nicht. Gib mir etwas Zeit. Okay?«

»Sicher.«

Eleonora konnte nicht mehr stillsitzen. Sie ging zum

Kühlschrank, nahm eine Wasserflasche heraus und schenkte zwei Gläser ein.

»Du bist erschüttert«, stellte er fest und erhob sich ebenfalls.

»Ja, das bin ich.«

»Warum?«

»Ich habe vorhin mit Raffaele gesprochen.«

So wollte sie es ihm nicht sagen. Sie hätte ihn dazu bringen wollen, es irgendwann von sich aus zu erzählen. Hatte sein Vertrauen gewinnen wollen, Tag um Tag.

Er wusste sofort, wovon sie sprach. »Das glaube ich jetzt nicht.«

»Ich habe ihn angelogen. Ich habe so getan, als wüsste ich es längst. Es ist nicht seine Schuld.«

Emanuele machte den Kühlschrank mit einem heftigen Stoß zu. »Warum, Herrgott noch mal, warum? Was ändert es, ob du die Wahrheit kennst oder nicht? Rettet uns das? Nie im Leben! Ich hätte es von Anfang an wissen müssen, dass du dich nicht zufriedengeben würdest. Du und deine tausend Fragen.«

»Aber das hat dir doch immer so gut an mir gefallen! Jedenfalls hat mir das deine Mutter gesagt.«

Er stieß ein nervöses Lachen aus. »Scheiße, reden hier eigentlich alle über mich? Habt ihr keine anderen Gesprächsthemen?«

»Was ist damals vorgefallen? Erzähl es mir.«

Emanuele antwortete nicht gleich. Er trank sein Bier aus, zündete sich eine Zigarette an und setzte sich wieder an den Tisch. Dann, ganz langsam, begann er zu reden.

»Wir waren auf dem Schulweg. Ein Tag wie jeder andere. Es war noch früh, wir gingen immer früher als nötig aus dem Haus. Unsere Mutter legte viel Wert auf Pünktlichkeit, wir sollten möglichst vor den anderen in der Schule ankommen, das war eine fixe Idee von ihr. Alessandro und ich waren also in einer Nebenstraße unterwegs. Wir hatten viel Freiheit, und wir entdeckten für unser Leben gern neue Wege. Irgendwann begann ich zu rennen. Das tat ich auf dem Straßenabschnitt immer, denn er war menschenleer und gottverlassen. Alessandro rief mir hinterher, dass ich auf ihn warten solle. Da näherte sich ein Auto mit zwei Typen drin. Einer sagte zu mir: ›Emanuele Vannini?‹ Ich kapierte sofort, dass etwas nicht stimmte. Der Typ am Steuer hatte einen Strick in der Hand, der andere ein Taschentuch, von dem ein stechender Geruch ausging. Ich drehte mich zu Alessandro um und rief: ›Emanuele, die wollen dich!‹ Dabei wollten sie mich, den Erstgeborenen der Familie Vannini. Und ich, ohne zu überlegen, ein Brett vor dem Schädel vor Angst, behauptete einfach, dass mein Bruder Emanuele sei. Alessandro blieb stehen, als das Auto auf seiner Höhe war. Er hatte es auch kapiert. Ich lief bereits zurück. Wie eine Maschine. Alessandro drehte sich um und schaute mich an. Seinen Blick werde ich nie vergessen. Er sagte nicht, dass ich Emanuele sei, sondern er ergab sich den Entführern und rettete mich.«

Die Stille, die darauf folgte, schmerzte in den Ohren. Völlig benommen vom Hass auf sich selbst, starrte Emanuele auf einen unbestimmten Punkt an der Wand zwischen Eleonora und dem Spülbecken.

Eleonora gab sich einen Ruck und zwang sich zu einer Reaktion. Von der ganzen Szene sah sie nur Alessandros Opfer vor sich. Seine ergebenen Augen, während er widerstandslos in den fremden Wagen stieg.

»Du warst noch ein Kind«, sagte sie, auch zu sich selbst.

»Ich war kein Kind mehr. Ich war fast zwölf. Und um meinen Arsch zu retten, habe ich meinen Bruder in die Hölle gestoßen.«

»Du kannst nicht ewig dafür bezahlen.«

»Oh doch, das kann ich. Mehr noch, ich muss es. Aber … entschuldige mich bitte.«

Er stand auf und ging hinaus. Wenige Minuten später sah sie, wie er sich in den Sattel eines Pferdes schwang und im Wald verschwand.

Wenn er zurückkam, würde sie anfangen, an die Zukunft zu denken. Das konnte sie endlich tun, denn nun kannte sie die Vergangenheit.

27

Emanuele kam erst mitten in der Nacht zurück.

»Ich bin weggelaufen wie ein Feigling«, sagte er und setzte sich zu ihr auf die Bettkante. »Ich weiß nicht, welcher Teufel mich geritten hat.«

Eleonora richtete sich auf und streichelte ihm über den Kopf. Sie konnte nur die Konturen seines Gesichts erkennen, es war beinahe stockdunkel. Seltsamerweise hatte sie alle Lichter gelöscht, obwohl sie eigentlich immer bei schwachem Licht schlief. Dass sie das in einem fremden Haus getan hatte, war unglaublich.

»Sei nicht so streng mit dir selbst«, sagte sie leise und sanft.

Sie hätte ihm so gern gesagt, dass sie ebenfalls zur Märtyrerin geworden war, wenn auch aus keinem bestimmten Grund. Dass sie die Macht der Verfehlung und die Last des Sühneopfers sehr wohl kannte. Sie hätte ihm so gerne gesagt, dass Schuld und Martyrium fast nie aus willentlichen Taten resultieren, dass dem Menschen die Reinheit einer jeden Geste verwehrt ist. Aber um diese Dinge aussprechen zu können, hätte sie ihm alles erzählen müssen. Und dazu war sie noch nicht bereit.

»Alle denken, dass Alessandro die Last der ganzen Welt auf seinen Schultern trägt. Doch schau, wie erschöpft deine Schultern sind.«

Sie legte seinen Kopf an ihren Hals, drückte ihm einen leichten Kuss auf die Stirn.

»Es war Alessandro, der Annalisa den Stoß versetzt hat, stimmt's?«

»Ja.«

»Und du hast die Schuld auf dich genommen.«

»Ja.«

»Damit hast du gebüßt. Meinst du nicht?«

»Nicht genug.«

Er umarmte sie ganz fest und drehte sie um, bis sie auf dem noch warmen Bett unter ihm lag. Er gab ihr einen zarten Kuss.

»Er war außer sich, als sie ihm gesagt hat, dass sie mich liebt.«

»Hast du sie denn geliebt?«

»Ja, sehr.«

»Trotzdem hast du zugelassen, das sie dachte, du hättest ihr wehgetan.«

»Ich hatte keine Wahl. Ich musste es wiedergutmachen.«

Eleonora liebkoste sein Gesicht, dann fuhr sie ihm mit der Hand über die Brust und knöpfte sein Hemd auf. Sie fühlte mit jeder Faser ihres Körpers, dass er ihr gehörte. Das war ihr noch nie zuvor passiert, mit keinem Mann. Ein so starkes Gefühl der Zugehörigkeit kannte sie nicht. Emanuele besaß eine körperliche Anziehungskraft und eine Lebendigkeit wie kein anderer Mann.

»Ruh dich jetzt aus, Liebling«, sagte sie, und ihr Tonfall klang wie ein Versprechen.

Liebling. War es möglich, dass dieses Wort schwerer wog als ein Kosename? Sie hatte es mit Leichtigkeit ausgesprochen, unabsichtlich, doch dann hatte sie gespürt, wie es gegen die Zunge drückte, sie verdrängte und seinen eigenen Raum einnahm.

»Ich kann mich nicht ausruhen. Nicht neben dir.«

Er schob ihr Nachthemd hoch und legte den Kopf auf ihre Brüste, auf ihr Herz, das heftig schlug.

»Bleib bei mir«, flüsterte er und rieb seine kalte Nase an ihren Rippen, dann an ihrem Bauch.

»Sehr gerne. Aber hierher ziehe ich nicht. Jedenfalls nicht jetzt. Ich brauche einen Ort, der nur mir gehört. Florenz ist ja nicht weit weg, oder?«

Sein warmer Atem zwischen ihren Beinen erregte sie.

»Die Botschaft ist angekommen. Du willst, dass ich um dich werbe.«

»Das ist ja wohl das Mindeste.«

Er schob den String ihres Tangas zur Seite, um mit der Zunge eine Spur aus Hitze und Lust zu zeichnen, die sie zusammenzucken ließ.

»So war das aber nicht gemeint, mit dem Umwerben …«, versuchte sie einzuwenden, die Stimme rau vor Verlangen.

Emanuele hob den Kopf, dann ließ er die Finger in sie gleiten, tief hinein.

»Ach, nicht? Ich dachte, das Vorspiel sei Teil davon.«

Sie öffnete und schloss den Mund zweimal, bevor sie einen Ton herausbrachte.

»Vorspiel? Du meinst Rosen und romantische Abendessen bei Kerzenlicht, nehme ich an.«

Er lachte mit seinem sonoren Tonfall, der den Raum ebenso ausfüllte wie den Käfig in ihrem Brustkorb.

»Rosen und Abendessen, ja klar. Aber nur wenn du dich hinterher ans Bett fesseln lässt.«

»Das klingt jetzt nicht sehr romantisch, Emanuele.«

Er machte seine Hose auf und penetrierte sie, entlockte ihr ein Stöhnen.

»Aber es würde dir verdammt gut gefallen.«

»Da irrst du dich.«

»Ach, ich irre mich also. Na gut. Wir werden sehen. Ich behaupte, dass du mich zwei Sekunden, nachdem ich dich gefesselt habe, anflehen wirst, dich zu vögeln.«

Er begann sich ganz langsam in ihr zu bewegen. Eleonora spürte bereits, dass sie sich einen schnelleren Rhythmus wünschte, aber Emanuele hielt sie an den Hüften fest und dirigierte sie. Es war so erregend, von ihm dominiert zu werden. Ganz natürlich und alles andere als demütigend. Vor allem nach jener Nacht, in der sie erkannt hatte, dass sie das Schicksal mit ihrem Körper und ihrem Willen steuern konnte.

»Du wirst büßen für all das«, raunte er an ihrem Ohr, dann bewegte er sich schneller und presste ihr Becken auf das Laken.

»Was ist? Was habe ich denn getan?«

»Gehorchen solltest du … einwilligen, hierher zu ziehen, und zwar sofort. Damit ich dich nackt und mit gespreizten Beinen auf dem Sofa vorfinde, wenn ich nach Hause komme. Kochen sollst du für mich, damit ich dich von hinten nehmen kann.«

Eleonora wollte widersprechen, aber es war unmöglich. Sie sagte seinen Namen, wobei sie einen schrillen Ton unterdrückte. Dann rief sie ihn tausend Mal, als er sie zum Höhepunkt brachte.

»Jetzt schwängere ich dich«, versprach er, bevor er sich in sie ergoss.

Als sie in Bruges ankamen, zitterte Eleonora noch immer.

Sie dachte daran, wie Emanuele vergangene Nacht von ihr Besitz genommen hatte. Sie spürte etwas in ihrer Gebärmutter, wie ein Gewicht, das das Gewebe in Richtung Boden drückte und sie schwächte.

Obwohl ihr Kopf und ihr Herz völlig durcheinander waren, hatte sie sich einen gut durchdachten Plan zurechtgelegt. Sie wollte den anderen mitteilen, dass sie nach Florenz ziehen würde. Sie wollte sich für die Gastfreundschaft bedanken, für den Luxus, jeden Tag im Auto zur Arbeit gebracht worden zu sein, außerdem für die Ehre und die Bürde, ein Teil der Familie gewesen zu sein.

Sie wollte Corinne umarmen und versuchen, die Vergangenheit zu begraben und den verbliebenen Schimmer ihrer Liebe zu pflegen. Nicht immer gründen Beziehungen auf festen Fundamenten, und Bruges war ein glänzendes Beispiel dafür. Manchmal klettern Beziehungen wie dornige Pflanzen an durchsichtigen Mauern empor, winden sich auf glatten Oberflächen, um Halt zu finden, schaffen Schuld, wo Unschuld ist, und tarnen Unschuld als Schuld.

Es war nötig, alles zu löschen, um noch einmal neu anzufangen.

Es wurde ein ausgelassenes Essen, bei dem sie über alles plauderten, außer über die wirklich wichtigen Dinge.

So überlebt man die Vergangenheit mit all ihren Geheimnissen und Unterlassungen, den überflüssigen Worten und unnötigen Gesten. Die Gegenwart muss leicht werden, wenn man gewissen Ballast ertragen und den Weg fortsetzen will.

Corinne lächelte ihr zu, und Eleonora beobachtete, wie sie die Teller spülte. Ihre Handgelenke waren nicht mehr eingebunden und ließen zwei rote Narben erkennen, kleine, mit Präzision zusammengenähte Lebensfetzen.

Eleonora dachte, dass es für Corinne sicher eine Erleichterung sein würde, sie weit weg zu wissen, und dass sie ihre Heiterkeit verstehen konnte.

Mit genügend Abstand könnten sie sich eines Tages mit großen Schritten wieder einander annähern. Dann würden sie auch die von unbegründeten Feindseligkeiten, unüberlegten oder übereilten Entscheidungen auseinandergerissenen Lebensfetzen in ihrem Kopf wieder zusammennähen können.

Sie verabschiedeten sich lange und ausgiebig. Als würde Eleonora zu einer Reise aufbrechen, von der sie nicht mehr zurückkehrte.

Es spielte keine Rolle, dass die Trennung nur von kurzer Dauer sein würde, dass sie sich bereits am folgenden Wochenende wiedersehen würden, dass sie schon über eine gemeinsame Reise in den Sommerferien sprachen.

Eleonora zog aus der Villa Bruges aus, und das war ein außerordentliches Ereignis.

Weder Denise noch Corinne war dieser Schritt gelungen, deshalb verfolgten die beiden mit großen Augen, wie Eleonora erst die Räume und schließlich das Haus verließ.

Emanuele, der das ganze Getue satthatte, sagte zu Eleonora, er warte im Auto auf sie, und begann zu telefonieren. Durch die offene Haustür, die auf den Innenhof hinausging, sah Eleonora ihn gestikulieren, und auf einmal war ihr Herz von etwas erfüllt, das der Liebe sehr nahe war.

Corinne umarmte sie ein letztes Mal und kehrte in die Küche zurück, gefolgt von Denise, deren Schritte fröhlicher wirkten als sonst. Offenbar hatte sie Eleonora als eine viel gefährlichere Gegnerin angesehen als Corinne und konnte es kaum glauben, sie endlich los zu sein.

»Wir sehen uns dann morgen in der Schule«, sagte Maurizio. »Ist sicher komisch, ohne dich hinzufahren.«

Der Abschied kam ihr übertrieben vor, aber Eleonora spielte mit. Sie spürte, dass sie es tun musste.

Kurz darauf stand nur noch Alessandro mit ihr in der Eingangshalle. Er sagte nichts, schaute sie nur an. Ab und zu warf er einen Blick auf Emanuele, der noch immer im Auto saß und telefonierte.

»Ich dachte, du würdest zu meinem Bruder ziehen«, sagte er und stellte sich zwischen Eleonora und die Eingangstür.

Der aufkommende Wind blähte sein Hemd und spielte mit seinen Haaren, die zu lang geworden waren. Eleonora verspürte den unwillkürlichen Drang, ihn in die Arme zu schließen und das Gespenst zu wiegen, um zu erspüren, was von dem Kind von damals übrig geblieben war.

»Ich muss mich erst selbst finden, bevor ich mich wem anders anvertrauen kann«, sagte sie und trat von einem Bein auf das andere.

»Verstehe.«

Er streckte die Hand aus, um Eleonoras Gesicht zu berühren, doch dann schob er sie wieder in die Tasche und atmete tief durch.

»Ich hab nicht gewollt, dass es so endet.«

Nein, ich bitte dich. Nicht.

»Reden wir nicht mehr davon, Alessandro. Okay?«

»Wir heiraten im nächsten Juni.«

»Gratuliere. Ich freue mich für euch.«

»Wirklich?«

Sie antwortete nicht.

»Freust du dich wirklich?«

Seine Augen waren wie zwei Magneten. Eleonora machte sich ganz klein, bis sie in die beiden schwarzen Löcher hineinpasste.

»Natürlich.«

»Weißt du, ich ... Ach, lassen wir's.«

»Nein, bitte. Sag's mir.«

»Die Sache ist etwas heikel.«

»Ich werde mit niemandem darüber reden. Versprochen.«

Er hielt einen Moment inne, um die Folgen seines Bekenntnisses abzuwägen. Wenn er ihr sagte, was in ihm vorging, würde er sie in den Kreis der Bewohner von Bruges einbinden, dessen war er sich sicher. Doch er musste es tun.

»Ich habe immer schreckliche Dinge geträumt, nach dem,

was meinem Bruder zugestoßen ist. Doch seit einiger Zeit träume ich nicht mehr.«

Die Kälte war durchdringend.

»Ach.«

»Aber das macht mir letztlich mehr Angst als die Albträume. Es gibt da etwas, das sich mir entzieht, Eleonora.«

»Vielleicht ist der Moment gekommen, die Träume beiseitezulassen und sich der Realität zu stellen.«

Er nickte. Eleonora schaute ihm lange in die Augen und fragte sich, wie Alessandro sich verändern würde, wenn er die Wahrheit erführe. Sie fragte sich, ob er je die Möglichkeit haben würde, zu dem Menschen zu werden, der er werden sollte, bevor man ihn seiner Zukunft beraubt hatte.

Sie versetzte all ihren Überzeugungen einen Fußtritt, riss eine Grenze ein, gab sich selbst ein Versprechen und umarmte ihn ganz fest.

Alessandro blieb ein paar Sekunden lang wie angewurzelt stehen, sichtlich verwirrt. Dann legte er die Arme um Eleonoras Körper, der zierlich und wehrlos zu sein schien. Er lehnte die Stirn an ihren Kopf, schloss die Augen. So standen sie da, bis sie den Mut fand, ihn gehen zu lassen.

Alessandro verabschiedete sich nicht von ihr. Er drehte ihr den Rücken zu, während Eleonora die Auffahrt hinunterging, mit den Absätzen im Schotter einsank und dabei ein vertrautes Geräusch machte. Es hatte beinahe den Anschein, als wäre sie in Bruges geboren.

Ab und zu drehte sie sich um und schaute zur Villa zurück, denn Alessandro hatte die Tür offen gelassen.

Er hätte sie schließen müssen, diese Tür. Es war gefährlich, sie einen Spaltbreit offen zu lassen, falls das Leben eine abrupte Wendung machte.

Danksagung

Ich danke Severino Cesari und Luca Briasco, die mir den Weg gewiesen und mich die Intelligenz des Zufalls gelehrt haben.

Meiner Agentin Maria Cristina Guerra, unermüdliche und wertvolle Reisebegleiterin.

Colomba Rossi, die mich tagtäglich an den Sinn des Schreibhandwerks erinnert.

Meinen Schriftsteller- und Leserfreunden: Alan D. Altieri, Simona Avallone, Elisabetta Caramitti, Luigi Romolo Carrino, Alfredo Colitto, Maurizio de Giovanni, Michele Di Marco, Tiziana Izzo, Marilù Oliva, Antonella Ossorio, Marco Piva, Massimo Rainer, Patrizia Rinaldi, Francesca Robutti, Francesca Spanu und Gianpaolo Zarini.